Celia Fremlin

Vaters Stolz

Roman

Aus dem Englischen von
Thomas Stegers

Diogenes

Die Originalausgabe erschien 1994
bei Severn House Publishers, Sutton, unter dem Titel
›King of the World‹

Umschlagillustration:
Camille Corot, ›Le fils de M. Edouard Delalain‹,
1845–50 (Ausschnitt)
Foto: Galérie Schmit, Paris

80/98/44/1
ISBN 3 257 06182 X

I

Einen Penny für Guy Fawkes, Miss!« krähte der aufdringliche Bengel, löste sich aus der Gruppe seiner Kameraden und kam auf Bridget zugehüpft. Er streckte ihr einen verbeulten Joghurtbecher entgegen, in dem schon einige Münzen klimperten. »Einen Penny für Guy Fawkes!«

Der Junge war höchstens sechs Jahre alt, obwohl sein vor aggressiver Entschlossenheit verzerrtes Gesicht in der grellen Straßenbeleuchtung fast erwachsen wirkte; ein kleiner, gewiefter Geschäftsmann, des Lebens überdrüssig, bevor es begonnen hatte.

Bridget schüttelte den Kopf. Es war die dritte Meute, die ihr über den Weg gelaufen kam, seit sie dem Bus entstiegen war, dabei hatte der November noch gar nicht angefangen. Außerdem steckte ihr Geldbeutel tief unten, auf dem Boden der Umhängetasche, vergraben unter einem Bibliotheksbuch, dem Büroschlüssel, den Übersetzungsnotizen und einem angefangenen Brief an ihre Mutter. Allein der Gedanke, mit Handschuhen an den Händen danach zu kramen, war anstrengend genug.

Hinzu kam die Überlegung, wieviel Geld sie ihnen geben sollte. An was dachten sie in Wahrheit, wenn ihnen das veraltete Wort »Penny« so mühelos über die Kinderlippen kam? Sogar Bridget konnte sich mit ihren achtundzwanzig Jahren nur noch entfernt an den Aufstand und die Aufregung erinnern, als die alte Währung für immer verschwand und der beliebte Merkspruch »Zwölf Pence, ein Shilling; zwanzig Shilling, ein Pfund« in den Schulen des Landes nicht mehr zu hören war. Sie erinnerte sich nur noch daran, daß sich ihr Vater über die versteckte Preiserhöhung ereifert hatte. »Alles, was man gestern noch für einen Penny bekommen hat, kostet heute zweieinhalb!« hatte er geschimpft.

Bridget ging forschen Schrittes weiter durch den feuchten Abend und wandte den Blick von der dicht zusammengedrängten kleinen Schar ab, die ihr argwöhnische, musternde Blicke nachwarf.

Es war sowieso eine häßliche Guy-Fawkes-Puppe, ein zerfetztes, rechteckiges Stück Zeichenpapier, auf dem mit gelber Kreide über einer Reihe schiefstehender Zähne zwei runde Augen hingekrakelt waren. Sie hatten sich nicht die geringste Mühe gegeben. Und wenn man noch so arm war, dachte Bridget, man konnte sich wenigstens Mühe geben. Oder nicht? Bridget hatte sich immer Mühe gegeben, bei allem, was sie anpackte. Nicht, daß sie je arm gewesen wäre, aber Armut gehörte eben zu den Hindernissen, die einem das Leben in den Weg stellen konnte. Die Hindernisse, auf die Bridget gestoßen war, hatte sie aus eigener Kraft überwunden – bildete sie sich jedenfalls ein.

»Wenn schon, dann richtig«, hatte ihr Vater sie früher ermahnt – unnötigerweise, wie sich zeigte, denn Bridget gehörte zu den Kindern, die immer alles richtig machten. Sie hinterließ ihre Puppenstube nie unaufgeräumt, legte die Kinderchen jeden Abend in ihre Bettchen und stellte die Mutter mit ihrer blau-weiß karierten Schürze neben den Spielzeugherd. Zum Schluß drückte sie Papa – dessen Beine zum Glück beweglich waren, er konnte stehen und sitzen – mit seinen schwarzen Hosen in seinen Sessel vor dem Miniaturfernseher, in den sie durch einen Schlitz winzige Werbezettelchen für Waschpulver oder Choco-flakes oder ähnliches steckte.

In der Schule war es genauso. Als sie in die sechste Klasse versetzt wurde, hatte sie sich den Ruf erworben, eine glänzende Schülerin zu sein, eine Überfliegerin, was ihr natürlich schmeichelte. Allerdings hatte sie sich schon damals manchmal gefragt, ob sie wirklich so glänzend war oder ob sie nicht bloß fleißiger war als die anderen.

War das ein entscheidender Unterschied? Wie dem auch sei, es hatte funktioniert. Es brachte ihr einen Studienplatz in Cambridge ein, wo sie neue Sprachen studierte, und es brachte ihr einen erstklassigen Universitätsabschluß ein, gefolgt von einem gutbezahlten Job in einer Firma für Import und Export.

Danach segelte sie von Erfolg zu Erfolg, und schnell hatte sie ihr ehrgeiziges Ziel erreicht. Bridget war jetzt freie Übersetzerin und Simultandolmetscherin, sehr gefragt bei internationalen Konferenzen, sowohl in Großbritannien als auch im Ausland.

Sie bog in ihre Straße ein, und ihre Gedanken richteten sich auf den bevorstehenden Abend. Ihre Mitbewohnerin würde schon zu Hause sein und hatte die Nachrichten auf dem automatischen Beantworter sicher schon abgehört, wenn sich überhaupt jemand auf ihre Anzeige gemeldet hatte. In gewisser Hinsicht hoffte Bridget, daß nichts auf dem Band war. Zugegeben, die Wohnung, die sie sich mit Diana teilte, war um einiges größer als für sie beide allein nötig, selbst wenn man die immer häufigeren und immer länger dauernden Besuche von Dianas Freund Alistair mitrechnete. Die Wohnung hatte drei geräumige Schlafzimmer und ein großzügiges Wohnzimmer, von dem aus eine Flügeltür aus Glas auf einen Balkon führte, der nach Süden lag. Der Gedanke, einen dritten Mitbewohner aufzunehmen, war ausgesprochen vernünftig. Es gab wirklich jede Menge Platz, und die finanziellen Vorteile dieser Regelung lagen auf der Hand.

Andererseits kamen sie und Diana auch so ganz gut zurecht. Als sie gemeinsam in die Wohnung eingezogen waren, hatte Bridget zunächst die Sorge gehabt, Dianas Alter – sie war fast zehn Jahre älter – könnte sich auf einen lockeren, freundschaftlichen Umgang im Alltag hinderlich auswirken. Sie hatte befürchtet, die Ältere wünschte sich vielleicht einen festgesetzten Ablauf für ihr gemeinschaftliches Leben, was mit Bridgets unregelmäßigem Lebensstil in keiner Weise vereinbar gewesen wäre.

Im Verlauf zeigte sich, daß es gar kein Problem war. Diana hatte ebenfalls einen aufreibenden Job mit unregelmäßigen Dienstzeiten, und so gewöhnten sie sich rasch an, nur dann zusammen zu essen, wenn beide zufällig zu Hause waren, und nur dann die nötige Hausarbeit zu erledigen, wenn die eine oder die andere mal etwas Zeit erübrigen konnte. Auf diese Weise hatte sich schnell eine angenehme Form der Eigenverantwortlichkeit entwickelt, die beiden entgegenkam. Und was Bridgets andere Sorge betraf, daß der Altersunterschied ihre Freundschaft belasten könnte, auch die erwies sich als unbegründet. In Wirklichkeit wurde Bridget bei den seltenen Gelegenheiten, da sie beide zu Hause waren und Zeit hatten, miteinander zu plaudern, meistens spätabends, jedesmal bewußtgemacht, daß sie es war, und nicht Diana, die die Rolle der älteren, klügeren Frau übernahm. Das war zu einem großen Teil Alistair geschuldet, wie ihr allmählich klar wurde, denn egal, was das Ausgangsthema ihrer Unterhaltung gewesen sein mochte, irgendwie kam man immer auf Dianas Liebesleben zu sprechen. Dieser Umstand hob den Altersunterschied auf, kehrte ihn geradezu um, denn es ist ein allgemein gültiges Gesetz in solchen offenen Aussprachen, daß diejenige, die nicht mit dem betreffenden Mann befreundet ist, sich unweigerlich in der Rolle der Trösterin und Ratgeberin derjenigen wiederfindet, die mit ihm befreundet ist.

Mittlerweile war Bridget am Acorn House angelangt, einer umgebauten viktorianischen Villa, in der sie und Diana ihre gemeinsame Wohnung hatten. Als sie die breite Eingangstreppe hochstieg, die durch das Laub der Bäume gefährlich rutschig geworden war, ertappte sie sich bei dem inständigen Wunsch, Alistair möge heute nicht da sein. Wahrscheinlich hatte doch ein zukünftiger Mitbewohner, vielleicht sogar mehrere, eine Nachricht auf dem Anrufbeantworter hinterlassen. Termine mußten also vereinbart werden, möglicherweise Entscheidungen getroffen werden, noch heute abend, und sie wußte genau, wie Alistairs Beitrag zu dieser Entscheidungsfindung ausfallen würde. Er würde entspannt dasitzen, die Arme auf die Rückenlehne des Sofas ausgebreitet, die Beine unermeßlich weit auf dem Teppich von sich gestreckt, die Augen geschlossen, in einer Haltung kosmischer Langeweile, erhaben über solch irdische Banalitäten. Ab und zu würde er die Augen unter den schweren Lidern halb öffnen und Bemerkungen wie »Die Erde dreht sich auch in hundert Jahren noch« oder »Ob wir Sorgen haben oder keine, der Tod macht uns allen Beine. Warum sich also Sorgen machen?« in die Runde werfen.

Sie betete, soweit ein ungläubiger Mensch dazu fähig ist, daß er nicht dasein werde.

2

Alistair war doch da. In der Tür zum Wohnzimmer, noch im Anorak und mit Kopftuch, registrierte Bridget als erstes die irrsinnig weit ausgestreckten Beine, die in ausgebeulten Socken endeten. Jemand mußte sie für ihn gestrickt haben, dachte Bridget, meine Güte, doch nicht etwa Diana? Der Silhouette von den Füßen an aufwärts folgend, fiel ihr als nächstes auf, daß seine Augen geschlossen waren (wie üblich, wenn er sich in Gesellschaft befand) und daß um seinen Mund das völlig entspannte und völlig selbstverliebte Lächeln spielte: das Lächeln eines Mannes, der sich innerlich über einen heimlichen Witz freut, einen Witz von subtiler Ironie, viel zu kostbar, um ihn an einen weniger zartbesaiteten Menschen zu vergeuden.

»Hallöchen, meine Schöne!« sagte er, ohne die Augen dabei zu öffnen. »Wie geht's? Wie steht's?«

Würde er merken, wenn sie sich einfach ohne zu antworten davonschlich? Wenn sie sich in die Küche verzog und ihr Abendessen kochte? Oder würde er weiter seine amerikanisch anmutenden dummen Sprüche in den leeren Raum hinein brabbeln? Es war sowieso abzusehen, daß sie und Diana heute abend nicht zusammen essen würden. Bridget hatte nicht die Absicht, für drei zu kochen.

Warum sollte sie? Sollte Diana sich mit Alistair abgeben, er war schließlich ihr Freund, oder nicht?

Wo steckte Diana überhaupt? Sie hatten eigentlich vorgehabt, diesen Abend gemeinsam zu verbringen, die Nachrichten auf dem Anrufbeantworter durchzugehen und zu überlegen, bei welchen Bewerbern es sich lohnte nachzuhaken. In ihrer Anzeige war von einer dritten »Person« die Rede, aber nur, weil sie die leise Befürchtung hegten, die Formulierung »dritte Frau« könnte ihnen den Vorwurf der sexuellen Diskriminierung einbringen, zumal die Zeitung, in der sie die Anzeige aufgegeben hatten, sich einen linken Anstrich gab. Sie hatten allerdings ausgemacht, daß nur Bewerbungen von weiblichen Personen berücksichtigt werden sollten. Mit Frauen hatte man in jeder Hinsicht weniger Ärger. Sie waren ordentlicher, bemüht, sich anzupassen, und verlangten längst nicht so viel Zeit. Obwohl, ein ganz junger Mann wäre auch in Ordnung gewesen – ein Student zum Beispiel, der tagsüber an der Universität und in den Semesterferien überhaupt nicht da war. Auf keinen Fall durfte er älter als zwanzig sein. Die Aussicht auf noch so einen riesenhaften Mann mittleren Alters in der Wohnung, der immer anwesend war und viel Platz beanspruchte, war für sie beide beängstigend, obwohl keine von beiden das je ausgesprochen hatte.

Wie auch immer, die Person mußte vor allem sehr beschäftigt sein, am Tag außer Haus einer anstrengenden Arbeit und anschließend, draußen unterwegs, abendfüllenden Aktivitäten nachgehen. Der entscheidende Faktor für jede Form von geglücktem Zusammenleben, vom ehelichen an abwärts, hatte nicht das geringste mit gemeinsamen Interessen zu tun, dachte Bridget, nicht einmal mit gemeinsamen Wertvorstellungen; es war eine Frage, inwieweit beide gleichermaßen beschäftigt waren. Wenn ein Partner über sehr viel mehr Freizeit verfügte als der andere, drohte eine Katastrophe: Der mit mehr Freizeit ausgestattete würde sich vernachlässigt, der beschäftigtere sich unerträglich unter Druck gesetzt fühlen.

Wenn sie es sich genau überlegte, dann war es diese Erkenntnis, wodurch der Gedanke an eine Ehe bislang in relative Ferne gerückt war. Ihre Arbeit, die sie gerne tat, war anstrengend, und da nichts so erfolgreich ist wie der Erfolg, würde sie wahrscheinlich noch anstrengender werden. Bereits jetzt war ihr die knapp bemessene Freizeit unermeßlich kostbar. Gelegentlich hatte sie den Versuch unternommen, dies auch ihrer Mutter begreiflich zu machen, deren zunehmend besorgt klingende Anspielungen auf Bridgets Status als Alleinstehende ihre ansonsten ganz annehmbare Beziehung belasteten. »Es ist ja nicht so, daß ich Männer hassen würde«, hatte Bridget ihrer Mutter versichert. »Überhaupt nicht. Ich möchte später auch gerne Kinder haben. Es ist bloß …«, und sie erinnerte sich daran, daß sie nach den richtigen Worten gesucht hatte, »es ist bloß – wie soll ich sagen? – der ungeschriebene Teil des Ehegelöbnisses, der mich stört: ›Mit aller meiner freien Zeit ich dir zur Seite stehe.‹ Damit kann ich mich nicht abfinden.«

Mit Blick auf die schlaffe, durchhängende Gestalt Alistairs fragte sie sich, ob sich Diana wohl auch damit abfinden würde, wenn es soweit kommen sollte; ob Diana es mit den damit verbundenen Opfern nicht genauso sehen würde wie sie, sollte diese Beziehung, die sich schon seit Ewigkeiten hinzog, jemals in ein herkömmliches Happy-End münden.

Darüber muß ich mich unbedingt mal mit ihr unterhalten, dachte sie. Nicht heute abend, soviel stand fest.

»Wo ist Diana?« fragte sie mit scharfer Stimme, worauf sich der müde Körper vor ihr mit Anzeichen von Leben füllte. Die Augen öffneten sich, ein unbestimmtes Graugrün unter den schweren Lidern erschien, und die lange träge Gestalt räkelte sich in eine sitzende Haltung.

»Genau. Wo ist sie eigentlich?« bemerkte er vergnüglich. »Ich warte hier seit Stunden, und kein Mensch weit und breit! Mir sagt ja keiner was!«

»Erwartet sie dich hier?« erkühnte sich Bridget so unfreundlich wie möglich einzuwerfen. »Wir beide wollten nämlich den heutigen Abend eigentlich für uns allein haben.«

»Ach so. Ich sage ja immer, erstens kommt es anders, und zweitens als man denkt...« Er seufzte, und Bridget fragte sich, ob Alistair sie vielleicht bewußt provozieren wollte. Oder hielt er diese Bemerkungen vielleicht für witzig?

Wie dem auch sei, sie brauchte sich das nicht bieten zu lassen. Es war ja nicht ihr Freund.

»Hat sie nicht angerufen oder sich gemeldet?« fuhr sie ihn an. »Es ist bestimmt irgend etwas passiert, weil ich genau weiß, daß sie –«

»Schätzchen! Natürlich ist etwas passiert. Es passieren laufend Dinge. Auf der ganzen Welt. Wußtest du das nicht?«

»Alistair!« Bridget schrie fast vor Ungeduld. »Hat Diana nun angerufen, um zu sagen, was los ist, oder hat sie nicht angerufen?«

»Ja und nein. Wie man es nimmt«, entgegnete er nachdenklich. »Es kommt öfter vor bei zwischenmenschlichen Angelegenheiten... Ist ja schon gut, meine Süße, nun reg dich nicht so auf! Die Antwort lautet, ja, sie hat angerufen, und nein, sie hat nicht gesagt, was los ist. Das heißt...«, hier unterbrach er sich wieder, entweder, um seine Gedanken zu sammeln, oder bloß, um Bridget den letzten Nerv zu rauben, »sie hat sich nicht allgemein verständlich ausgedrückt. Anscheinend ist sie irgendwo aufgehalten worden. Auf der Arbeit. Oder war es im Krankenhaus? Such dir was aus.«

»Im Krankenhaus?« Bridget erschrak im ersten Moment. Dann fiel ihr ein, daß Diana heute nachmittag einen ihrer Untersuchungstermine bei der Schwangerschaftsvorsorge hatte. Darüber mußten sie sich unbedingt auch mal unterhalten, und zwar bald. Die Vorstellung ihrer Freundin, sie könne weiter ihrer aufreibenden Arbeit nachgehen und gleichzeitig alleinerziehende Mutter spielen, kam Bridget ziemlich absurd vor. Und überhaupt, der Wunsch nach einem Kind – ausgerechnet von Alistair! Kein bloßer Wunsch, sondern ein so leidenschaftliches Verlangen, daß sie sogar bereit war, sich wochenlanges Piesacken, Hormonspritzen, Spezialdiäten und alles mögliche andere gefallen zu lassen.

Egal. Jedenfalls klappte es anscheinend nicht. Bis jetzt nicht.

Alistair rückte jetzt tatsächlich freiwillig mit einer Information heraus.

»Keine Sorge, Kleines«, sagte er. »Sie wird schon noch kommen. Es dauert eben bei ihr, wie immer. Ich habe derweil die Stellung gehalten und mir das endlose Geschnatter von Bewerberinnen für eure Gruft hier angehört. Nein, nein, Liebes, ich habe natürlich nicht ›Gruft‹ gesagt – wie käme ich dazu! Im Gegenteil, ich habe es so dargestellt, als sei es eine Mischung aus Buckingham Palace und Schöner Wohnen. Die Bewerber werden euch die Bude einrennen, jetzt gleich, es würde mich nicht wundern.« Er gähnte, räkelte sich wieder in seine vorherige lümmelnde Haltung und fuhr fort: »Eine kleine Dame ist sogar schon vorbeigekommen. Ich habe sie selbst schon ausgefragt. Ihr habt Glück, daß ich kein Honorar für diesen Service verlange.« Er gähnte wieder, und Bridget trat jetzt ganz ins Zimmer, warf ihr Tuch über eine Stuhllehne und schüttelte ihr feuchtes Haar.

»Nun sag schon«, forderte sie ihn auf. »Wer war es? Wie heißt sie? Wie ist sie?«

»Wie sie ist? Ich hatte den Eindruck, sie ist genau das, was Onkel Doktor verschrieben hat. Zurückhaltend bis zur Selbstaufgabe. Pathologisch ängstlich darauf bedacht zu gefallen. Überhaupt ängstlich – mit genetisch vorprogrammiertem Sorgenorgan, würde ich sagen. Aber das macht sie ja nur um so formbarer. Und formbar sollte sie ja wohl sein, wenn ihr beiden Drachen auf sie einhackt. – Wie alt? So alt, wie Frauen heutzutage gewöhnlich sind. Du mußt das doch wissen. – Wie sie aussieht?« Er unterbrach sich und überlegte angestrengt. »Eigentlich wie ein Ohrwurm. Klein und verdruckst, und sie vermittelt dir das Gefühl, daß ihr besser damit gedient ist, wenn man sie gleich zertritt, um sie von ihrem Leid zu erlösen. Bestens geeignet für zwei so eisern verschlagene Huftiere wie ihr zwei.«

»Du meinst ›eisenbeschlagen‹«, sagte Bridget in überheblichem Tonfall. »›Eisern verschlagen‹, wenn es den Begriff überhaupt gäbe, wäre ein pleonastischer Pejorativ –«

Sie hörte mitten im Satz auf. Alistair hatte etwas an sich, das sie wie eine gereizte Lehrerin reagieren ließ, und das mißfiel ihr. Sie wechselte das Thema.

»Um wieviel Uhr hat –«, fing sie an, aber Alistair unterbrach sie.

»Ach, noch etwas. Wie gesagt, sie ist die ideale Besetzung. Eine mißhandelte Frau, die aus einem dieser Frauenhäuser geflohen ist. Diana wird begeistert sein! Hat sie nicht gesagt, sie hätten sich für die nächste Ausgabe von »Hilfe! Ich brauche Hilfe!« mißhandelte Frauen vorgenommen? Madam Ohrwurm ist doch für jeden ein Geschenk des Himmels, der wie unsere Di auf der Mitleidsmasche im Fernsehen reitet.«

Alistair machte sich gern über Dianas Arbeit lustig, allerdings fiel es auch nicht schwer, sich darüber lustig zu machen, wenn man, wie Alistair, ohnehin dazu neigte. Diana arbeitete für einen neuen Fernsehsender, wo sie das Dokumentarmaterial für die täglich wechselnden, beliebten Themen aufbereitete: Krankenhausschließungen, Kindesmißhandlung, Kampfhunde, Satanskult und, auch das, mißhandelte Frauen. Sie suchte die Themen nicht selbst aus, im allgemeinen wurden sie ihr von den Programmgestaltern vorgeschrieben. Dianas Aufgabe bestand vielmehr darin, Personen aufzuspüren, die auf spektakuläre Weise von dem betroffen waren, was gerade auf der Tagesordnung des Schreckens stand, und sie auf die Interviews vorzubereiten.

»Um wieviel Uhr hat die Frau –«, hob Bridget an; sie unterbrach sich, als sie Diana die Tür aufschließen hörte.

Es mußte aufgehört haben zu regnen, denn Dianas rotbraunes Haar fiel in üppigen Wellen hinab bis auf die Schultern, keine Spur feucht oder zerzaust. Der Haarschnitt war vielleicht ein bißchen zu gewagt für ihre siebenunddreißig Jahre, aber man ließ es ihr gerade noch durchgehen, und wahrscheinlich noch weitere zwei oder drei Jahre. Im Moment sah sie sogar noch jünger aus als sonst, das Gesicht gerötet und gespannt, der kalte Wind draußen hatte ihm Farbe und Frische eingehaucht.

»Ich brauche unbedingt was zu trinken!« rief sie ihrem untätigen Geliebten munter entgegen. »Ich sterbe vor Durst. Mein Tag war absolut grauenhaft!« Erst jetzt fühlte sich Alistair bemüßigt und erzeugte mit den Flaschen und Gläsern ein so wohltuendes Klirren, daß selbst Bridgets gereizte Stimmung verflog. Rasch versammelte sich die kleine Schar um den künstlichen Kamin – eine gelungene Imitation –, und Alistair wiederholte für Diana die Nachricht von der neuen Mieterin.

»Eine mißhandelte Frau, Di!« rief er freudestrahlend. »Darauf sind doch eure sensationslüsternen Fernsehgeier im Augenblick besonders scharf. Du kannst deine Beute mästen, bevor sie auf die Schlachtbank geführt wird, und du kannst sie mundgerecht dem Publikum servieren, ohne auch nur einen einzigen Schritt vor die Tür machen zu müssen.«

Diana lachte herzlich. Sie lachte immer über Alistairs Sticheleien, selbst wenn sie manchmal unter die Gürtellinie zielten.

»Guter Gedanke«, erwiderte sie. »Aber wie du weißt, Ali, läuft das nicht so. Man kann für diese Arbeit nicht einfach jemanden nehmen, den man persönlich kennt. Das wäre unmoralisch.«

Unmoralisch? Seit wann scherten sich Medienleute um Moral? Alistair sperrte vor Staunen den Mund auf, aber noch ehe er eine Frage formulieren konnte, fuhr Diana fort.

»Sie würde sowieso nicht zu uns passen, Schatz. Ich meine, als Mitbewohnerin. Eine mißhandelte Frau – die hat doch sicher kein Geld, oder? Wir brauchen jemanden, der auch richtig Miete zahlt. Darum geht es. Nein, das ist unmöglich.«

Als sie geendet hatte, rückte Alistair auf seinem niedrigen Sitz ein Stück vor, ergriff Dianas Hand und drückte einen matten Kuß darauf.

»Jetzt hör sich einer diese raffgierige, kleine Made an!« schimpfte er. »Man sollte meinen, wenn man sich diese einfühlsamen, engagierten, herzzerreißenden Sendungen ansieht, daß irgendwo hinter dem ganzen Unsinn doch der Gedanke steckt, den Opfern, die du in deinen Klauen hältst, wirklich zu helfen. Zum Beispiel diesem Ohrwurm, wenn der jetzt angekrochen käme, mit blauen Flecken und blutverschmiert vom letzten Krach mit Männe, und dich auf Knien um Obdach anflehen würde – ich kann mir genau vorstellen, wie du reagieren würdest. Du würdest zu ihr sagen: Sehr schön, meine Liebe, wirklich ganz toll!

Bleib so! Nicht bewegen, bleib auf den Knien. Rühr dich nicht vom Fleck! Nur der Kopf… wenn du den noch ein bißchen nach links drehen könntest… wenn es dir nichts ausmacht. Damit wir das Blut auf der linken Wange auch gut draufkriegen. Ja… sehr schön… wirklich sehr überzeugend. Nicht bewegen! – So würde es doch laufen, Schatz, oder etwa nicht? Gib's zu!«

Diana lachte wieder, ein bißchen beklommen diesmal, aber bevor sie sich eine passende scherzhafte Erwiderung ausdenken konnte, wurden sie von einem Klingeln an der Tür aufgeschreckt. Es war ein eher angedeutetes, zögerliches Klingeln, als sei sich der Besucher unsicher, ob es auch die richtige Adresse war, oder aber, ob er überhaupt willkommen war.

3

Ohrwurm« war sicher kein freundlicher Spitzname, aber man konnte unschwer erkennen, was Alistair damit gemeint hatte. Norah Payne war klein und kompakt, sie hatte einen dunklen Teint, und ihre flüchtigen, ruckartigen Bewegungen hatten tatsächlich etwas Insektenhaftes an sich. Man fühlte sich an die instinktiven Bewegungen eines Lebewesens niederer Gattung in Gegenwart größerer und intelligenterer Wesen höherer Gattung erinnert, vor denen der einzige Schutz in Schnelligkeit, Unsichtbarkeit und rascher Reaktionszeit bestand.

Wünschte der Gast etwas zu trinken? Auf einem bequemen Sessel Platz zu nehmen? – Sodann schickte man sich an, das unweigerlich unerquickliche Gespräch zwischen Mieter und Vermieter zu führen, in diesem Fall besonders unerquicklich, weil die Riege der Vermieter bereits wußte, wie ihr endgültiges Urteil lauten würde: nein.

Nichts sonst. Alles andere wäre verrückt gewesen. Leider verhinderte diese unumstößliche Tatsache nicht, daß sie sich wie herzlose Ungeheuer vorkamen. Und mit jedem Wort von Norahs Leidensgeschichte kamen sie sich noch ungeheuerlicher vor.

Seit neunzehn Jahren verheiratet (sie mußte also etwa

vierzig sein; schwer zu sagen bei der trockenen bräunlichen Gesichtshaut, ohne jedes Make-up, dazu die Kummerfalten um Mund und Augen), jedenfalls seit langem verheiratet mit einem wahnsinnig gut aussehenden Mann, der anfangs scheinbar der Traum jeder Romanheftchenheldin gewesen sein mußte. Er sei groß und dunkelhaarig und habe sehr gute Manieren, der Typ Mann, den man seiner Familie und seinen Freunden mit Stolz präsentiert hätte. Ach so, ja, und er sei sehr, sehr reich...

Reich? Sei das so wichtig gewesen für sie?

»Oh, nein, es war nicht wegen des Geldes«, beeilte sich Norah, die drei zu beruhigen. »Was einen reichen Mann so attraktiv macht, ist ja nicht das Geld, es ist der Glanz des Erfolgs, den er ausstrahlt. Das geht über das gute Aussehen hinaus – sogar über das nette Wesen. Versteht ihr, was ich meine?«

Verstehen? Bridget hätte am liebsten verneint. Nach eigenem Erfolg, und auch nach dem Glanz des eigenen Erfolgs strebte sie, nicht aber nach dem irgendeines Mannes in ihrem Leben.

Aber es galt sich zu konzentrieren. Norah setzte gerade an, die qualvolle Geschichte ihrer Ehe zu erzählen: Gewalt, Androhung von noch mehr Gewalt, Messer, angezündete Streichhölzer, Übergriffe im Vollrausch...

»Dann ist er also Alkoholiker?« erkundigte sich Diana, aus professionellem Interesse hellhörig geworden. »Du hättest dich an die Anonymen Alkoholiker wenden können. Die haben ein besonderes Programm für Angehörige von Alkoholikern... Wir haben mal eine Sendung über die gemacht. Die sollen einander wirklich sehr gut helfen und unterstützen. Wenn du willst, kann ich dir die Adresse geben.«

»Nein. Bitte nicht!« Norahs gefaltete Hände, die sie sittsam in den Schoß gelegt hatte, zitterten leicht, wenn man genauer hinsah. »Oh, nein, so etwas würde ich mich nie trauen! Mervyn brächte mich um, wenn er das herausfinden würde. Und er würde es bestimmt herausfinden. Er hat immer alles herausgefunden... deswegen mußte ich zum Schluß weglaufen... Mir blieb nichts anderes übrig... Und so bin ich im Frauenhaus gelandet... So verzweifelt war ich... Es war meine einzige Rettung. Und wißt ihr, was dann passiert ist? – Mervyn hat mich aufgespürt. Ich weiß nicht, wie er das geschafft hat. Ich werde es wohl nie erfahren. Er ist Facharzt, müßt ihr wissen, in einer Nervenklinik, er hat Verbindungen. Jedenfalls stand er eines Morgens da, ich sah ihn vom Fenster aus. Ich raffte meine paar Sachen zusammen, die ich mitgebracht hatte, und kletterte aus dem Fenster in den Garten und über den hinteren Zaun auf die Straße.«

»Die Mühe hättest du dir sparen können, meine Liebe«, warf Diana ein. »Diese Frauenhäuser sind extra dafür eingerichtet, mißhandelte Frauen vor ihren Männern zu schützen, wenn die plötzlich unerwartet vor der Tür stehen. Sie hätten ihn schon von dir ferngehalten, ganz bestimmt. Ich habe selbst mal ein bißchen über Mißhandlungen von Frauen recherchiert, und ich kann dir versprechen, daß...«

Die zitternden Hände, braun und trocken wie abgestorbene Blätter, beruhigten sich wieder, wurden aber so fest zusammengepreßt, daß sie beide nicht größer als ein Tennisball waren. Plötzlich kullerten Tränen über Norahs eingefallene Wangen.

Es war peinlich. Tränen waren immer peinlich, wenn man die weinende Person nicht gut genug kannte, um sie einfach in die Arme zu nehmen. Jedenfalls kam es Bridget so vor – sie empfand mittlerweile einen leichten physischen Ekel vor dem kleinen erbärmlichen Geschöpf, das vor ihr auf dem großen Sessel kauerte.

Einfach übersehen. Das Thema wechseln.

»Ich hole dir noch etwas zu trinken«, war das einzige, was ihr einfiel; und sie stand auf und lief in die Küche, unter dem Vorwand, sie brauche noch Eiswürfel.

Sie bummelte absichtlich bei ihrer Besorgung, blickte sehnsüchtig auf die Lammkoteletts, die noch im Kühlschrank schlummerten. Eigentlich hätten sie und Diana längst beim Essen sitzen sollen, Fleich mit Pilzen, Tomaten, Blumenkohl und Kartoffelbrei. Der schöne Abend war nun verdorben; erst Alistair, dieses Arschloch, und jetzt diese aufdringliche Frau, das geborene Opfer. Kein Wunder, daß ihr Mann sie geschlagen hatte – aber noch ehe Bridget Zeit fand, dieser hartherzigen und durch nichts zu rechtfertigenden Vermutung weiter nachzuhängen, wurde sie unterbrochen.

»Bridget! Wo steckst du denn bloß? Läßt mich die ganze Zeit allein mit ihr!«

Dianas wütender Vorwurf war berechtigt. Bridget hatte tatsächlich vor einer unangenehmen Situation gekniffen, und sie war fast bereit, es zuzugeben.

»Entschuldigung. Ich dachte nur an die Koteletts. Ich sterbe vor Hunger. Du nicht? Ich kann doch schon mal mit dem Kochen anfangen, während du die Frau abwimmelst. Oder, noch besser wäre es, wenn du Alistair dazu überreden könntest. Wird langsam Zeit, daß er sich mal nützlich macht in der Wohnung.«

»Nein, Bridget. Versteh doch. Alistair ist ja gerade das Problem. Sagt der doch glatt zu mir: ›Hast du denn kein Erbarmen mit einem Mitmenschen in Not?‹ Du weißt ja, daß er schon vorher so dahergeredet hat, bevor sie kam, aber jetzt ist alles nur noch schlimmer. Sie hat angefangen zu weinen. Zu plärren. Wie ein Kind. Und er nimmt sie mit großspuriger Geste in die Arme, absichtlich, nur um mir zu demonstrieren, wie kleinmütig ich bin. Ich weiß genau, er macht es nur deswegen. Ich sehe doch, wie er mir zwischen ihren spröden, rötlichen Haarsträhnen triumphierende Blicke zuwirft. Er weiß, daß er gewinnt. Er weiß, daß ich mir mies vorkommen muß. Er macht es mit voller Absicht!«

Bridget pflichtete ihr bei, daß es sich wahrscheinlich so verhielt. »Aber du brauchst es ja nicht zu beachten, Di. Du weißt doch, wie er ist. Er macht sich gerne über dich lustig. Für ihn ist sowieso alles nur ein Spiel. Deswegen geht er mir ja so auf die Nerven. Und dir doch eigentlich auch. Du mußt nur energisch genug auftreten. Überrede ihn doch, sie mit dem Auto dahin zu fahren, wohin sie will. Damit kann er sein Mitgefühl ausreichend unter Beweis stellen, besonders, wenn sie nach Südlondon will.«

»Darum geht es ja gerade, Bridget. Sie kann nirgendwo hin. Deswegen ist sie hier. Sie hat sich gedacht, jemand, der ein Zimmer zu vermieten hat, muß ja wohl auch ein freies Zimmer zur Verfügung haben und könnte sie für ein, zwei Tage unterbringen, bis man einen richtigen Mieter gefunden hat. Und das könnten wir natürlich machen. Alistair meint –«

»Was Alistair meint, kann mir gestohlen bleiben! Was wir wollen, darauf kommt es an. Und solange wir beide hartnäckig bei unserem Nein bleiben –«

»Sie will auch bezahlen«, warf Diana zaghaft ein. »Sie will kein Mitleid, hat sie gesagt. Sie will nur… nur für ein, zwei Nächte –«

»Es bleibt nicht bei ein, zwei Nächten! Das weißt du genausogut wie ich. Sobald sie erst mal hier drin ist, werden wir sie so schnell nicht wieder los. Wir würden sogar gegen das Gesetz verstoßen, wenn wir sie auf die Straße setzten, von Alistair und seinem Mitgefühl mal ganz abgesehen. Apropos Mitgefühl. Was ist mit den Scharen von Bewerbern, die heute nachmittag angerufen haben, wie er sagt? Haben die vielleicht keine Rechte? Die waren immerhin vor ihr da. Und woher weiß er, daß die nicht behindert oder geisteskrank oder sonstwas sind und sein kostbares Mitgefühl mehr verdienen als die Frau?« Es war gemein, was sie da von sich gab, das war ihr klar; aber, Himmel, sie hatte einen wahnsinnigen Hunger.

»Scharen waren es nun auch wieder nicht«, gestand Diana. »Er sagt, es seien nur zwei Leute gewesen – und keiner im mindesten irgendwie behindert. Der eine war amerikanischer Fastfood-Experte, der für ein halbes Jahr eine Zweitwohnung in London sucht, während er eine Fusion oder so was vorbereitet. Und der andere war irgend so ein Yuppie, der sich gleich erkundigt hat, ob auch genügend Parkplätze für seine beiden Autos da wären. Außerdem hat Alistair noch gesagt…«

Wenn sie noch einmal den Namen Alistair hörte und was er gesagt hätte, würde sie einen Schreikrampf kriegen, dachte Bridget.

»Wie wär's«, sagte sie. »Warum werfen wir sie nicht einfach raus, alle beide, und essen gemütlich zusammen. Wir haben weder ihn noch sie eingeladen. Alistair sollte erst Sonntag wiederkommen, hast du mir gesagt.«

Sie drehte mit Wucht den Gashahn auf, ließ geräuschvoll Wasser in einen Topf laufen, setzte ihn auf die Platte und bückte sich, um den Backofen anzuzünden. Erst jetzt merkte sie, daß Diana noch gar nicht auf ihre Schimpfkanonade reagiert hatte. Sie drehte sich um und sah, daß ihre Freundin verlegen mit dem Schneebesen spielte und nicht zu ihr aufschaute.

»Ja, ja«, setzte Diana schuldbewußt an, »ich weiß, das habe ich gesagt. Aber es ist etwas dazwischengekommen, Bridget. Ich war heute nachmittag bei der Schwangerschaftsvorsorge, wegen der Testergebnisse. Sie haben meine Temperatur gemessen, das machen sie immer, das ist reine Routine, mußt du wissen, aber diesmal lag sie ein klein bißchen höher, bei 37,5. Das ist nicht viel, aber es deutet darauf hin, daß ich gerade einen Eisprung habe, drei Tage früher. Ich habe sofort Alistair angerufen und ihn gefragt, ob er nicht schon heute abend kommen kann statt Sonntag. Aber ich meinte abends, Bridget, ehrlich. Ich hätte nie erwartet, daß er einfach so aufkreuzen würde, rechtzeitig zum Essen und so.«

Wieso hätte sie das nie erwartet? Sie kannte Alistair jetzt seit sechs oder sieben Jahren, und seit drei Jahren waren die beiden ein Paar – langsam müßte sie sein ichbezogenes, launisches Wesen doch kennen. Wenn es ihm paßte, früher als verabredet zu kommen, rechtzeitig zum Abendessen, dann kam er eben früher, voll heiterer Zuversicht, daß es irgendwann wohl Essen geben würde.

Es war ausschließlich Dianas Schuld. Wieso sollte ein Mann wohl sonst vorbeikommen, wenn er nicht genau wüßte, daß es irgendwann unweigerlich etwas zu essen für ihn geben würde? Selbst die Pavlowschen Hunde besaßen soviel Verstand.

Wie hatten sich die Pavlowschen Hunde eigentlich verhalten, wenn die erwartete Mahlzeit gelegentlich mal ausfiel? Das gehörte doch bestimmt auch zu dem Experiment – Pavlow war ein gewissenhafter und gründlicher Forscher. Bridget erinnerte sich vage, irgendwo mal gelesen zu haben, daß die Hunde erstaunlich lange weiter Speichel produziert hätten – 27,4 Minuten lang. Das bedeutete, wie ihr ein Blick auf die Uhr verriet, daß Alistair weiter Speichel produzierte, wenn alles fertig war und die Koteletts nur noch gewendet zu werden brauchten.

Er sollte nichts abkriegen. Auf keinen Fall. Wie sollte man vier Koteletts in drei Portionen aufteilen? Heute abend kochte Bridget, und der Koch hielt die Macht in Händen, das war schon immer so. Er hatte die Macht, Friede, Freude und Wohlbehagen zu stiften, aber auch die Macht, allen den Abend zu verderben.

Macht verdirbt den Charakter, und absolute Macht verdirbt den Charakter absolut. Bridget fühlte sich zwar bedrängt, aber die Vorstellung, absolut verdorben zu sein, gefiel ihr nun auch wieder nicht. Sie suchte nach einem Kompromiß. Könnten sie Alistair nicht dazu überreden, diese Norah zum Essen auszuführen und sie anschließend da abzuladen, wo sie hergekommen war? Danach könne er ja, wenn es unbedingt sein mußte, immer noch hierher zurückfahren.

Dieses Zugeständnis mußte wohl sein. Soviel war an Dianas Gesichtsausdruck und den zunehmend energischeren Schlägen mit dem Schneebesen zu merken. Das ermüdende Drama um Dianas Eisprung spielte sich jeden Monat gleich ab: das Zahlenspiel, das heißt die Berechnung der genauen Abendstunde, fast auf die Minute, wann der Liebesakt, wenn man ihn noch als solchen bezeichnen konnte, mit größter Wahrscheinlichkeit zu einer Schwangerschaft führen würde. Hinzu kamen die unwägbaren Größen, die mit einkalkuliert werden mußten, das eilige Herzitieren von Alistair, wenn die Zeit reif war. Es war lästig, aber Bridget wollte keine Spielverderberin sein. Immerhin war Diana schon siebenunddreißig; sie konnte es sich nicht leisten, so lange zu warten, bis ihr der Richtige über den Weg lief; es war zweifellos klüger, sich mit dem Falschen zu begnügen, solange sie ihn noch an sich binden konnte. »Das Eisen schmieden, solange es heiß ist«, wäre wohl Alistairs Spruch dazu gewesen, wenn er Bescheid gewußt hätte.

Alistair wußte nicht Bescheid, jedenfalls behauptete Diana das steif und fest. War er wirklich so blöd, fragte sich Bridget manchmal, daß er angesichts des eindringlichen, periodischen Herzitierens seiner Person an Dianas Bett nicht zwei und zwei zusammenzählen konnte, besonders wenn man den normalerweise freud- und lustlosen Charakter ihrer Beziehung berücksichtigte? Vielleicht war er auch ganz und gar nicht blöd. Vielleicht war er sich durchaus im klaren über Dianas hektische Steuerung ihres gemeinsamen Liebeslebens und fühlte sich heimlich geschmeichelt. Wenn sich jemand solche Mühe für einen gab, nur um ihm sein eigenes Ebenbild zu schenken, da mußte man sich doch geschmeichelt fühlen.

Wie immer seine Haltung auch sein mochte, Diana ließ sich durch solche Probleme nicht abschrecken.

»Männer sind komisch, wenn es um Kinder geht«, hatte sie eines Nachts erklärt, als sie und Bridget in den frühen Morgenstunden nach Hause gekommen waren und noch in der Küche gesessen hatten, anstatt gleich ins Bett zu gehen. »Die Menschheit wäre schon längst ausgestorben, wenn man sich darauf geeinigt hätte, daß die Männer jedem Kind zustimmen müßten. Demzufolge müssen Frauen das selbst in die Hand nehmen, das heißt seit der Erfindung der Geburtenkontrolle. Die Männer wollen es immer hinauszögern. ›Nicht jetzt, Schatz, erst wenn ich mein Examen gemacht habe... mich an die neue Arbeit gewöhnt habe... das Geschäft wieder in Schwung gebracht habe... befördert worden bin. Und was ist mit dem Auslandsurlaub, Schatz? Uns einfach treiben lassen, wohin es uns gefällt? Wie sollen wir das noch schaffen, wenn wir uns jetzt ein Kind aufhalsen?‹ Und wenn er schließlich und endlich doch noch dazu bereit ist – dann ist die Frau zu alt. Ich sage dir, Bridget, das Überleben der Menschheit hängt heute von den Frauen ab. Das ist eine schwere Verantwortung.«

Schwer, das kann man wohl sagen, und, Diana zufolge, abhängig von Frauen, die so taten, als würden sie die Pille nehmen und sie in Wirklichkeit doch nicht nahmen... lieber Löcher in Kondome stachen... »Alle möglichen Tricks«, wie Diana sich ausdrückte, und Bridget hatte zugehört, leicht beunruhigt, aber unfähig, dem etwas entgegenzusetzen. Sie war jedenfalls keine Siebenunddreißig und hatte bisher keine Muttergelüste verspürt. Im Gegenteil, ihre Einstellung zu diesem Thema war mit der des männlichen Geschlechts, wie es Diana skizzierte, praktisch identisch. Nicht jetzt. Noch nicht. Ich will erst noch in meinem Beruf weiterkommen. Ich will meine Freiheit genießen.

Jetzt war jedenfalls nicht der Zeitpunkt für Diskussionen. Bridget stach mit einer Gabel in eine Kartoffel und kam zu dem Schluß, daß sie gleich gar sein mußten. Die Koteletts verbreiteten einen köstlichen Duft, und sie sammelte die nötige innere Kraft, um rüber ins Wohnzimmer zu gehen und in freundlichem Ton zu erklären – wenn sich so etwas überhaupt freundlich erklären ließ –, daß keiner der beiden unerwarteten Gäste etwas zu essen bekommen würde, als Alistair mit einem eigenen Vorschlag in die Küche geschlurft kam.

»Wir gehen raus und holen uns etwas zu essen«, sagte er. »Ich habe unserem Besuch erklärt, bei so knausrigen, ungastlichen Leuten wie euch beiden bliebe einem nichts anderes übrig, als –«

»Ungastlich? Das ist ungerecht!« rief Diana hastig dazwischen. »Wie oft habe ich hier gestanden und für dich –«

»Ich weiß nicht, wie oft. Ich habe nie nachgezählt«, erwiderte Alistair hochmütig. »Das hieße die Vergangenheit heraufbeschwören, oder nicht? Nur die Alten beschwören die Vergangenheit herauf. Ich bin ein Mensch der Gegenwart. Ich lebe im Hier und Jetzt. Die Gegenwart ist alles, was wir haben, und wenn uns die Gegenwart zwei geizige, gierige Drachen beschert, die ihr köstliches Mahl nicht mit uns teilen wollen...«

Erst jetzt, leicht verspätet, merkte Diana, daß er nur Spaß machte, und sie lachte entsprechend kurz auf.

Dann wirkte sie plötzlich wieder angespannt, und ihre Miene wurde ernst.

»Aber du kommst doch zurück, Ali, oder nicht? Ich meine, heute abend noch. Es ist egal, wie spät...«

Er lachte, einigermaßen freundschaftlich, und versetzte ihr einen Kinnstüber.

»Natürlich komme ich wieder, mein Küken! Das würde ich mir um keinen Preis entgehen lassen!« Er lachte wieder und zwinkerte Bridget verschmitzt zu, worauf sie sich erneut fragte, ob er nicht längst wußte, was Diana vorhatte, und nur deswegen schwieg, damit hinterher – was auch immer passierte – wirklich niemand sagen konnte, es sei seine Schuld.

4

Alistair und sein Schützling kehrten erst nach Mitternacht heim. Bridget war gerade kurz vorm Einschlafen, als sie von dem verstohlenen Öffnen und Schließen der Wohnungstür geweckt wurde, gefolgt von dem unterdrückten und zermürbenden Gepolter, das typisch ist für Personen, die versuchen, sich still zu verhalten.

Diana war selbst bei besten Voraussetzungen keine Tiefschläferin, wie Bridget aus Erfahrung wußte, Schlaflosigkeit entsprach eher ihrem Stil. Und besonders heute nacht, mit Fieberthermometer, Stoppuhr und Regelkalender griffbereit neben sich liegen, würde sie mit Sicherheit keine Auge zutun.

Das waren Bridgets Überlegungen, und gleich daran schloß sich der tröstliche Gedanke, daß es folglich an Diana sei, aus dem Bett aufzustehen und sich um alles zu kümmern, um das sich gekümmert werden müßte: das Gästebett herrichten (denn zu dieser nachtschlafenen Zeit hatte man gar keine andere Wahl, als der Frau zu gestatten, über Nacht zu bleiben); sauberes Bettzeug, Kissenbezug und Handtücher heraussuchen; der Frau irgend etwas Warmes zu trinken machen; sie fragen, was sie zum Frühstück äße und wann sie geweckt zu werden wünschte. Bridget lag mucksmäuschenstill, fest entschlossen, keinen Finger zu rühren.

Es war nur recht und billig. Das Ganze war Alistairs Schuld; er war Dianas Freund, nicht ihrer. Sie kuschelte sich in das Federbett, und daß sie jegliche Verantwortung von sich wies, machte ihr in keinster Weise zu schaffen, weshalb sie denn auch bald einschlief. Erst am nächsten Morgen wurde ihr bewußt, daß ein Preis dafür zu zahlen war. Man mußte im Leben immer für alles bezahlen.

Es Diana zu überlassen, mit der mißlichen Lage fertigzuwerden, hieß in Wahrheit, es Alistair zu überlassen und auf diese Weise dazu beizutragen, daß seine unpraktischen Entscheidungen sich durchsetzten. Was auch immer er empfehlen würde, Diana wäre damit einverstanden, und genauso war es abgelaufen, während Bridget fest geschlafen hatte.

Norah sollte bleiben. Nicht nur für eine Nacht, sondern »bis sie sich wieder gefangen hat«.

»Sieh mal, sie hat sogar eine Wochenmiete im voraus bezahlt!« verkündete Diana und wedelte mit einem Bündel Geldscheine vor Bridgets Nase herum, als handelte es sich um eine Siegestrophäe, obwohl es, wie Bridget mit einem Blick sah, das Symbol einer erbärmlichen Niederlage war.

Norah hatte den Sieg davongetragen. Sie besaß jetzt das verbriefte Recht, sich hier aufzuhalten, nicht bloß für eine Woche, sondern für die vermutlich vielen Wochen, während denen sich die komplizierten und langwierigen rechtlichen Schritte zu ihrem Rauswurf endlos hinziehen würden.

Bridget bemühte sich, Diana ihr Entsetzen und ihre Befürchtungen zu vermitteln, was ihr nur teilweise gelang, denn Diana, die mit einem Blick auf die Uhr Sojamilch in ihr Müsli goß, war bereits in Eile.

»Ach, Bridget, sie ist überhaupt nicht so, bestimmt nicht. Sie weiß, daß sie nur den Lückenbüßer spielt, bis wir einen richtigen Mieter gefunden haben. Und außerdem, wenn wir ehrlich sind, haben wir doch noch keinen gefunden, oder? Es kann nicht schaden, derweil ein bißchen Geld einzunehmen – dazu bar auf die Hand. Ich schaffe es diese Woche unmöglich, zur Bank zu kommen, und du weißt doch, wie zeitraubend das ist, sich in die Schlangen vor den Geldautomaten einzureihen, die obendrein sowieso meistens nicht funktionieren. Hier, deine Hälfte!« – und sie hielt ihr eine Handvoll Geldscheine hin, fächerförmig, wie ein Kartenspiel.

Bridget war drauf und dran, das Geld empört zurückzuweisen, änderte dann aber ihre Meinung und nahm es an. Die Scheine, zusammen mit denen in ihrem Portemonnaie, würden es ihr ermöglichen, Norah die gesamte Summe zurückzuzahlen, in bar, noch heute morgen. So müßte sich die ganze Transaktion doch wohl in vollem Umfang rückgängig machen lassen, oder? Es mußte natürlich gesittet geschehen; kein Grund, ausfallend zu werden oder gar noch mehr Ärger zu verursachen.

Es war später Vormittag, die anderen waren längst aus dem Haus, als sich Norah in dem geblümten Morgenmantel, den Diana ihr geliehen hatte, in die Küche begab. Ihr erster Blick fiel auf Bridgets Notiz, die an dem Heißwasserbereiter lehnte, so daß sie sich nicht einmal eine Tasse Tee machen konnte, ohne sie nicht vorher gelesen zu haben.

Es war nett gemeint, immerhin: »… als unser Gast für ein, zwei Tage willkommen … kann unmöglich Geld dafür annehmen... müssen uns heute abend mal richtig aussprechen...«

Norah steckte den Zettel langsam zurück in den Umschlag, zusammen mit den verschmähten Geldscheinen. Die Lust auf eine Tasse Tee war ihr vergangen, sie verließ die Küche, wobei sie Geld und Brief fest mit der feuchten, zitternden Hand umklammerte. Sie sah, wie die Wintersonne durch die großen Fenster in den Raum strömte, in dem sie gestern abend alle gesessen hatten, trat in ihren ruhigen Schein und ließ sich in einen der schweren Sessel nieder, mit Blick aus dem Fenster; ihr gegenüber ein Himmelsausschnitt, von dem Kreuzmuster schwarzer Zweige eines hohen Baums durchzogen.

Sie wendete den Umschlag ein paarmal hin und her, las aber Bridgets Nachricht nicht noch mal. Sie wußte auch so, was es bedeutete. Es bedeutete, daß sie nicht bleiben konnte, jedenfalls nicht länger als ein paar Tage, höchstens eine Woche, oder zwei. Würde eine Woche, würden zwei Wochen reichen für das, was sie vorhatte? Sie mußte überlegen... überlegen...

Am wichtigsten war, daß sie nicht herausfanden, warum sie gekommen war, und auch nicht, woher. Geisteskrankheit schreckte jeden Menschen ab, mit Recht – das wußte Norah selbst am besten, und deswegen mußte sie so angestrengt überlegen und sich schnell etwas einfallen lassen. Bevor sie alle heute abend wieder eintrudelten, mußte sie entschieden haben, was sie ihnen sagen würde.

Leider hatte sie durch das, was sie ihnen erzählt hatte, bereits einige Möglichkeiten selbst ausgeschlossen. Vielleicht hatte sie dadurch unfreiwillig alles nur noch verschlimmert.

Welcher Teufel hatte sie bloß geritten, als sie ihnen sagte, sie habe keine Kinder? Die Fernsehjournalistin, Diana, war sofort darauf eingegangen: Warum sie in ein Frauenhaus geflohen sei, wenn sie keine Kinder habe. Warum sie ihren Mann nicht einfach verlassen und sich Arbeit gesucht habe, eine unabhängige, gesunde Frau wie sie.

Gute Frage. Norah hätte selbst darauf kommen können und sich eine passende Geschichte zurechtlegen sollen. Von Christopher konnte sie ihnen unmöglich erzählen; es hätte zur Folge gehabt, daß sie auch hätte berichten müssen, was mit ihm passiert war. Aber sie hätte doch irgendein Phantasiekind erfinden können. Ein kleines Mädchen, irgendeine Alice zum Beispiel, neun Jahre alt, mit langen blonden Haaren, die Geige lernte. Oder einen Sohn, der gerade sein Examen in Zeitgeschichte machte und hoffte, anschließend in einem Verlag unterzukommen.

Die Schwierigkeit dabei wäre die Fragerei gewesen, die das nach sich gezogen hätte: Warum unterstützt dich dein Sohn nicht? Alt genug, um seinem Vater die Stirn zu bieten, ist er doch. Oder: Wieso bist du ohne deine kleine Tochter von zu Hause weggelaufen? Du kannst sie doch unmöglich mit ihrem grausamen, gewalttätigen Vater allein lassen.

Und dann gab es da noch einen Punkt: Sie hatte Mervyn als einen körperlich gewalttätigen Menschen hingestellt. Er war alles andere als das. Er hatte ihr nie auch nur ein Haar gekrümmt, und sie wußte, daß er sich auch nie dazu hinreißen lassen würde. Er war ein zurückhaltender Intellektueller, Psychiater an einem örtlichen Krankenhaus, und er hatte sich redlich bemüht, ihr bei ihren Problemen behilflich zu sein, jedenfalls zu Beginn.

Ihre Angst, so hatte er ihr versichert, beruhe zum größten Teil auf einer ungelösten Fixierung auf ihren Vater, die sich nachteilig auf ihre Beziehung zu Männern auswirke, die zu ihm, Mervyn, eingeschlossen. Da ihr Vater sie kritisiert habe, hatte er erklärt, wittere sie überall Kritik, so daß sie ihm sein eigenes Hilfsangebot als eine Art Frontalangriff auslegte. Das gestalte den Umgang mit ihr äußerst schwierig, führte Mervyn aus; sie scheine unfähig zu sein, das gewöhnliche Maß an Geben und Nehmen im zwischenmenschlichen Bereich akzeptieren zu können. Daher rührten ihre Probleme mit Christopher. Auch er sei ein Mann, und daher sei es unvermeidlich, daß er unbewußte Ängste in seiner Mutter auslöse.

»Du kannst von einem Dreizehnjährigen schlecht erwarten, daß er mit deiner gestörten Wahrnehmung der Wirklichkeit, der auch die Beziehung zwischen dir und ihm unterliegt, klarkommt«, hatte Mervyn festgestellt, damals, als die Probleme gerade ihren Anfang genommen hatten. Und Norah, damals noch jünger und noch nicht so feige, hatte in scharfem Ton erwidert: »Gestörte Wahrnehmung der Wirklichkeit! Was soll denn das heißen? Ich bin also verrückt. Stimmt's? Das willst du doch damit sagen. Ich bin verrückt!«

»Das Wort nehmen wir nicht in den Mund«, rügte er sie. »Kein Mensch wird heute noch als verrückt bezeichnet. Solche eindeutigen Kategorien sind heute nicht mehr zulässig. Sagen wir, der Halt, den du in deiner Wirklichkeit findest, ist, nun ja, sagen wir, ein bißchen dürftig…«

»Dürftig.« Das Wort hatte sie damals geärgert, und jetzt, über vier Jahre später, erschien es ihr immer noch als eine galante Umschreibung von »verrückt«. Sie erinnerte sich noch daran, daß sie zu ihrer Nachbarin Louise gelaufen war, zur eigenen Beruhigung, zuversichtlich, daß sie ihr in vollem Umfang gewährt werden würde. Sie und Louise hatten seit langem die Gewohnheit, sich gegenseitig bei ihren Eheproblemen zu beraten, was sehr wohltuend war, denn welchen Grund der Ehestreit auch immer hatte, die eine stellte sich immer auf die Seite der anderen.

»Verrückt? Meine liebe Norah, natürlich bist du nicht verrückt!« hatte Louise ausgerufen. Norah hatte es nicht anders erwartet. »Wie lächerlich!« Und während sie sich mit einer Tasse Nescafé an den Küchentisch setzten, führte sie den Gedanken weiter aus: »Sie« – was sich natürlich auf Männer bezog, vor allem auf Ehemänner –, »sie behaupten so etwas gerne, bloß um ihr eigenes Ego zu stärken. Sie kommen sich toll dabei vor herauszustreichen, daß sie den entsprechenden Makel, um den es gerade geht, nicht haben. Mervyn ist schließlich Psychiater, da muß er sich schon immer wieder versichern, daß er in einer Welt voller Verrückter der einzige mit einem kristallklaren Verstand ist. Desmond ist im Grunde genauso, nur ist es in unserem Fall das liebe Geld, nicht die Gesundheit. Meine Pflicht als Frau ist es, die Minderbemittelte zu spielen, die nichts von Rechnen versteht und das Geld nur so zum Fenster rauswirft. Obwohl er derjenige ist, der dauernd die Autos wechselt und sich eine neue Stereoanlage kauft – dabei ist er Finanzberater von Beruf.«

Norah fühlte sich gleich besser, bekundete ihr Mitgefühl und ihre volle Zustimmung. Die Diagnose war messerscharf, jedenfalls in dieser frühen Phase des Problems.

Aber was sollte man machen, fragten sich die beiden daraufhin. Widersprechen? Hervorheben, daß man seinen Wintermantel auf einem Trödelmarkt gekauft hatte? Daß man erst kürzlich von seinem Chef für die Klarheit und Gewissenhaftigkeit seiner Berichte gelobt worden war – eine Auszeichnung, die einer Verrückten wohl kaum zuteil geworden wäre?

Oder sollte man lieber, wie Louise sinnierte, die Sache einfach klaglos hinnehmen und dem Mann seinen Willen lassen? So blieb einem wenigstens ein zufriedener Ehepartner erhalten, der vor Selbstgefälligkeit strotzte, mit dem sich auf jeden Fall leichter auskommen ließ als mit einem von Schuldgefühlen und Selbstzweifeln geplagten Individuum.

»Besonders wenn er Psychiater ist«, vermutete Louise. »Im Recht zu sein, wenn alle anderen im Unrecht sind, gehört zu seinem wichtigsten Handwerkszeug, wie der Trecker zu einem Bauer. Nimmt man ihm das weg, ist es vorbei. Im Grunde seines Herzens weiß er das, deswegen ist er so empfindlich ... Ich an deiner Stelle würde es einfach auf sich beruhen lassen, Norah, wirklich. Ich würde es als Witz nehmen und beim nächsten Mal sagen: Was soll's. Heutzutage sind doch alle verrückt. Kein Wunder, bei der Regierung.«

Norah und Louise hatten bei dem gemütlichen Plausch damals vor vier Jahren die politische Lage nicht weiter erörtert. Das taten sie fast nie, so sehr nahmen ihre eigenen Kümmernisse sie gefangen. Es war nett gewesen, trotz allem. Es war eigentlich immer nett gewesen, wenn sie und Louise miteinander plauderten, selbst wenn sie über ihre Sorgen sprachen. Gerade wenn sie über ihre Sorgen sprachen, könnte man sagen. Das heißt, bis sich alles um Norah herum verfinsterte, bis der wirkliche Terror einsetzte, der sich immer weiter verschärfte und über den man nicht einmal mit Louise reden konnte.

Die Sonne war ein Stück weiter gewandert, und Norah wanderte mit ihr, quer durch den Raum, und nahm am äußersten Rand des Sofas, zwischen den bunten Kissen, auf denen das Winterlicht verlockend spielte, ihren Wachposten wieder ein. Zwar sah sie die leuchtenden Farben der Kissen nicht, als sie sich dort niederließ, spürte aber ihre stumme Einladung, sich in die Sonne zu setzen.

Vielleicht durfte sie ja doch hierbleiben.

5

Bridget kam sich ziemlich gemein vor, einfach so übers Wochenende wegzufahren und Diana mit dieser Norah, die immer noch da war, allein zu lassen.

Eigentlich hatte sie keinen Grund, sich schuldig zu fühlen. Sie selbst hatte keinen Anteil an der Entscheidung, der armen Frau zu gestatten, sich bei ihnen breitzumachen. Bridget war von Anfang an dagegen gewesen. Sie hatte die Gefahr, Norah zum Schluß am Hals zu haben, vorausgesehen, und um das abzuwenden, hatte sie es auf sich genommen, die Rolle der Gemeinen, Knausrigen und Mitleidlosen zu spielen, die die Kaltblütigkeit besaß, nein zu sagen. Daß sich das Mitleid der anderen durchgesetzt hatte – wenn es denn wirklich Mitleid war und nicht Schwäche, was Diana betraf, und pure Häme bei Alistair –, war nicht ihr Bier. War es da nicht nur recht und billig, daß Diana und Alistair diejenigen waren, die mit den Konsequenzen ihrer Tugendhaftigkeit allein fertigwerden sollten? Weltverbesserern würde größerer Respekt zuteil, wenn sie gelegentlich mit den Folgen ihrer Verbesserungen konfrontiert würden, dachte Bridget.

Bridget sah die Landschaft von Essex vor dem Fenster des Intercity-Zuges an ihr vorbeiwogen und legte sich neue Ausreden für ihre Fahnenflucht zurecht, indem sie sich in Erinnerung rief, daß sie diese Spritztour nicht zum eigenen Vergnügen machte; es war eine Pflicht, ein fester Posten in ihrem Terminkalender, Wochen vorher abgesprochen. Sie hatte es sich in ihrem abwechslungs- und arbeitsreichen Leben zur Regel gemacht, sich mindestens viermal im Jahr, Weihnachten nicht mitgerechnet, Zeit für einen Besuch bei ihren Eltern zu nehmen. Es kostete Anstrengung, aber wie bei jeder Anstrengung fiel sie einem leichter, wenn man sich einmal damit abgefunden hatte, daß man sie auf sich nehmen mußte, daß einem gar keine andere Wahl blieb. Schon bei der geringsten Abweichung eines solchen, einmal getroffenen Arrangements würde sich der ganze Streß automatisch verdoppeln. Man empfände nicht nur die Pflicht an sich als Belastung, sondern auch die Entscheidung, ob man sie erfüllt oder nicht; man müßte mit seinem Gewissen ringen und außerdem alles ertragen, was es noch zu ertragen galt.

Wie lange war es her, daß Bridget wirklich gerne zu Hause gewesen war? Als Kind war sie einigermaßen glücklich gewesen. Es hatte genügend Dinge zu Hause gegeben, an denen sie ihre Freude gehabt hatte: die Schaukel im Garten; die Schildkröte der Familie, die pünktlich bei Sonnenaufgang auftauchte; den alten Apfelbaum mit seinen knorrigen Ästen, unter denen sie ganze Sommernachmittage verbrachte, in ein Buch vertieft. Auch im Haus gab es jede Menge Dinge, Bücher und Spielzeug, mit denen man sich beschäftigen konnte, und da war auch die Mutter, die sie als Kind hingebungsvoll geliebt hatte und mit der sie sich immer ausnehmend gut vertragen hatte.

Und dennoch, im Rückblick konnte sie sich nicht daran

erinnern, jemals die Ferienzeit der Schulzeit, die Wochenenden den Wochentagen vorgezogen zu haben. Als sie nach Cambridge ging, tat ihr Herz jedenfalls immer einen Freudensprung vor Aufregung, wenn sie zu Beginn des Semesters von zu Hause aufbrach, und fuhr sie zu den Semesterferien wieder heim, spürte sie regelmäßig eine gewisse Lähmung des Geistes, als würde das Leben vorübergehend zum Stillstand kommen.

Vielleicht war das ja nur normal. Vielleicht erging es allen so beim Erwachsenwerden.

Trotzdem, irgendwie traurig. Sie dachte an ihren Vater, der jetzt sehnsüchtig auf dem Parkplatz wartete und mit gespannten Blicken die Gruppe der Passagiere absuchen würde, die aus dem kleinen Gebäude trat, das dem Marktflecken, in das er und ihre Mutter sich zurückgezogen hatten, als Bahnhof diente. Es würde fast dunkel sein, wenn sie ankam. Schon jetzt verfinsterte sich jenseits der Fensterscheibe der gigantische Himmel über Ostengland, und kleine verstreute Lichter tauchten auf, hier und da, schließlich überall.

In nicht einmal zehn Minuten würde sie da sein. Es war unvernünftig, eigentlich sogar ziemlich idiotisch, aber sie wünschte sehnlichst, sie hätte einen der wenigen langsamen Vorortzüge genommen, die an jedem Bahnhof hielten, statt dieses unbändige Monstrum, das die Kilometer und damit die letzten Minuten Alleinsein, die ihr noch blieben, mit unmäßiger Geschwindigkeit in sich hineinfraß.

»Wie schön, daß du wieder da bist, mein Kind«, sagte ihre Mutter und deutete, ohne den Redefluß zu unterbrechen, mit einem fragenden Blick auf die Teekanne, ob sie noch nachschenken solle.

»Nimm dir eine von Mary Fosters Pasteten. Sie hat sie selbst gebacken und extra hergebracht, als sie hörte, daß du kommst. Sie sind lecker und noch warm.«

Der dargereichte Teller mit den Pasteten und die Teekanne schaukelten jetzt ein paar Zentimeter vor ihr über der Tischplatte, und Bridget fühlte sich genötigt, sich eins von den kleinen prallen Teilchen aufzuladen, obwohl sie normalerweise nie etwas zum Tee aß.

»Das ist ja nett von ihr«, sagte sie höflich und biß widerwillig hinein. Wenn ihr doch bloß einfallen würde, wer um Himmels willen Mary Foster war. Diese Besuche zu Hause wären viel spannender, wenn ihre Eltern nicht von dem gemütlichen Vorort im Norden Londons weggezogen wären, wo Bridget aufgewachsen war und wo viele ehemalige Spielkameraden heute noch lebten und besucht werden konnten. Die meisten alten Freunde waren mittlerweile natürlich verheiratet, ein Umstand, den ihre Mutter anzudeuten niemals vergaß, nur sehr, sehr vorsichtig zwar, und peinlich darauf bedacht, ihrer Tochter dabei nicht in die Augen zu schauen. Trotzdem, Neuigkeiten von diesen alten Bekannten wären sie wenigstens etwas mehr angegangen als Nachrichten von Mary Foster und Konsorten, über die Bridget überhaupt nichts wußte und für die das geringste Interesse aufzubringen sie sich nicht überwinden konnte.

Ihren Eltern mußte es genauso ergehen, vermutete sie, wenn sie (als Antwort auf ihre neugierige Nachfrage: »Was hast du denn in letzter Zeit so getrieben, mein

Kind?«) sich redlich bemühte, ihnen etwas aus ihrem Berufsalltag zu erzählen: von der internationalen Konferenz der Stahlproduzenten heute morgen, auf der sie für die russische Delegation gedolmetscht hatte. Pflichtbewußt durchforstete sie ihr Gedächtnis nach irgendeiner Episode, die für nicht Eingeweihte vielleicht ganz amüsant war, und verständlich. Der Streit in der Mittagspause zum Beispiel, als der neue schwedische Delegierte, der für den guten alten Mister X eingesprungen war, einen Fauxpas beging.

Wieso sollte sie das interessieren? Wo sie weder den guten alten Mister X noch seine Eigenheiten kannten? Bis sie das alles erklärt hätte, wäre die ganze Geschichte so lang und weitschweifig geworden, daß sie sowohl die Erzählerin als auch die Zuhörer unweigerlich gelangweilt hätte.

Statt dessen machte sie sich auf Drängen ihres Vaters daran, ihnen die Kernthemen der Konferenz zu erläutern, und hatte sich schnell in technische Details über den weltweiten Stahlmarkt verloren, der nun ganz sicher weitaus langweiliger war als selbst Mary Fosters Fleischpasteten.

Sie wollte gerade aufhören weiterzuerzählen, ihnen diese Heuchelei von Interesse ersparen, als sie mit Schrecken feststellte, daß ihre Eltern gespannt zuhörten. Ihre Augen waren keineswegs glasig, ihre Blicke nicht gelangweilt, im Gegenteil, ihre Eltern hingen an ihren Lippen und saugten jedes Wort in sich auf.

Für den Bruchteil einer Sekunde erlag sie der Täuschung, ein Kontakt zwischen ihr und ihren Eltern habe sich auf wundersame Weise ausgerechnet auf diesem Gebiet hergestellt. Aber natürlich war es nicht so: Unmittelbar darauf erkannte sie, was die beiden in Wahrheit freute.

Was haben wir doch für eine kluge Tochter, sagten sie sich. Hör sich nur einer die langen Wörter an, die sie benutzt! Die technischen Begriffe, die Zahlenkolonnen, Millionen und Milliarden Pfund, und die fremden Länder, deren Wirtschaftssysteme sie offenbar kennt! Da hat sich die Ausbildung, die wir uns für sie vom Mund abgespart haben, zum Glück ja doch noch bezahlt gemacht!

So dachten sie. Der Stahlmarkt interessierte sie einen Dreck! Eine kindische, irrationale Wut stieg in Bridget hoch, unkontrollierbar. Es verschnürte ihr die Kehle, und sie spürte, wie ihr die Stimme versagte.

Warum? Warum sich über die unschuldige, harmlose Freude aufregen, die die beiden an Bridgets Ausführungen hatten? Warum fühlte sie sich so getroffen und im Grund ihres Wesens herabgesetzt? Wenn sie von ihrem Vortrag gelangweilt gewesen wären, das hätte sie akzeptiert, dafür hätte sie sogar Verständnis gehabt. Aber so!

Wie immer merkte ihre Mutter als erste, daß etwas nicht stimmte, und wie immer bei solchen Gelegenheiten machte sie sich daran, die Gemüter zu besänftigen. Häufig wußte sie gar nicht, was ihrer Tochter den Spaß verdorben hatte, aber das machte nichts, denn die Besänftigungstaktik war immer die gleiche, und in den meisten Fällen funktionierte sie auch.

Mit halb geschlossenen Lidern musterte Bridget das Gesicht ihrer Mutter, so gut das bei dem trüben rosa Schein der mit einem schweren Schirm versehenen, tief hängenden Lampe – der einzigen Lichtquelle im Zimmer –

möglich war. Schon seltsam, daß eine Zivilisation, der es mit viel Mühe, Erfindungsgabe und Geschick gelungen war, das flackernde, dämmrige Kerzenlicht der Vergangenheit gegen unbegrenzt strömende Lichtfluten auf Knopfdruck zu ersetzen – daß diese Zivilisation in den guten Stuben ihres Landes einer albernen Marotte nachgab und von der alles überbietenden Lichtpracht zurückfiel ins schummrigste Licht überhaupt, noch zusätzlich abgedunkelt durch einen lichtundurchlässigen Lampenschirm.

Natürlich wirkten menschliche Gesichter dadurch jünger, bis zu einem gewissen Grad. Bridgets Mutter jedenfalls sah jünger aus, das Licht verwischte die Sorgenfalten um die Augen und verwässerte das vorrückende Grau in ihrem dunkelbraunen Haar. Als Bridget noch ein Kind war, war das Haar rötlichbraun und schulterlang gewesen und tanzte mit jedem Schritt auf und ab im Sonnenlicht, wenn ihre Mutter sie zur Schule begleitete, oder damals, noch früher, als sie ihr geholfen hatte, in dem alten Apfelbaum ein Holzhaus zu zimmern. Das Baumhaus hatte eigentlich gar keine richtige Funktion gehabt; es war viel bequemer, auf den Ästen selbst zu hocken, ohne das Haus. Aber was hatte es für einen Spaß gemacht, es zu bauen! Und was für einen Spaß erst, den Eimer herunterzulassen und ihn wieder hochzuziehen, und dann der spannende Moment, wenn man sah, was Mummy hineingelegt hatte: Rosinen oder ein paar Ingwerplätzchen oder einen ganzen Schoko-Riegel.

Wie nahe sie sich einst gestanden hatten, sie und ihre Mutter! Was war aus dieser Nähe geworden? Das tanzende, sonnenbeschienene Haar war verschwunden; an seine Stelle war ein langweiliger Kurzhaarschnitt getreten, der viel eher zu einer alten Frau paßte. Was war sonst noch verschwunden? Und was war an seine Stelle getreten?

Fast verzweifelt nach Hinweisen in den bangen, schwach erleuchteten Gesichtszügen ihrer Mutter suchend, erkannte Bridget eins ganz deutlich: Ihre Mutter hatte Angst. Angst vor ihr, der erfolgreichen Tochter, zu der sie keine Beziehung mehr fand und deren Lebensstil über ihren Horizont ging. Sie verstand auch nicht, was sie bloß getan hatte, um ihre kratzbürstige, unergründliche Tochter mitten im Gespräch so aufzuregen; aber was es auch sein mochte, sie war entschlossen, es mit Hilfe ihrer bewährten Taktik des Themawechsels ungeschehen zu machen.

Bridget sah es kommen.

»Wie geht es deiner Freundin Diana?« erkundigte sich ihre Mutter vorsichtig, besorgt, daß selbst auf diese freundliche Nachfrage eine kontroverse Diskussion folgen könnte.

Der Gedanke war gar nicht so abwegig bei dem, was Bridget zu erzählen gehabt hätte: Alistair, die Behandlung gegen Unfruchtbarkeit bei der Schwangerschaftsvorsorge, und die ganzen anderen Sachen; aber Bridget traf eine schnelle Auswahl und bot einen kurzen Überblick über Dianas Fernsehaufträge an, einschließlich der geplanten Sendung über mißhandelte Frauen. Frauen in aller Welt sind fasziniert von mißhandelten Frauen, Mrs. Sadler bildete keine Ausnahme, und so plätscherte die Konversation am Teetisch eine Zeitlang locker und leicht dahin. Mr. Sadler allerdings langweilte sich zu Tode; da er seine Frau nicht mißhandelte, mochte er nicht einsehen, warum er sich für Leute interessieren sollte, die ihre Frauen schlugen. Von einem Fußballmuffel erwartete man ja auch nicht, daß er sich nach einem Spiel von Nottingham Forest gegen Arsenal eine endlose Manöverkritik anhörte.

Er zog sich leicht verstimmt in sein eigenes Reich zurück, und die Unterhaltung zwischen Mutter und Tochter verlagerte ihren Schwerpunkt und schlug genau die Richtung ein, die Bridget befürchtet hatte.

»Und wie geht es ihrem Freund, diesem Alistair?« fragte die Ältere, und Bridget, die wußte, worauf ihre Mutter hinauswollte, gab eine ausweichende Antwort.

Dem ginge es soweit ganz gut (obwohl dieser Punkt ihre Mutter nicht im mindesten interessierte). Ja, ja, er käme immer noch häufig zu Besuch, und er schiene Diana immer noch sehr zu mögen... Jetzt kam der spannende Moment, Bridget spürte es.

»So sehr kann er sie nun auch wieder nicht mögen« – Mrs. Sadler hatte den Blick von ihrer Tochter bereits abgewendet und spielte nervös mit den Teeutensilien herum –, »ich meine, er kommt doch jetzt schon seit zwei oder drei Jahren täglich zu Besuch, oder? Wird es da nicht mal langsam Zeit, ein Wörtchen übers Heiraten zu verlieren?«

Eigentlich ja, aber die Kluft zwischen den Generationen war zu groß, als daß Bridget ihrer Mutter jemals recht gegeben hätte. »Mutter, so läuft das nicht mehr!« protestierte sie. »Heutzutage ist das anders. Frauen meiner Generation denken nicht mehr so.«

Sie denken immer noch genauso. Aber warum es zugeben? Besonders in Anbetracht dessen, was jetzt folgte.

»Weil ich mich manchmal frage«, fuhr Mrs. Sadler fort, dabei verstohlene Blicke durch den Raum werfend, von der Schabracke aus Baumwollsamt hinüber zu den auf Hochglanz polierten Schürhaken vor dem Kamin – überallhin, nur nicht auf das Gesicht ihrer Tochter –, »weil ich mich manchmal frage, ob er eigentlich wirklich wegen Diana kommt und nicht –«

Damit war es ausgesprochen! Kein Wunder, daß ihre Mutter Angst hatte, ihrer Tochter dabei in die Augen zu sehen. Bridget mußte schwer an sich halten, um die wütenden Worte, die ihr auf der Zunge lagen, zu unterdrücken.

›Das ist wirklich das allerletzte!‹ hätte sie ihre Mutter am liebsten angebrüllt. ›Wenn dir zu Ohren gekommen ist, daß ich irgendeinen Mann kenne, versuchst du gleich, mich mit ihm zu verkuppeln! Was das für Männer sind, ist dir völlig schnuppe, ob das dämliche Arschlöcher sind oder unmögliche Kerle. Es ist dir scheißegal, ob ich je mit einem von denen glücklich werden könnte. Hauptsache, ich bin verheiratet. Nur weil die blöden Töchter von deinen Freundinnen auch alle verheiratet sind. Und jetzt, zur Krönung, deutest du auch noch an, Dianas ordinärer, geistig unterbelichteter Freund könnte der einzig Wahre für mich sein! Das schlägt dem Faß den Boden aus! Du kennst ihn doch überhaupt nicht, und was noch schlimmer ist, es ist dir auch völlig egal! Er könnte Jack the Ripper sein oder mit Aids sterbenskrank darniederliegen – es würde dich keine Sekunde kümmern, solange er mich nur zum Traualtar führt!

Siehst du nicht, wie verletzend das ist? Dauernd diese Hinweise, die Stichelei, daß ich noch nicht verheiratet bin! Ich weiß auch, daß alle meine Freundinnen mittlerweile verheiratet sind. Ich weiß auch, daß ich achtundzwanzig bin, und daß ich in nicht mal zwei Jahren dreißig werde. Ich kann auch rechnen. Ich hatte nicht umsonst eine Eins in Mathe, falls du das vergessen haben solltest.‹

Selbstverständlich sagte sie nichts dergleichen. Was hätte sie damit bezwecken wollen? Das ganze Thema war mittlerweile eigentlich längst zu einem Tabuthema zwischen ihr und ihrer Mutter geworden, und beide gingen einer sich anbahnenden direkten Konfrontation instinktiv aus dem Weg. Dabei hatte es mal eine Zeit gegeben – als Bridget Anfang Zwanzig war und das Thema noch nicht so viel Sprengkraft in sich barg –, da sich beide ganz vernünftig darüber unterhalten konnten.

»Ich begreife einfach nicht«, hatte ihre Mutter damals gejammert, wie sich Bridget erinnerte, »ich begreife einfach nicht, was dich so gegen die Ehe eingenommen hat. Daddy und ich haben doch gar nicht so viel gestritten. Und wir haben uns auch nicht scheiden lassen. Wir haben dir eine glückliche Ehe vorgeführt.«

Es war schwer zu vermitteln, daß es gerade die Zufriedenheit der Eltern mit ihrem Schicksal gewesen war, was die junge Tochter einen so bewußt abweichenden Lebensweg einschlagen ließ. Die Aussicht, zu einem Menschen zu verkümmern, der mit einem dermaßen beschränkten Leben tatsächlich glücklich sein konnte, war entsetzlich.

Es war seinerzeit nicht möglich gewesen, das ihrer Mutter begreiflich zu machen; heute war es noch unmöglicher. Bridget durchforstete ihr Gehirn nach einem harmlosen Thema, auf das sie das Gespräch lenken konnte, und sie merkte mit Unbehagen, daß ihre Mutter gegenüber am Teetisch mit genau der gleichen Suche beschäftigt war. Zwei Gehirne zermarterten sich gemeinsam, gingen die immer kleiner werdende Auswahl von Themen durch, die weder verletzend noch strittig, noch über Gebühr langweilig waren.

Es war ihre Mutter, die als erste sprach.

»Ich dachte, wir könnten heute abend vielleicht...«, fing sie zaghaft an, aber bevor sie ihrer Tochter das wenig verlockende Angebot (was immer es sein mochte) unterbreiten konnte, wurde sie gnädigerweise unterbrochen.

Das Telefon. Die Ältere, vielleicht von quälenderen Sorgen getrieben, war als erste am Hörer.

»Wer?« sagte sie verdutzt, und dann: »Ja... Ach so, ja, natürlich...«, worauf sie sich mit großen, erstaunten Augen wieder umdrehte.

»Es ist für dich, Liebes«, sagte sie beunruhigt. »Es ist Diana. Sie schien... Ach Gott, hoffentlich ist nichts passiert!«

Du meinst, nichts, was mich zwingen würde, meinen Besuch frühzeitig abzubrechen, ergänzte Bridget im stillen und nahm den Hörer entgegen.

»Hallo, Bridget! Gott sei Dank, daß ich dich erwische! Ich hatte schon Angst, du wärst vielleicht noch nicht angekommen, und eine Nachricht konnte ich unmöglich hinterlassen, dazu ist die Sache zu schrecklich. Es geht um Norah. Sie ist irgendwie durchgedreht. Es ist wirklich furchtbar. Ich weiß nicht, was ich machen soll. Ich bitte dich nur ungern, deinen Besuch abzubrechen, aber ich habe echt Angst, und Alistair meint –«

6

Ein paar Stunden später, im Bett in ihrem alten Zimmer, wo die zerlesenen Fünf-Freunde-Bücher und die Sammlung Glastiere noch immer das Regal über dem Schreibtisch zierten, fragte sich Bridget besorgt, ob sie nicht lieber sofort auf Dianas dringliche Bitte hätte reagieren, sich ihren Koffer schnappen und zum Bahnhof eilen sollen, um den nächsten, und wahrscheinlich letzten Zug nach Liverpool Street zu kriegen. Es wäre sicher einfacher gewesen, außerdem höflicher ihren Eltern gegenüber, denn sie hatte ihren Koffer nach der Ankunft noch gar nicht ausgepackt. Vielleicht wäre es für ihre Eltern auch nicht einmal betrüblicher gewesen als das, worauf man sich jetzt geeinigt hatte, nämlich daß sie gleich morgen früh zurückfuhr, statt wie geplant das ganze Wochenende über zu bleiben.

»Wenn es ein Notfall ist, mein Schatz, dann verstehe ich das natürlich«, hatte ihre Mutter ohne den üblichen vorwurfsvollen Tonfall gesagt, so daß sich Bridget noch schuldiger vorkam als sonst. »Es ist nur so. Ich möchte deinen Vater nicht bitten, den Wagen zu so später Stunde noch aus der Garage zu holen. Weißt du, er hat sich gerade von seiner Erkältung erholt, und –«

Und es würde unseren ganzen Abend durcheinanderbringen – hätte sie getrost hinzufügen können –, und das Essen, das ich gekocht habe, wäre dahin. Das Hühnchen ist schon im Backofen, eins von den freilaufenden Hühnchen, ich habe es extra für...

Es war dieser unausgesprochene Protest, der Bridget die Entscheidung abgenommen hatte. Ihre Mutter war eine ausgezeichnete Köchin, ihre Brottunke war himmlisch. Es wäre wirklich eine Schande, sich eine ihrer Mahlzeiten entgehen zu lassen, die die einzigen Lichtblicke bei diesen Besuchen daheim bildeten. Und Diana neigte tatsächlich zu Übertreibungen. Morgen früh war sicher noch Zeit genug, alles zu klären, was auch immer passiert war.

Bridget drehte den Kopf zur Seite und warf einen Blick auf den altmodischen Wecker aus Blech mit den Leuchtzeigern, ein Geschenk zu ihrem elften Geburtstag. Ihre Mutter zog ihn regelmäßig auf, wenn sie zu Besuch kam, überflüssigerweise, denn Bridget trug stets eine Digitalarmbanduhr am Handgelenk, die garantiert immer die richtige Zeit anzeigte, mindestens so lange, bis sich die Weltbevölkerung wieder einmal verdoppelt hatte. Aber sie konnte von ihrer Mutter schlecht erwarten, daß sie sich das klarmachte, das heißt, überhaupt einen Gedanken daran verschwendete – es hätte sie um das lächerliche kleine Ritual gebracht.

Dieser unaufhörlich tickende, unzeitgemäße Apparat konnte bei Gelegenheiten wie dieser nützlich sein, wenn Schlaflosigkeit einen plagte und man die Zeit vergehen sehen wollte, ohne das Handgelenk auf die Höhe der Augen bringen zu müssen.

Viertel nach eins. Mittlerweile war die Krise in der

Wohnung wahrscheinlich längst beigelegt, auf die eine oder andere Weise. Allzu schwer konnte die Krise nicht gewesen sein, wenn man sich die Sache einmal vernünftig überlegte.

Bridget heftete den Blick auf das matte Rechteck des Schlafzimmerfensters – durch das sie in ihrer Phantasie einmal geklettert war, wie die Mädchen in ihren Internatsgeschichten, um an einem Mitternachtsschmaus teilzunehmen – und ging noch einmal in allen Einzelheiten durch, was Diana ihr am Telefon über Norahs Durchdrehen, wenn man es so nennen konnte, erzählt hatte. Am Ende stellte es sich so dar, daß Diana ein Telefongespräch von Norah mit angehört hatte, wie Bridget feststellte, das »vollkommen verrückt« geklungen habe.

»Nein, Bridget. Ich weiß nicht, mit wem sie gesprochen hat, aber darum geht es auch gar nicht. Sie hat mit gar keinem gesprochen, wenn du mich fragst. Sie hat Wahnvorstellungen, faselt was von Tausendfüßlern, die aus dem Telefonhörer heraus in ihr Ohr krabbeln. Sie bringen ihr Nachrichten für den Herrn der Welt – das Fußgetrappel ist der Morsecode, diese Masche. Sie ist verrückt, Bridget, völlig übergeschnappt. Ich habe Angst davor, das ganze Wochenende mit ihr allein zu verbringen.«

Allein? Und was war mit Alistair, dem alten Widerling? Konnte der sich nicht einmal in seinem Leben nützlich machen? Vorbeikommen, wenn es mal erwünscht war, und nicht andauernd vorbeikommen, wenn es unerwünscht war?

»Bridget, versteh doch! Er sagte, er hätte viel zu tun an diesem Wochenende. Ich kann ihn unmöglich bitten vorbeizukommen, vor allem... schon gar nicht nach dem letzten Sonntag... Weißt du...«

Bridget wußte. Sie wußte nur zu gut, daß Alistair und sein Wohlbefinden absoluten Vorrang vor dem aller anderen Menschen hatten. Wieder einmal fand sie die Fadenscheinigkeit des verhängnisvollen Sprichwortes »Verstehen heißt verzeihen« auf das schönste bestätigt. Das Gegenteil war der Fall: Je besser man die Gründe für das alberne Verhalten seiner Freundin verstand, desto ungeduldiger wurde man mit ihr; von Verzeihen keine Spur.

»Dann kann ich ihn ja anrufen«, hatte Bridget gekontert. »Er ist sowieso an der ganzen Geschichte schuld, das werde ich ihm zu verstehen geben.«

»Bridget, bitte! Bitte nicht! Tu mir das nicht an! Er weiß schon Bescheid, er war hier, als es passierte, wir kamen beide gerade nach Hause. Aber er hält das Ganze für amüsant! ›Meine Liebe, wir sind doch alle verrückt‹, meinte er zu mir. ›Die ganze Welt spielt verrückt, wieso sollte da ausgerechnet Norah normal sein?‹ Und dann ist er abgehauen, laut lachend. Ich habe ihn noch auf der Treppe lachen hören. Nein, Bridget, bitte ruf ihn nicht an. Es würde alles nur noch schlimmer machen.«

Da hatte sie recht. Alistair war Spezialist in der Kunst, alles nur noch schlimmer zu machen. Mit dem Einvernehmen in wenigstens diesem einen Punkt hatten sie zwar das Problem nicht gelöst, doch damit wurde die Diskussion beendet, und Bridget versprach, am nächsten Morgen so früh wie möglich heimzufahren. Natürlich hatte sie noch ein paar tröstliche Worte gefunden, bevor sie auflegte. Zum Beispiel, daß Norah nur telefoniert haben könnte, um ihrem fernen Kind eine Gutenachtgeschichte zu erzählen... Ach so, ja, richtig, sie habe ja gar keine Kinder. Na, dann eben ihrem kleinen Neffen, sei doch egal, wem.

»Eins kann ich dir versichern, Diana, wenn man anderer Leute Telefongespräche belauscht, bleibt es nicht aus, daß man schon mal was falsch versteht. Vor allem, wenn man wie du nur eine Seite mitkriegt. Du hast ja selbst gesagt, jetzt sei sie wieder ganz normal und ruhig. Also, bleib du auch ganz ruhig, und vor allem: keine Panik. Morgen bringen wir die Sache in Ordnung. Alles klar?«

Nicht ganz – aber dennoch versiegte ihr Gespräch nach dieser wenig befriedigenden Bemerkung, und Bridget fand doch noch Zeit, sich reinen Gewissens dem gebratenen Hühnchen, den Bratkartoffeln, den gerösteten Pastinaken, dem Rosenkohl und der berühmten Brottunke zu widmen.

Fast reinen Gewissens, denn als Bridget am nächsten Morgen aufbrach, einem milden, verhangenen Novembermorgen, machte sie sich auf eine vorwurfsvolle elterliche Trauermine ob ihrer verfrühten Abreise gefaßt, und erst im allerletzten Moment, als sie sich am Gartentörchen noch einmal zum Winken umdrehte, merkte sie, geradezu bestürzt, wie zufrieden die beiden aussahen. Fast konnte man sich vorstellen, wie sie die Haustür hinter sich schlossen und aus lauter Erleichterung einen kleinen Freudentanz in der Diele vollführten.

Konnte es sein, konnte es tatsächlich sein, daß diese Pflichtbesuche für die beiden genauso belastend waren wie für sie?

War schön, daß du hier warst, mein Kind. Komm bald

wieder. Dieses ganze Gerede – alles Lügen? Oder war es, noch rätselhafter, ein festes, unumkehrbares Ritual, das an Bedeutung gewann und nicht verlor, je weiter es sich von den wirklichen Gefühlen der Beteiligten entfernte?

Angenommen, alle würden sich entschließen, ehrlich zueinander zu sein. Angenommen, ihre Eltern würden ihr eines Tages eröffnen: »Hör mal, Bridget. Reden wir nicht länger um den heißen Brei herum. Wir alle hassen deine Besuche hier. Du langweilst dich zu Tode bei uns, unsere Stumpfsinnigkeit geht dir auf die Nerven. Und wir, wir fürchten uns vor dieser strengen Intelligenzbestie, in die du dich verwandelt hast. Warum machen wir nicht einfach Schluß? Hören einfach auf, uns weiter zu besuchen. Nie mehr.«

Was würde sie empfinden, wenn es so käme?

Sie wäre bestürzt. Sie wäre tief bestürzt. Es käme einem Erdbeben gleich, der Erklärung eines Atomkrieges.

Welchen Wert hatte also Ehrlichkeit?

7

Norah hatte nicht die geringste Ahnung, daß ihr Anruf belauscht worden war. Bridget, soviel hatte sie mitbekommen, wollte übers Wochenende ihre Eltern besuchen, und da sie Diana und Alistair nicht hatte zurückkommen hören, vermutete sie, daß sie noch unterwegs waren. Sie hätte sich sowieso nicht getraut zu telefonieren, wenn sie sich nicht allein geglaubt hätte. Es war ohnehin riskant, das war ihr klar, und so war sie eine Zeitlang um das Telefontischchen herumgestrichen und hatte sich gefragt, was schlimmer wäre, anzurufen oder nicht anzurufen. Ihr graute vor dem, was sie vielleicht zu hören bekommen würde; andererseits mußte sie irgendwie herausfinden, was in ihrer Abwesenheit vor sich ging. Wie kamen sie zurecht? War irgend etwas passiert bisher?

Sie versuchte, ihre zitternde Hand ruhig zu halten, wählte schließlich die gefürchtete Nummer und wartete.

Was würde sie zu hören bekommen? Sollte sie zurück in die makabre, verkehrte Welt gelockt werden, die ihr unbegreiflich war und in der sie eine ihr seit langem zugewiesene Rolle zu spielen gezwungen war?

Gezwungen? Ja, sie fühlte sich gezwungen, obwohl Mervyn beharrlich behauptete, mit dem ganzen Gewicht seiner Qualifikation als Psychiater, daß sie sich selbst aus freien Stücken für diese verkehrte Welt entschieden hätte, statt für die wirkliche Welt, daß sie sich diese Welt als ein Refugium erschaffen hätte, um ungestraft ihre neurotischen Symptome ausleben zu können. Ihre Angst vor Dunkelheit zum Beispiel, ihre zunehmende Platzangst, ihre Angst davor, Gäste zu sich nach Hause einzuladen. Letzteres, behauptete Mervyn, sei besonders verheerend – für sie selbst, für ihren Sohn und natürlich für ihn.

»Was meinst du wohl, wie sich das auf meine berufliche Karriere auswirkt?« hatte er sie gefragt. »Nie einfach nur so mal jemanden zu sich nach Hause einladen zu können, nie mal ein kleines Essen für meine Kollegen geben zu können, nie mal Gäste auf ein Glas mitbringen zu können? Die Leute fragen sich, was mit uns los ist, und ich muß sagen, ich kann es ihnen nicht verdenken. Ich frage mich das ja selbst.«

Wie lange lag diese Schimpftirade zurück? Vergebens durchforstete sie ihr Gedächtnis, denn sie war nur eine von vielen im Laufe der vergangenen Jahre. Sehr gut im Gedächtnis geblieben war ihr dagegen der Abend vor fast fünf Jahren, an dem alles anfing.

Es war im April, erinnerte sie sich, Anfang April, an einem kalten, klaren Frühjahrsabend. Es war noch hell, denn die Zeit war gerade umgestellt worden, jetzt war Sommerzeit. Norah, die in der Küche beschäftigt war, stellte mit leichtem Erstaunen fest, daß sie zum ersten Mal seit Monaten ihr Abendessen bei Tageslicht einnehmen würden.

Es ging dem Sommer entgegen, wie schön! Und Norah erinnerte sich auch noch an die Zufriedenheit, die sie empfand, als sie die Kartoffeln schälte, den Tisch deckte, sich auf einen netten Abend mit der Familie einrichtete. Einen Abend mit der Familie, man könnte sagen, typisch für diesen wohlhabenden Vorort mit seinen baumgesäumten Straßen und den mit allem Komfort ausgestatteten Häusern, jedes mit eigener Garage. Der Vater würde von der Arbeit nach Hause kommen, während die Mutter noch in der Küche stand und der dreizehnjährige Sohn oben in seinem Zimmer saß und seine Hausaufgaben machte. Mathematikaufgaben, natürlich. Christopher war außergewöhnlich gut in Mathematik, er sollte sogar schon im Sommer nächsten Jahres sein Abitur in dem Fach ablegen, wie sein Vater vor anderen Vätern prahlte, die mit durchschnittlich begabten Söhnen geschlagen waren.

»Gerade mal dreizehn, der Junge, aber die Zulassung zum Abitur hat er schon in der Tasche!« frohlockte er. »Sie rechnen damit, daß er glänzend abschneidet, wie mir der Direktor sagte. Seine Ergebnisse bei den Vorprüfungen waren phänomenal. Fast einhundert Prozent bei jeder Aufgabe...«

Norah freute sich natürlich auch über das außergewöhnliche Talent ihres Sohnes, aber im Grunde ihres Herzens hätte sie es lieber gesehen, wenn er öfter mal draußen gewesen wäre, mehr Zeit mit Freunden verbracht hätte. Wenn er bloß richtige Freunde finden würde, aber irgendwie schien das nicht so recht zu klappen. Er war nicht gerade unbeliebt, nur interessierte ihn die Gesellschaft anderer Jungen in seinem Alter nicht besonders. Wie dem auch sei, Mervyn hatte ihr jedenfalls versichert, daß das völlig normal sei für einen Jungen von so ungewöhnlich hoher

Intelligenz. »Es ist aussichtslos, unter seinen Altersgenossen intellektuell Ebenbürtige zu finden«, erklärte Mervyn. »Freundschaft zu schließen ist daher schwierig für ihn. Bei einem Intelligenzquotienten von 150 muß die Gesellschaft normaler Jungen für ihn unweigerlich langweilig und unbefriedigend sein. Echte Freundschaft ist nur dann möglich, wenn ein gewisses Maß an intellektueller Ausgeglichenheit zwischen den betreffenden Personen besteht. Ohne diese Ausgewogenheit wird der Intelligentere von beiden den anderen unweigerlich langweilig finden.«

Stimmte das? Es mußte wohl stimmen, denn Mervyn war Facharzt für Psychiatrie und hatte sich eingehend mit diesen Dingen beschäftigt; trotzdem entsprach es keineswegs Norahs eigenen Erfahrungen. Sie selbst hatte Freunde, die zweifellos klüger waren als sie, und andere, die nicht so klug waren, aber sie genoß die Gesellschaft beider Kategorien und unterhielt befriedigende Beziehungen auf allen möglichen Ebenen.

Ein- oder zweimal während dieser Zeit hatte sie sich ihrer Nachbarin Louise anvertraut und ihr von ihren Sorgen mit Christopher und seinem mangelnden Sozialverhalten erzählt, aber Louise neigte dazu, genau wie Mervyn (allerdings von einem anderen Standpunkt aus), das Problem zu verniedlichen.

»Du weißt ja gar nicht, was für ein Glück du hast, Norah!« hatte sie lachend geantwortet. »Während wir anderen vor Sorge halb krank sind, daß sich unsere Söhne irgendwelchen Jugendbanden anschließen und weiß der Himmel was für Unsinn anstellen, hast du einen Sohn, der seine Hausaufgaben macht, sogar gerne macht, und der auch noch pünktlich zum Essen kommt! Genieße es, solange es anhält, meine Liebe, denn glaub mir, lange geht das nicht mehr so. Ich verspreche dir, in einem Jahr, höchstens zwei, machst du dich genauso verrückt wie wir alle und fragst dich, wo dein Junge nur steckt und was er und seine verkommenen Freunde bloß wieder treiben. Du weißt schon, was ich meine, Vandalismus, Drogen, Ärger mit der Polizei, alles mögliche. Wir alle können nachts vor Sorge nicht schlafen, und so wird es dir auch ergehen, Norah, das kannst du mir glauben! Irgendwann kommt die Zeit, da blickst du zurück auf diese unschuldige Phase als das Goldene Zeitalter!«

Diese Zeit war tatsächlich gekommen, und für Norah war es eine Zeit, in der Louises scherzhafte Prophezeiung auf grauenvollere Weise in Erfüllung ging, als sie beide sich je hätten vorstellen können.

Aber das lag damals alles noch in weiter Ferne. An besagtem Abend im April hatte Norah jedenfalls keine Bedenken wegen ihres Sohnes. Er wird sich schon noch entwickeln, redete sie sich ein, davon kann man bei einem Dreizehnjährigen ja wohl ausgehen. Er wird sich schon noch entwickeln, ganz bestimmt, wie Louise meint...

Halb sieben.

Sie hörte ihren Mann nach Hause kommen, wie immer zu dieser Tageszeit, und, wie es seine Angewohnheit war, gleich nach oben ins Zimmer seines Sohnes gehen, um sich von dem hohen Niveau der Arbeit, in die der Junge gerade vertieft war, zu überzeugen und sich damit zu brüsten.

Jawohl, brüsten. Manchmal erschien es Norah das einzig angemessene Wort für das triumphale Gehabe ihres

Mannes zu sein, wenn dieser, von den Kurzbesuchen bei seinem Sohn zurückkehrend, die Treppe hinabstieg und sich in dem Wissen um die Komplexität der Mathematikaufgabe, deren Lösung kurz bevorstand, wie ein König sonnte. Mervyn ergötzte sich geradezu inbrünstig an der mathematischen Frühreife des Kindes, er schwärmte in den höchsten Tönen davon, so daß es Norah schon fast auf die Nerven ging. Manchmal war es ihr regelrecht peinlich, aber es würde nichts nutzen, das auszusprechen.

An jenem besagten Abend hatte sie wie üblich Mervyns Lobreden über die Fortschritte ihres Sohnes gelauscht und sie gebührend gewürdigt: »Ah ja, verstehe. Schön. Sag ihm, daß das Abendessen fertig ist, ja?« Sie trug weiter unbeirrt das Essen auf, das sie gekocht hatte. Sie konnte sich nach all den Jahren nicht mehr daran erinnern, was es war, obwohl sich alle anderen Details des Abends unauslöschlich ihrem Gedächtnis eingeprägt hatten.

Christopher kam einfach nicht herunter. Er wurde zweimal gerufen, erst von der Mutter, dann vom Vater, bis schließlich Norah nach oben ging, um ihn zur Eile zu mahnen.

Er machte gar keine Hausaufgaben, das erkannte sie auf den ersten Blick. Er saß, den Kopf vornübergebeugt, an dem robusten Eichentisch, den man extra vor das Fenster gestellt hatte, und er war so in seine Arbeit versunken, daß er seine Mutter gar nicht bemerkte, selbst als sie dicht hinter ihn trat. Er saß mit dem Rücken zu ihr, und das blonde Haar, vom letzten Sonnenlicht in ein blasses Gold getaucht, hing ihm in die vor ungeheurem Eifer tief gefurchte Stirn, während er unaufhörlich schrieb und schrieb, als stünde er unter Druck, um einen Abgabetermin einzuhalten. Die Handschrift war so winzig und krakelig, daß Norah zuerst gar nichts erkennen konnte, außer, daß es sich nicht um Wörter handelte, sondern um Zahlenkolonnen.

»Was machst du denn da, Chris?« fragte sie, und diesmal schien er sie gehört zu haben. Er reagierte, indem er hastig mit dem linken Arm das Blatt verdeckte und seine Mutter seitwärts von unten anstarrte. Dieser scheele, verstohlene Blick war ihr vorher noch nie an ihm aufgefallen, er war furchterregend. Irgend jemand anderes, jemand, den sie nicht kannte, sah sie aus den Augen ihres Kindes an.

»Chris«, sagte sie, und diesmal klang ihre Stimme eine Spur ängstlicher. »Was machst du denn da?« Und als wollte sie sich versichern, daß alles ganz normal sei, fügte sie noch hinzu: »Zeit zum Abendessen. Komm jetzt runter. Das da kannst du nachher noch zu Ende machen.«

»Wieso zu Ende machen?« fragte er unwirsch. »Siehst du nicht, daß das die Siebzehnerreihe ist? Zwei mal siebzehn ist vierunddreißig, drei mal siebzehn ist einundfünfzig, vier mal siebzehn ist achtundsechzig – « Der Singsang wurde abrupt unterbrochen, und wieder warf der Junge seiner Mutter den seltsamen scheelen Blick von der Seite zu. »Alle sagen, die Siebzehnerreihe hätte kein Ende, sie ließe sich unendlich fortsetzen. Aber das stimmt nicht. Sie hört irgendwann auf, und ich habe eine Möglichkeit gefunden, um festzustellen, wo. Ich bin kurz davor zu entdecken, wo die Zahlen aufhören. Ich bin der einzige Mathematiker auf der Welt, der das kann.«

Vollkommen verdutzt und mit einem aufsteigenden

Gefühl unerträglicher Angst in der Kehle versuchte Norah, das Kind wieder in die Wirklichkeit zurückzuholen.

»Na, komm«, drängte sie ihn. Sie legte beide Hände um seine schmalen, kindlichen Schultern, zog ihn aus dem Stuhl und schob ihn zur Tür. »Das Essen wird ja ganz kalt. Also komm jetzt runter und hör auf, solchen Unsinn zu reden.«

Er kam widerspruchslos mit nach unten, und er hörte auch auf, Unsinn zu reden; er sagte überhaupt nichts mehr, während des Essens und eine ganze Zeitlang danach.

Damals, es waren mittlerweile fast fünf Jahre her, hatte Norah noch die Angewohnheit, bei Problemen, die Christopher betrafen, ihren Mann um Rat zu fragen. Warum auch nicht? Mervyn war nicht nur ein liebevoller und aufopfernder Vater, er war auch noch Psychiater. Nachdem also Christopher an besagtem Abend zu Bett gegangen war, erzählte sie Mervyn von ihren Sorgen und beschrieb ihm, was sie gesehen hatte.

»Die Siebzehnerreihe... in einem fort, bis in die Hunderttausend... ich meine, was hat das für einen Sinn? Es macht mir Angst. Es sieht... ich meine... findest du nicht... daß es ein bißchen... wie soll ich sagen... zwanghaft wirkt? Vielleicht sollten wir ihn mal zu einem Arzt schicken.«

Sein Gesicht schien bleicher, als er sich von seinem Schreibtisch aus zu ihr umdrehte, jedenfalls kam es ihr so vor; nur seine Miene war unverändert. Die Stehlampe warf ein vorteilhaftes Licht auf seine hübschen, markanten Gesichtszüge; sie stachen klar und unerschütterlich hervor, wie immer, wenn er mit Patienten zu tun hatte. Dies war sein professioneller Blick, sein Rüstzeug für den Umgang mit den Problemen anderer Leute. Ein notwendiger Blick, wie einem vermittelt wurde, um persönliches Engagement zu vermeiden. Niemals, so lautete die althergebrachte Psychiaterweisheit, dürfte es sich der Therapeut erlauben, sich bei den Problemen des Patienten, und mochten sie noch so drängend oder traumatisch sein, emotional zu engagieren. Er mußte Beistand von außen leisten, wie eine neutrale, internationale Hilfsorganisation, die ihre Güter einer eingekesselten Bevölkerung zukommen läßt, ohne sich dabei auf die eine oder andere Seite zu schlagen und ohne Wertungen vorzunehmen.

Professionalität hin oder her, hier ging es um seinen Sohn. Durfte er sich in diesem Fall nicht wenigstens die Spur einer Gefühlsregung in seiner Miene erlauben?

Ja? Nein? Er schwieg einige Sekunden lang und musterte Norah dabei genau. Dann sagte er, ohne daß sich sein Gesichtsausdruck veränderte: »Meine liebe Norah, du solltest wirklich versuchen, diese mütterlichen Ängste zu überwinden. Der Junge wird erwachsen, er ist kein kleines Kind mehr. Dein Mutterinstinkt nimmt langsam übertriebene Formen an. Wenn du nicht aufpaßt, wird das dem Jungen schweren Schaden zufügen. Er ist dreizehn Jahre alt, dazu ein außergewöhnlich begabter Dreizehnjähriger. Er braucht deine Fürsorge nicht mehr, und erst recht nicht auf dem Gebiet der Mathematik.«

Norah zuckte zusammen, legte den Kopf auf die Seite, sagte aber nichts, und Mervyn fuhr fort: »Meine Güte, Norah, meinst du vielleicht, du könntest ihm in Mathematik noch etwas beibringen? Er hat bereits Universitätsniveau erreicht, wie mir der Direktor selbst gesagt hat. Er wird der berühmteste Mathematiker seit Isaac Newton werden. Bildest du dir etwa ein, du seist in der Lage, die mathematische Theorie, die er vielleicht gerade entwickelt, zu kritisieren? Etwas, das weit über deinen geistigen Horizont hinausgeht? Über meinen natürlich auch, aber ich habe wenigstens so viel Verstand, um meine Grenzen zu erkennen.«

In diesem Punkt blieb Norah standhaft. Damals war sie noch mutiger, heute würde sie sich das nicht mehr zutrauen.

»Er arbeitet an keiner mathematischen Theorie«, betonte sie nachdrücklich. »Ich habe dir doch gesagt, es war die Siebzehnerreihe, eine unendliche Zahlenkolonne. Ich kann darin beim besten Willen keinen Sinn erkennen. Wofür hat er denn sonst den superteuren Taschenrechner, den du ihm gekauft hast? Wenn er wissen will, was siebzehn mal soundsoviel ist, braucht er nur…«

Endlich nahm Mervyns Miene doch noch einen Ausdruck an. Norah witterte die aufsteigende innere Spannung in ihm, die sich äußerlich in höhnischer Verachtung niederschlug.

»Typisch Norah!« spottete er. Es war zu merken, daß er verzweifelt versuchte, sich selbst und sie von etwas zu überzeugen. »Du hast nicht die leiseste Ahnung davon, was ein Taschenrechner leisten kann oder nicht, und trotzdem maßt du dir ein Urteil an! Taschenrechner reichen nun mal nicht bis ins Unendliche. Christopher ist da etwas ganz Großem auf der Spur, denn eigentlich gibt es so etwas wie die Unendlichkeit gar nicht, das ist bloß eine mathematische Abstraktion.«

Sie spürte jetzt deutlich, daß er tief im Innern genauso viel Angst vor Christophers Anomalie hatte wie sie; aber mit einemmal hellte sich seine Miene auf. Ihm war etwas eingefallen.

»Ist dir noch nicht aufgefallen«, rief er aus, »daß siebzehn eine Primzahl ist? Die Erforschung der Primzahlen beschäftigt die größten mathematischen Geister seit Jahrhunderten. Daran arbeitet Christopher offenbar. Vielleicht – ich bin mir sicher – ist unser Sohn das Genie, das dieses Problem endgültig lösen wird.«

Mit einer Miene ungeheurer Erleichterung kehrte Mervyn wieder zurück an seine Arbeit, und der unerfreuliche Streit war vorüber. Das Problem der Primzahlen, was immer das sein mochte, diente als bequeme Ausrede, um sich nicht mit dem Problem von Christophers seelischem Zustand beschäftigen zu müssen.

Und so blieb es auch die nachfolgenden Wochen über, während deren Norahs Ängste immer mehr Gestalt annahmen.

8

Als Norah ihren Anruf beendet hatte, eher erleichtert als bestürzt über das, was sie zu hören bekommen hatte – Tausendfüßler, die mit ihren Beinchen Morsezeichen gaben, waren eine der leichter zu ertragenden Varianten verglichen mit dem, was sie befürchtet hatte –, war es draußen bereits dunkel. Um nicht in die trübe Finsternis blicken zu müssen, zog sie die schweren, bis auf den Boden reichenden Vorhänge vor das Fenster, blieb eine Weile still sitzen und überlegte ihren nächsten Schritt. Anscheinend hatten sie nicht vor, sie rauszuwerfen, jedenfalls nicht gleich, obwohl es ungewöhnlich war, daß sie keine Miete zahlen sollte. So hatte sie immer ein schlechtes Gewissen, auch bei Dingen, die sie sonst leicht und ohne Umstände bewerkstelligt hätte. Jetzt gerade zum Beispiel fragte sie sich, ob sie das Recht habe, den künstlichen Kamin in dem offenbar gemeinschaftlich genutzten Wohnzimmer anzustellen. Ich muß unbedingt mit Diana reden, wenn sie nach Hause kommt, dachte sie; und noch während ihr der Gedanke durch den Kopf ging, merkte sie, daß Diana längst zu Hause war, ja, daß sie gerade in diesem Moment ins Zimmer trat.

Aber warum benahm sie sich bloß so seltsam? Machte die Tür einen Spalt weit auf und spähte mißtrauisch ins

Zimmer, als hätte sie Angst, daß ihr gleich jemand ins Gesicht springt?

»Hallo!« sagte Norah mit einer Stimme, die in ihren Ohren völlig normal klang, und sie wollte sich gerade dafür entschuldigen, daß sie das Telefon benutzt hatte, und versprechen, das Gespräch auch zu bezahlen, als Diana ihren Kopf zurückzog, sich ohne ein Wort entfernte und leise die Tür hinter sich schloß.

Einige unbehaglich verbrachte Stunden später trafen sich die beiden in der Küche wieder und brühten sich eine Tasse Kaffee beziehungsweise eine Tasse Instant-Suppe auf. Bei dem Hin und Her und dem beengten Platz vor dem Ofen ließ sich gegenseitiges Anschweigen nicht einhalten; besonders für Diana war das unmöglich, deren anfängliche Panik davor, mit einer total Verrückten eingeschlossen zu sein, mittlerweile von Neugier übertroffen wurde und die es kaum erwarten konnte, mehr über die Tausendfüßler zu erfahren. Ob Norah nun geisteskrank war oder nicht, es mußte eine gute Story sein, und Diana war anfällig für gute Storys, beruflich und privat.

So kam es, daß sich die beiden schon nach wenigen Minuten gemütlich vor dem künstlichen Kamin niederließen und ihre heißen Getränke schlürften. Im Nu bahnte sich eines jener nächtlichen Gespräche an, die unweigerlich im gegenseitigen Erzählen der eigenen Lebensgeschichten endeten.

Warum auch nicht? Norah hatte längst gemerkt, daß sie eine schlechte Lügnerin war. Sie hatte sogar schon vergessen, was genau sie ihren Bekannten am ersten Abend eigentlich erzählt hatte. Einen Erfolg hatte sie damit jedenfalls nicht gelandet; mit dem angeblichen Frauenhaus hatte sie sich bereits selbst eine Falle gestellt, Diana hatte sie sofort bei einem sachlichen Fehler ertappt. Noch weniger erinnerte sie sich daran, was sie Alistair während ihrer unerwarteten gemeinsamen Mahlzeit erzählt hatte. Sie hatten Pizza gegessen, und er hatte dazu eine Flasche Rotwein bestellt. Es war lange her, daß sie diese Art des geselligen Beisammenseins erlebt hatte, zu der auch das gemeinsame Leeren einer Flasche Rotwein gehörte. Die zwei Gläser – oder waren es drei? – waren ihr in den Kopf gestiegen, und die Antworten auf seine zunehmend taktlosen Fragen waren wahrscheinlich ohne jeden Zusammenhang gewesen. Was ihre eigene Person betraf, da hatte sie glaubhaft gelogen, in dem Punkt war sie sich sicher. Aber auch Lügen können raffiniert oder plump sein, jedenfalls hatte er ihr nicht geglaubt, das war unschwer zu erkennen. Allerdings hatte er sich dabei amüsiert, und sie hatte sich leicht geschmeichelt gefühlt, als sie merkte, daß es ihr noch immer gelang, einen Mann zum Lachen zu bringen, selbst nach so vielen dunklen Jahren.

»Ich habe dich angelogen!« platzte sie jetzt als Antwort auf Dianas vorsichtige Nachfragen heraus. »Ich habe gesagt, ich hätte keine Kinder, aber das stimmt nicht. Ich habe einen Sohn. Ich wollte nicht über ihn reden, aber das muß ich jetzt wohl. Er ist achtzehn, und er ist schizophren. Ich habe es nicht mehr ausgehalten, und deswegen bin ich von zu Hause weggelaufen. So etwas tut man als gute Mutter eigentlich nicht. Aber ich hab's getan, jetzt weißt du Bescheid. Wirf mich raus, wenn du willst. Ich würde es dir nicht verdenken.«

Natürlich würde man sie nicht rauswerfen, im Gegenteil. Ganz unabsichtlich hatte sie die uralte und bewährte Scheherezade-Taktik angewandt: jemanden mit einer unvollendeten Geschichte auf die Folter spannen, worauf dieser lieber auf den geplanten Mord verzichtet, als den Ausgang der Erzählung zu verpassen.

»Alles fing vor fünf Jahren an«, erzählte sie Diana. »Es war eines Abends Anfang April. Christopher war damals dreizehn Jahre alt…«

Hatte es tatsächlich erst damals angefangen? Hatte es nicht früher, viel früher Gelegenheiten gegeben, bei denen man jetzt, im Rückblick natürlich, hätte erkennen können, daß etwas nicht stimmte? Norah rief sich die anhaltende Abneigung ihres kleinen Sohnes, sich mit Gleichaltrigen zu beschäftigen, in Erinnerung. Es war eine Belastung für sie gewesen, wie ihr wieder einfiel, denn es bedeutete, daß sie sich nicht ohne weiteres an den Absprachen zur gelegentlichen Kinderbeaufsichtigung beteiligen konnte, die die jungen Mütter in der Nachbarschaft trafen, um sich abwechselnd gegenseitig etwas Freizeit zu ermöglichen, ohne Kinder. Trotzdem wäre es ihr damals nicht in den Sinn gekommen, sich deswegen Sorgen zu machen. Auch Christophers verhängnisvolle Neigung, alle Spielkameraden zu ignorieren, die extra für ihn eingeladen worden waren, rangierte bei ihr nur als eine weitere Unannehmlichkeit. Nachdem er einen Neuling mürrisch schweigend beäugt hatte, wandte er sich ab und widmete sich wieder seinen eigenen einsamen Vergnügungen, während seiner Mutter die Aufgabe zufiel, den kleinen Gast zu unterhalten. Ein Ärgernis auch das, aber, soweit sie sich erinnern konnte, kein Grund zu Besorgnis. Und da Mervyn ihr natürlich immer wieder versicherte, ihr Kind verhalte sich nur deswegen so, weil es so intelligent sei, und da Louise, ihre Nachbarin, sie tröstete, Kinder seien allesamt eine Plage, so oder so, unterdrückte sie alle Bedenken, noch bevor sie überhaupt aufkeimen konnten. Hinzu kam, daß Christopher ansonsten ein sehr pflegeleichtes Kind war, still, vernünftig und brav. Eigentlich konnte sie zufrieden sein.

Jedenfalls dachte sie das.

Im Verlauf des Gesprächs mit Diana kam alles mit schmerzlicher Deutlichkeit wieder hoch; um so schmerzlicher, als die Ereignisse jetzt im grellen Licht nachträglicher Einsicht erschienen, im Wissen darum, wie alles enden würde.

»Das muß ja schrecklich für dich gewesen sein«, sagte Diana. »Und wie ging es danach weiter?«

Sie meinte die Episode mit der Siebzehnerreihe, und Norah überlegte: Was genau war eigentlich danach passiert?

Auf jeden Fall war Christopher im Sommer darauf immer schweigsamer und launischer geworden – aber war das nicht typisch für alle Heranwachsenden? Allerdings hatte es ab und zu einige höchst besorgniserregende Vorfälle gegeben. Norah erinnerte sich besonders an einen, der sich während der Sommerferien ereignete, es mußte im August gewesen sein, Ende August. Christopher war den ganzen Morgen und Nachmittag über in seine Arbeit vertieft gewesen, und Norah, die vergeblich versucht hatte, ihn wenigstens dazu zu bewegen, sich mit seinen Büchern nach draußen in den Garten an die frische Luft zu begeben, hatte es schließlich aufgegeben und sich in einen Gartenstuhl auf der Terrasse niedergelassen, von wo aus sie die spät blühenden Rosen sehen und die zwischen den Herbstastern herumschwirrenden Bienen hören konnte. Sie las, versunken in ihr Buch, so daß sie gar nicht genau zu sagen wußte, wann das Hämmern eingesetzt hatte, noch, wann sie merkte, daß da kein Nachbar den Heimwerker spielte oder, wie Louise immer sagte, »die Heimsuchung inszenierte«, wenn ihr Mann mal wieder Sägespäne auf dem Teppich verstreute. Nein, diesmal war es kein Nachbar, der Lärm kam aus ihrem eigenen Haus. Norah packte augenblicklich die Unruhe, obwohl sie gar nicht genau wußte, warum. Eigentlich konnte es doch nur etwas Gutes bedeuten, nichts Schlimmes, wenn Christopher seine Bücher endlich mal beiseite gelegt hatte, zugunsten von etwas Praktischerem.

Sie lief ins Haus. Zuerst erkannte sie gar nicht, was er da eigentlich machte. Augenscheinlich war er dabei, ein riesiges Holzbrett, sechzig Zentimeter breit und anderthalb Meter hoch, mit Hammer und Nagel an eine Wand in seinem Schlafzimmer zu befestigen; überall auf dem Boden vertreut lag Putz.

»Christopher!« rief sie von der Zimmertür aus. »Was machst du da? Wo hast du dieses große Brett –«

Dann ging ihr auf, woher er das Brett hatte. Es war bloß die Rückseite des Garderobenspiegels, der schon bei ihrem Einzug in das Haus fest an der Schlafzimmerwand montiert gewesen war. Ohne Rücksicht auf den Schaden, den er damit dem Mauerwerk zufügte, hatte er den Spiegel mit

Meißel und Klauenhammer aus der Halterung herausgestemmt und hämmerte ihn jetzt mit der verspiegelten Seite zur Wand wild entschlossen wieder fest.

»Christopher!« kreischte sie. Sie hatte ganz vergessen, daß sie die Frau eines Psychiaters war, und ließ ihrer Wut freien Lauf. »Was fällt dir ein! Sieh dir bloß den ganzen Dreck an, den du gemacht hast!«

Als er nichts darauf erwiderte, sie überhaupt nicht beachtete, sondern einfach weiterhämmerte, stürzte Norah ins Zimmer, riß ihm den Hammer aus der Hand und verlangte eine Erklärung.

Es war das Verkehrteste, was sie machen konnte, wie Mervyn ihr mit unmißverständlichen Worten klarmachte, als er abends nach Hause kam; aber in dem Moment erschien es ihr die normalste Reaktion der Welt zu sein, jeder hätte genauso gehandelt.

Und tatsächlich, es hatte ja auch funktioniert. Wenigstens brachte es den Jungen zum Sprechen; er gab eine eingehende und einleuchtende Erklärung ab, die, wenn man nicht auf jedes Wort hörte, seine absonderliche Handlung fast normal erscheinen ließ.

»Ich mag den Spiegel nicht«, sagte er und verzog dabei die Augen zu Schlitzen. »Ich habe ihn nie gemocht. Ich mag den Jungen nicht, der darin wohnt. Ich mag nicht, wie er mich ansieht. Manchmal kommt er mir ziemlich verrückt vor. Er hat die Augen eines Verrückten. Er ist immer da, steht immer im Weg, wenn ich mich anschauen will. Deswegen wollte ich ihn weghaben. Von jetzt an wird er auf die kahle Wand schauen. Das wird ihm eine Lehre sein!«

Diana hörte gespannt und fasziniert zu, was wohl jeder bei dieser Geschichte getan hätte.

»Was ist denn weiter passiert?« fragte sie. »Ich meine, als dein Mann nach Hause kam. Jetzt mußte ihm doch klar sein, daß der Junge psychisch krank ist.«

»Ganz und gar nicht, Diana. Es klingt unglaubwürdig, aber er wollte es immer noch nicht einsehen. Als er die Bescherung sah, den Dreck und den Putz überall, war er natürlich stinksauer, wie es jeder andere auch gewesen wäre. Aber nicht auf Christopher. Nein. Auf mich! ›Jetzt sieh dir bloß an, wie weit du ihn gebracht hast!‹ warf er mir danach vor. ›Alles nur wegen deiner wahnsinnigen Besitzgier! Ich hab's gewußt! Ich hab gewußt, daß es auf eine Krise hinausläuft! Er befindet sich in dem empfindlichen Alter, in dem er vor allem Unterstützung und Verständnis braucht – und was passiert? Du, seine Mutter, verpatzt die Situation so gründlich und verschlimmerst seine normalen Identitätsprobleme als Jugendlicher dermaßen, daß ihm eine gewalttätige Lösung als der einzige Ausweg erscheint. Um sich selbst zu retten, muß er sich symbolisch zerstören, das heißt, sein Spiegelbild zerstören. Und ich fürchte, Norah, daß du dafür einen großen Teil der Verantwortung trägst.‹

Und dann zählte er all die schrecklichen Dinge auf, die ich seit seiner Kindheit mit ihm angestellt hätte. Daß ich ihn früher immer vor dem Spiegel auf den Armen gehalten hätte, als er gerade erst ein paar Monate alt gewesen sei, und mit ihm gespielt, ihn zum Lachen gebracht, seine Ärmchen bewegt hätte, um ihm zu zeigen, daß das Kind im Spiegel genau die gleichen Bewegungen macht. Natürlich sei es nur ein Spiel gewesen, natürlich hätte das Kind seine Freude daran gehabt, aber ob ich denn nicht gemerkt hätte, wie gefährlich so ein Spiel sei. Dem Kind absichtlich vorzugaukeln, es steckten zwei Individuen in ihm und nicht nur eins. Was das bloß für eine Mutter sei, sagte er zu mir, die alles daransetze, aus ihrem Kind eine gespaltene Persönlichkeit zu machen, wenn es gerade mal ein Jahr alt sei.«

»Wie ungerecht!« redete Diana ihr zu. »Alle Mütter spielen irgendwann mal dieses Spiel mit ihren Kindern vor dem Spiegel, und die Kinder haben einen Heidenspaß dabei. Wieso sollte Christopher der einzige sein, der –«

»Genau das habe ich auch zu ihm gesagt. Aber Mervyn hat mir gar nicht zugehört. Er warf mir vor, das Kind zu verderben, wenn ich ihm abends vorm Einschlafen *Alice im Wunderland* vorläse. Ob mir denn nicht aufgefallen sei, daß es sich dabei keineswegs um eine Geschichte für Kinder handle, sondern um ein Sammelsurium obszöner Szenen, das auf perverse Erwachsene abziele. Mit der Bettlektüre hätte ich ihm eine panische Angst vor Spiegeln eingeflößt, wodurch eine an sich normale Identitätskrise in der Pubertät eine ganz ungesunde Dimension bekommen hätte.

Zum Schluß hat er mir dann doch irgendwie verziehen und mir Ratschläge für mein weiteres Verhalten gegeben. ›Das wichtigste ist jetzt, daß du ihn in Ruhe läßt, Norah. Hör auf, ihn zu bemuttern. Er wird mit seinen Problemen auf seine eigene Weise fertig. Sitz ihm nicht dauernd im Nacken, dann wird alles wieder gut.‹«

War es wirklich klug, fragte sich Norah langsam, ihrer

Gesprächspartnerin das alles anzuvertrauen? Sie kannte Diana kaum, und das, was sie über sie wußte – daß Diana nämlich irgendeinen Job beim Fernsehen hatte –, war nicht gerade beruhigend. Überlegte sie vielleicht just in diesem Augenblick, wie sie die zugegebenermaßen höchst farbenprächtigen vertraulichen Schilderungen für irgendeine zukünftige Sendung verwerten könnte? Dürfte sie diese ohne die Zustimmung Norahs, ja, sogar ohne ihr Wissen verwenden? Norah hatte keine Ahnung, wie Fernsehproduktionen zustande kamen, aber sie hatte viele dieser neueren ›Dokudramen‹ gesehen, in denen höchst intime Probleme auf so haarsträubende Weise öffentlich verhandelt wurden, daß man kaum glauben mochte, der Betreffende habe seine Einwilligung dazu gegeben. Angesichts dieser Überlegungen zitterten ihre Hände, als sie sich jetzt Kaffee nachgoß. Sie stellte sich vor, wie Mervyn an dem Tag zufällig den Fernseher einschalten und mit dem schrecklichen Familiengeheimnis konfrontiert werden würde – nun vor einem Millionenpublikum ausgestrahlt. Die sorgsam gehütete Illusion, sein Sohn sei normal, würde vor aller Welt der Lächerlichkeit preisgegeben.

Norah verstand seine Haltung nur zu gut, obwohl Verständnis, wie sich des öfteren gezeigt hatte, keine besondere Hilfe war. Sie sah ein, daß er so viel von sich selbst in dieses hyperintelligente Kind gesteckt hatte, daß die Entdeckung, hinter dieser ganzen Intelligenz verberge sich in Wahrheit ein armes Würstchen, einer schweren Erschütterung der eigenen Person gleichkäme, der er nicht standhalten würde.

Und alles wäre nur Norahs Schuld, das stand fest. Die

Katastrophen, die kleinen und die großen, die Christophers Krankheit mit sich brachten, das alles mußte ihre Schuld sein. Denn wenn es nicht ihre Schuld war, dann mußte tatsächlich etwas mit Christopher nicht stimmen, und dieser Gedanke kam in Mervyns Geisteswelt nicht vor.

Zum Beispiel damals die Sache mit dem Abendessen, dem letzten Abendessen, zu dem sie gewagt hatte, Gäste einzuladen, um endlich dem wiederholten Vorwurf ihres Mannes, sie sei wenig gastfreundlich, lade nie Leute nach Hause ein, so »wie andere Frauen«, die Grundlage zu entziehen.

Sie überlegte eine Zeitlang, ob sie Diana auch davon berichten sollte. Es war so erniedrigend gewesen, daß sie niemandem davon erzählt hatte, nicht einmal ihrer Nachbarin Louise. Aber wäre es nicht eine Erleichterung, diese Erinnerung nach so langer Zeit mit jemandem zu teilen? Mit einem Menschen, der nicht aus der unmittelbaren Nachbarschaft stammte und doch Interesse zeigte, wie Diana deutlich zu erkennen gab: Sie beugte sich vor, die Augen weit aufgerissen, gespannt auf die Fortsetzung der Geschichte.

Die Öffentlichkeit konnte Norah gestohlen bleiben! Wieso sollte sie dieser verständnisvollen und warmherzigen Person einen Mißbrauch ihres Vertrauens unterstellen? Mittlerweile – es war zwei Uhr morgens – waren sie von Kaffee zu Weißwein übergegangen, und auch das erleichterte ihr die Entscheidung.

Sie würde Diana von dem Abendessen erzählen.

9

Christopher war zu dem Zeitpunkt fünfzehn Jahre alt gewesen, und Norah war seit langem klar, daß er irgendwie schwer gestört war, nur hatte sie angesichts von Mervyns wiederholtem und fachmännisch abgesichertem Widerspruch noch keinen Begriff dafür gefunden. Sie wußte noch, daß sie sich während der letzten Vorbereitungen für die kleine Gesellschaft nichts sehnlicher wünschte, als daß der Junge heute abend in aufgeräumter und friedlicher Stimmung sein möge. In letzter Zeit war er ganz vernünftig gewesen. Er war in sich gekehrt und still und hatte ab und zu unverständliches Zeug vor sich hin gemurmelt, aber sonst hatte er seit Tagen keinen offenkundigen Anlaß zur Besorgnis geliefert, und es gab berechtigten Grund zur Hoffnung, sein Verhalten würde an dem Abend wenigstens nicht auffällig sein. Still und in sich gekehrt zu sein, das war in Ordnung, denn wie man wußte, waren Jungen in dem Alter in der Gegenwart von Erwachsenen schrecklich verlegen. Vielleicht würde er sich ja sogar entschließen, gar nicht zum Essen zu erscheinen. Das würde ihr viel Ärger ersparen, außerdem ließen sich so die Gäste leichter am Tisch unterbringen. Drei Paare waren eingeladen worden, Kollegen von Mervyn und deren Frauen. Mit Mervyn und der Gastgeberin waren sie zu acht, in jeder

Hinsicht besser als neun Personen, selbst wenn die neunte Person der Gästeschar mehr zu bieten gehabt hätte, als was man von Christopher erwarten konnte.

Norah hatte sich für diesen Anlaß große Mühe gegeben, denn sie wußte, daß alle Gäste in der einen oder anderen Hinsicht wichtig für das berufliche Fortkommen von Mervyn waren. Sie hatte ein Vier-Gänge-Menü angerichtet, auch wenn das einen ganzen Tag Vorbereitungen in Anspruch nahm, und sie hatte den Tisch mit Kerzen und Lilien dekoriert, dazu drei funkelnde Gläser für jedes Gedeck, da Mervyn drei verschiedene Weine reichen wollte. Sie hatte den selten benutzten Besteckkasten hervorgeholt, ein Hochzeitsgeschenk, und hatte jede Gabel und jeden Löffel einzeln auf annehmbaren Hochglanz gebracht. Als alles fertig war, lange bevor die Gäste eintreffen sollten, stand sie in der Tür zum Eßzimmer und bewunderte ihre Fleißarbeit. Der Tisch sah wunderschön aus; sie stellte sich die leisen Laute des Erstaunens vor, die ihre Gäste ausstoßen würden, wenn sie nacheinander den Raum betraten.

Leise Laute waren tatsächlich zu hören – nur nicht von der Art, die sie erwartet hatte.

Das erste, was ihr auffiel, als sie die Gäste ins Eßzimmer führte, war, daß es auf dem Tisch nicht mehr glänzte und funkelte. Sie brauchte einen Moment, um zu erfassen, was mit den Tischutensilien geschehen war, die sie erst vor wenigen Stunden mühsam arrangiert hatte.

Sie waren bandagiert. Jedes Messer, jede Gabel war sorgsam mit einer Bandage versehen, rundherum eingewickelt, der gesamten Länge nach. Sie lagen da wie verletzte Gliedmaßen auf einer chirurgischen Krankenstation. Die Lilien, aus den Vasen gekippt, lagen daneben, auf zwei längliche Pappschachteln drapiert. Damit auch keinem die Wirkung dieser begräbnishaften Szenerie entging, war ein großes Pappschild zwischen die beiden sargähnlichen Schachteln aufgestellt worden, auf dem mit Buntstiften geschrieben stand: MEMMENTO MORI!

»Nicht mal schreiben kann er mehr richtig!« schoß es Norah absurderweise als erstes durch den Kopf, erst dann erfaßte sie das Grauenhafte der Szene allmählich. An Weglaufen war nicht zu denken, also blieb sie einfach regungslos stehen, wie alle anderen auch, sprachlos, mit offenem Mund.

Mervyn faßte sich als erster, allerdings war er kreidebleich und klapperte mit den Zähnen.

»Sie müssen entschuldigen«, preßte er hervor, und nachdem seine Stimme den Anschein professioneller Gelassenheit und Kühle wiedererlangt hatte, fuhr er fort: »Norah, mein Schatz, ich glaube, es ist besser, wenn du dich hinlegst. Ich kümmere mich derweil um alles.« Und dann, an die verwirrte Abendgesellschaft gewandt: »Meine Frau fühlt sich in letzter Zeit nicht ganz wohl. Bitte haben Sie Verständnis.«

Norah hörte gar nicht mehr hin. Bei seinen Worten kehrte Kraft in ihre Glieder zurück, und sie floh aus dem Zimmer, nicht um sich hinzulegen, das konnte sie unmöglich tun, sondern sie flüchtete in die Küche, von wo aus, komme was wolle, das Essen aufgetragen werden mußte.

Sie erfuhr nie, wie Mervyn die Gäste dazu gebracht hatte, sich »um alles zu kümmern«; im Nu wirbelten hilfsbereite Hände in der Küche um sie herum, packten zu, kamen in die Quere, alles in wohlmeinender Absicht, während gleichzeitig eine Flut von Bemerkungen an ihr Ohr drang, als Trost gemeint, willkürlich geschöpft aus dem Repertoire geläufiger Gemeinplätze. »Mach dir nicht's draus!«, »Es muß an der Hitze liegen« – selbst die abgedroschenste aller Phrasen: »Das kann jedem mal passieren.« Was nachweislich nicht stimmte.

An diesem Abend nahm Norahs Laufbahn als Objekt des Mitleids, als Zielscheibe von Seitenblicken ihren Anfang.

Sie tauchte nicht wieder auf im Eßzimmer. Das konnte man schlecht von ihr verlangen. Wer hätte das von ihr erwarten können? Kaum war alles aufgetischt und die Teller mit vereinten Kräften hierhin und dorthin getragen worden, meist in die richtige Richtung, floh sie nach oben und sah sich einem gelassenen und ungewöhnlich gesprächigen Christopher gegenüber, der sich einiges einbildete auf das, was er angerichtet hatte.

»Es war viel zu gefährlich, Norah. Die ganzen scharfen Messer und die scharfen Zinken an den Gabeln. Sie sind so scharf, man hätte sich daran verletzen können. Ich wollte den Verletzungen vorbeugen, deswegen habe ich alles mit Bandagen versehen. Ich meine, Vorsicht ist die Mutter der Porzellankiste. Vorbeugen ist besser als heilen. So in der Art. Für ein paar war es zu spät, fürchte ich. Einige Gabeln waren schon tot. Wirklich ein trauriger Anblick, so ein Häufchen toter Gabeln. Zum Glück habe ich noch jede Menge weiße Lilien aufgetrieben, so konnte ich ihnen wenigstens eine anständige Beerdigung verschaffen.«

Viel zu erschüttert, um ihm Vorhaltungen zu machen oder mit ihm zu streiten oder auch nur diesem verdrehten und erschreckenden Unsinn ein Ende zu bereiten, sackte Norah auf Christophers Bett zusammen und ließ ihn in dieser seltsamen, hohen Stimme weiterplappern, die scheinbar nicht zu ihm gehörte. Sie stellte keine Fragen und ließ auch seine umständliche Erklärung, warum er außer den Messern und Gabeln nicht auch die Löffel verbunden hatte, über sich ergehen.

»Die Löffel sind ja nicht scharf, verstehst du. Es leuchtet ein, daß sie keine Gefahr darstellen, für sich und andere, deswegen habe ich sie in Ruhe gelassen. Das wäre ja wohl reichlich albern, ausgerechnet einen Löffel mit Bandagen zu verbinden!«

Er mußte über diese absonderliche Vorstellung lachen und erwartete vergnügt, daß seine Mutter in sein Lachen einfiel.

Allmählich kam der Vortrag von Erklärungen und Selbstbeweihräucherungen zum Erliegen, und zum Schluß fiel der Junge in einen trägen, fast lethargischen Zustand, der gewöhnlichem Schlaf nicht unähnlich war. Endlich vernahm Norah von unten die untrüglichen Geräusche des Aufbruchs, hin- und hereilende Schritte, Türen, die geöffnet und wieder geschlossen wurden, sogar ein schrilles, geschwätziges »Vielen Dank auch für den wunderschönen Abend« – eine Floskel, die sich allen seit frühester Kindheit dermaßen eingeprägt haben mußte, daß sie sogar eine Zusammenkunft wie diese überlebte.

Und danach? Das Ganze war zu peinlich, zu traumatisch für einen normalen Ehestreit. Norah und Mervyn waren beide sehr schweigsam, als sie sich ans Aufräumen machten und anschließend zu Bett gingen. Zwischendurch hatte Mervyn einmal gesagt: »Wir müssen uns darum kümmern, daß du in Behandlung kommst, Norah«, aber außer diesem deutlichen Hinweis, daß er sie für die Verantwortliche an der Katastrophe hielt, äußerte er keine weiteren Vorwürfe. Jedenfalls nicht mehr im Verlauf dieses Abends. Er griff auch an den nachfolgenden Tagen seinen Vorschlag nicht wieder auf, sich darum zu kümmern, daß seine Frau in »Behandlung« kam. Vermutlich fragte er sich, was sie dem behandelnden Therapeuten während der Sitzungen wohl alles eröffnen würde.

Die Tage vergingen, und sie wußte nicht, ob er mit Christopher über den katastrophalen Abend gesprochen hatte und, wenn ja, ob dieser seinem Vater dieselben absurden Erklärungen gegeben hatte, die er seiner Mutter gegenüber geäußert hatte.

Vermutlich nicht. Anscheinend behielt der Junge auch im Zustand schlimmster geistiger Verwirrung ein unterschwelliges Gespür dafür, was seinem Vater besser vorenthalten werden sollte und was ihm gegenüber erwähnt werden durfte.

Auf diese Weise schafften es Vater und Sohn – Mervyn, indem er sich davor hütete, seinem Sohn Fragen zu stellen, und Christopher, indem er sich davor hütete, mit seinem Vater zu reden –, eine Mauer des Unverständnisses, hart wie Stahl und dünn wie Glas, zwischen sich zu errichten und sie erfolgreich gegen jede aufkommende Gefahr zu verteidigen.

Und Gefahren gab es reichlich im Verlauf der folgenden

Monate. Christopher brachte es fertig, weiter die Schule zu besuchen, ohne sich schwere Verweise oder Verhöre einzuhandeln. Wahrscheinlich bediente er sich in der Schule desselben unterschwelligen Gespürs, das er seinem Vater gegenüber entwickelt hatte, und schleppte sich ohne Anzeichen offenkundigen Wahnsinns durch den Tag. Seine Leistungen allerdings verschlechterten sich rapide, was seinen Lehrern nicht verborgen blieb. Bange und besorgte Briefe von seinen Klassenlehrern trafen ein, auch ein Schreiben des Schuldirektors; von Mervyn allesamt geringschätzig als das Machwerk von Kleingeistern abgetan, die sich von einem dem ihrigen weit überlegenen Intellekt in die Irre leiten ließen und mit dem sie überfordert waren.

Einmal hatte Norah es gewagt, den Schuldirektor allein aufzusuchen, ohne Mervyns Wissen, was ihn, als er es später erfuhr, in solche Wut versetzte, daß sie sich nicht noch einmal zu solchem Wagemut verleiten ließ. Dabei hatte der Schuldirektor sogar Verständnis gezeigt und ihr seine Hilfe angeboten; er teilte die Ansicht, daß der Junge eine für Heranwachsende typische Identitätskrise durchlebe und von einer Beratung durchaus profitieren könne.

»Obwohl natürlich Ihr Mann viel mehr von diesen Dingen versteht als ich, Mrs. Payne, und wenn er meint, Christopher würde eine entsprechende Behandlung guttun, dann wird die Schule Ihnen natürlich in jeder Hinsicht behilflich sein – ihn für die Therapiesitzungen vom Unterricht befreien und dergleichen...«

Sie hatte erwartet, daß Mervyn erleichtert und nicht verärgert sein würde, wenn er erführe, wie die Reaktion des Schuldirektors ausgefallen war. Hatte Mervyn nicht selbst eine »Identitätskrise« als Erklärung für das seltsame Verhalten ihres Sohnes diagnostiziert?

Nichts dergleichen. Daß Norah sich die Freiheit zu einem Gespräch mit dem Schuldirektor genommen hatte, erschien Mervyn als ein solcher Frevel, eine solche Verletzung des Berufsethos, daß sein Zorn darüber jede Diskussion über die Ergebnisse dieses Gesprächs zunichte machte.

»Er weiß, daß ich Psychiater am St. Elmo's Hospital bin! Es muß ihm doch höchst merkwürdig vorgekommen sein, daß du und nicht ich dieses Problem mit ihm besprichst. Es ist außerdem gar kein Problem! Christopher durchläuft eine völlig normale Phase als Jugendlicher. Es ist kein Problem, und wenn es eins wäre, dann stünde es ja wohl mir an zu entscheiden, wie in dem Fall zu verfahren wäre, und nicht diesem gehirnlosen Einfaltspinsel, der absolut nichts von Psychologie versteht! Christopher ist vollkommen gesund, außer, daß er leider das Pech hat, mit einer Mutter geschlagen zu sein, die unter so schweren Angstzuständen leidet, daß sie ihn mit ihren Phobien und Obsessionen noch zu Tode bemuttert. Du läßt ihn ja kaum noch aus dem Haus! Da brauchst du dich nicht zu wundern, daß er gelegentlich auf die einzig ihm angemessene Weise rebelliert.«

In dem Punkt hatte er recht. Norah machte sich tatsächlich Sorgen, wenn Christopher allein aus dem Haus ging. Seinen letzten Ausflug hatte er dazu genutzt, in jeden Briefkasten ihrer Straße eine Einladung zu einer Party zu werfen, die noch am selben Abend in seinem Elternhaus stattfinden würde. Es war eine aufwendig gestaltete Einladungskarte, in geschnörkelter, winziger Handschrift geschrieben, am Rand mit Bildern von Luftballons und Spielzeug dekoriert. Er hatte die Karte selbst entworfen, sich offenbar viel Mühe dabei gegeben, und es war ihm gelungen, einhundert Kopien auf dem Schulkopierer zu machen, die er dann freigebig in der Nachbarschaft verteilte.

Viele Einladungen waren natürlich in Briefkästen von Leuten gelandet, die die Familie gar nicht kannten. Sie waren im ersten Moment bestimmt verunsichert, nahmen dann aber doch aus Neugier die Einladung an.

Und so ertönte abends, als Norah sich gerade an den Abwasch machen wollte, die Türklingel... dann noch mal... und noch mal... und noch mal. Gegen neun Uhr drängten sich an die fünfzig Personen in dem Wohnzimmer, vor sich eine Schachtel Kekse und zwei halbvolle Flaschen Sherry.

»Sie müssen entschuldigen. Meine Frau ist in letzter Zeit ein bißchen vergeßlich«, wiederholte Mervyn andauernd, nachdem der erste Schreck verflogen war. »Ich hatte keine Ahnung, daß sie ein Fest geplant hatte...«, und mit bewundernswerter Gelassenheit und Würde forderte er die Gäste auf, sich in Geduld zu üben, war im Eiltempo zum nächsten Weinladen gefahren und schwer beladen mit Flaschen wiedergekommen.

Christopher hielt derweil zu Hause die Stellung, nahm die Gäste in Empfang, als sei er der Herr des Hauses, verbeugte sich vor jedem Gast, sagte ein paar Worte und reichte ihm die Hand. Das blonde Haar, das er in letzter Zeit lang trug, schimmerte im Licht der Diele, wenn er den Kopf bewegte und die Strähnen in die Stirn fielen. Inmitten ihrer peinlichen Verlegenheit war Norah plötzlich aufgefallen, wie groß ihr Sohn geworden war, ein hübscher junger Mann. Niemand, der ihn jetzt so sah, hätte sich träumen lassen, daß etwas mit ihm nicht stimmte. Selbst Norah fragte sich einen ungestümen Moment lang, ob sich da vielleicht irgendeine wundersame Heilung vollzogen hatte.

Natürlich nicht. Es wurde mit jedem Tag schlimmer. Angespornt durch den Erfolg, den ihm die Verteilung der Zettel in der Nachbarschaft eingetragen hatte, stürzte sich Christopher mit aller Macht ins Briefeschreiben. Viele dieser Briefe hatten einen anderen Tonfall als die Einladung zu der imaginären Party – manche waren regelrecht beleidigend. An einem Wochenende wurden Drohschreiben wegen des Bellens eines imaginären Hundes durch die Briefkastenschlitze gesteckt, und Hausbesitzern, die gar keine Bäume in ihren Gärten hatten, wurden Klagen über zu hoch gewachsene Bäume zugestellt. Vage Bezichtigungen, sie hätten sich »beleidigend verhalten«, ergingen an Personen, die überhaupt keinen Kontakt mit dem Absender oder seiner Familie hatten.

Zunächst reagierten die Nachbarn einigermaßen nachsichtig auf die Sendschreiben. Es wurde ja kein Schaden angerichtet, und niemand vergab sich etwas, wenn er freundlich blieb.

»Dumme Jungenstreiche, mehr nicht«, gaben sie Norah mitleidvoll zu verstehen und glaubten selbst nicht, was sie da sagten. »Sie wissen ja, wie Kinder so sind.« Eine treffende Bemerkung, wenn Christopher sieben Jahre alt gewesen wäre. Aber er war keine sieben mehr. Er war siebzehn, wurde bald achtzehn, fast ein erwachsener Mann; was Körpergröße und die sich andeutende Muskelkraft betrafen, schon jetzt ein erwachsener Mann.

»So steht es im Augenblick, Diana«, schloß Norah erschöpft ihren Bericht und goß sich den letzten Schluck Wein ins Glas. »Ich halte es einfach nicht aus. Ich kann mich nicht mal mehr mit den Nachbarn verständigen. Alle wissen Bescheid und tuscheln hinter meinem Rücken. Die Leute fangen an, mir aus dem Weg zu gehen. Es kommt keiner mehr vorbei. Sie haben Angst, ich weiß es. Sogar meine Nachbarin Louise, meine allerbeste Freundin, selbst die geht auf Distanz. Sie war der letzte Halt. Ich mußte irgend etwas unternehmen. Findest du nicht?«

10

Dann war also der Kerl an allem schuld, dieser Mervyn«, bemerkte Alistair, nachdem er mit geschlossenen Augen der Zusammenfassung der Offenbarung vom vorigen Abend gelauscht hatte. »Ich weiß nicht, warum ihr Frauen euch so darüber aufregt. Ich dachte, die Männer sind sowieso immer an allem schuld.« Er gähnte, räkelte sich mit seiner massigen Gestalt noch genüßlicher in die Sofakissen und fuhr fort: »Wer von euch beiden Schönen gießt mir denn noch mal Kaffee nach?«

Es war natürlich Diana, die die Kanne holte, und Bridget beobachtete, wie immer leicht gereizt, die diensteifrige, unterwürfige Geste ihrer Freundin. Wieso konnte dieser Jammerlappen nicht einmal für sich selbst sorgen? Ihre Gereiztheit war jedoch eine Bagatelle, verglichen mit der enormen Erleichterung, die sie noch immer empfand, als sich herausstellte, daß das gemeinschaftliche Leben in der Wohnung an diesem Samstagmorgen seinen gewohnten Gang ging. Nach Dianas panischem Telefonanruf gestern abend und ihrer eigenen, etwas verzögerten Reaktion darauf war sie heute morgen beunruhigt und mit Schuldgefühlen zurückgefahren. Angenommen, etwas wirklich Schreckliches wäre während ihrer Abwesenheit in der Wohnung passiert. Angenommen, sie hätte ihre Mitbewohnerin bei ihrer Rückkehr tot aufgefunden, sie wäre entführt worden oder läge im Krankenhaus, oder es wäre sonst etwas passiert, das nicht passiert wäre, wenn Bridget auf der Stelle zurückgekehrt wäre. Sie war schon erleichtert, als sie von der Bushaltestelle aus das Stück Straße nach Hause entlanglief und sah, daß Acron House noch immer stand.

Sie war noch erleichterter, als sie die Treppe zum zweiten Stock hochstieg und Stimmen hörte, eine Unterhaltung in normaler Lautstärke, ohne jedes Anzeichen einer dramatischen Krise. Sie freute sich richtiggehend, Alistairs gelangweilten Tonfall zu vernehmen; er machte sich gerade über etwas lustig, was jemand gesagt hatte. Normalerweise wäre es ihr auf die Nerven gegangen, ihn an einem Samstag schon um die Mittagszeit in der Wohnung anzutreffen, denn es bedeutete, daß sie ihn das gesamte Wochenende über ertragen mußte. Diesmal jedoch, nach den ganzen angstvollen Phantasien, hatte seine Anwesenheit etwas durchaus Beruhigendes. Sie schenkte ihm sogar ein Lächeln, als er ihr träge die Hand zum Gruß hinhielt und bedauerte, er sei zu faul, sich aus dem Sofa zu erheben, um sie mit einem Kuß zu empfangen.

»Gebe Gott dem Narren die Faulheit mit dazu, denn sie ersparet ihm viel Ärger«, zitierte sie und schloß sich wenig später ihrer offenbar seit Ewigkeiten andauernden Kaffeepause an.

Norah hatte ihre Zurückhaltung längst aufgegeben; sie war bloß froh, daß sie ihre traurige Geschichte immer und immer wieder erzählen durfte. Nach all den Monaten der Geheimnistuerei, den Versuchen, ihre tragischen Familienverhältnisse vor Freunden und Nachbarn zu verbergen, nach der Schmach der gesellschaftlichen Isolierung, die mit der unbedingten Verschleierung der eigenen Verhältnisse vor allem und jedem unweigerlich einherging, empfand sie es als unbeschreibliche Erleichterung, sich endlich einmal Zuhörern anzuvertrauen, die nicht nur interessiert waren, sondern, was viel entscheidender war, sie auch nie als die Person gekannt hatten, die sie früher einmal gewesen war. Vor Fremden die Rolle des Opfers zu spielen bereitete kaum Schmerzen, denn sie kannten einen ja nicht anders; Opfer zu werden dagegen, ein »armes Ding«, unter den schockierten Blicken von alten Freunden und Bekannten, die einen vorher als amüsanten, lebensbejahenden Zeitgenossen gekannt hatten, war eine über die Maßen beschämende Erfahrung.

Nachdem sie also Diana ihre Geschichte mit allen Details ausführlich geschildert hatte, machte sich Norah jetzt daran, die herausragenden Punkte für Bridget zu wiederholen.

»Es ist so, Bridget«, erklärte sie. »Ich bin nicht einfach bloß weggerannt, weil ich es nicht mehr ausgehalten habe. Natürlich habe ich es nicht mehr ausgehalten, aber das war nicht der eigentliche Grund. In Wirklichkeit will ich Mervyn dazu zwingen, sich zu der Erkenntnis durchzuringen, daß Christopher psychisch krank ist. Er soll endlich etwas tun und seinen Sohn in Behandlung geben, ins Krankenhaus überweisen, irgend etwas. Ich weiß, daß Christopher so etwas dringend braucht. Und wenn Mervyn nur für ein paar Tage mal allein dasteht und mit ihm fertigwerden muß, dann wird er es schon merken. Wenn ich immer zu

Hause bin, kann er die schrecklichen Dinge, die Christopher anstellt, einfach bewußt ignorieren, denn mit den Auswirkungen muß ich ja zurande kommen und nicht er. Es ist nämlich so, daß Mervyn die Tatsache als unerträglich demütigend empfindet, daß er, der berühmte Psychiater, einen psychisch kranken Sohn hat. Und wenn ich nicht zur Stelle bin, dann muß er dieser Tatsache ins Auge sehen. Wenn er nach Hause kommt und feststellt, daß Christopher aus irgendeinem unerfindlichen Beweggrund heraus etwas kaputtgemacht hat und er diesmal nicht mir die Schuld geben kann, wofür auch immer, weil ich nicht da bin – dann muß er es einsehen, oder nicht? Dann muß er etwas tun.«

»Und das wäre?« fragte Alistair trocken. »Schon mal was von Nachbarschaftspflege gehört? Weißt du nicht, wofür diese Einrichtungen da sind? Für dich. Die Leute arbeiten vierundzwanzig Stunden am Tag, sieben Tage die Woche, alles ehrenamtlich. Billiger geht's nicht. Und was deinen Sohn betrifft – du kriegst sowieso keinen dazu, den Jungen zu begutachten oder ihm die entsprechenden Pillen zu verschreiben, die einzunehmen er sich dann weigern kann. Weil sein Vater so eine Art Seelenkenner ist, wird davon ausgegangen, daß er sich um alles kümmert. Er ist der Experte.« Er stieß einen Seufzer aus und verdrehte in gespielter Verzweiflung die Augen. »Anscheinend weiß keiner, wozu Experten da sind und was man von ihnen zu erwarten hat. Als Experte in eigener Sache kann ich es euch sagen. Experten sind Leute, von denen man nicht erwarten kann, daß sie etwas tun. Experten sind nur dazu da, die Leute zu kritisieren, die etwas tun.«

»Alistair, wirklich! Irgend etwas muß er ja tun! Du verstehst das nicht!« unterbrach ihn Diana. »Bei all dem, was sich der Junge leistet, wenn er einen seiner üblen Anfälle hat – erzähl es ihm doch, Norah. Erzähl ihm mal die schlimmen Sachen, die du mir erzählt hast.«

Und Norah erzählte, mehr als bereitwillig.

»Ich hatte ihn mal zum Einkaufen losgeschickt«, fing sie an. »Das tat ich manchmal, wenn er einen seiner guten Tage hatte, und meistens war er auch ganz tüchtig dabei. Ich war gerade oben, als er zurückkam, und als ich runterkam, sah ich, daß er haufenweise Lebensmittel aus dem Supermarkt gebracht und alles in die Waschmaschine gestopft hatte, Waschpulver dazugegeben und auf Kochwäsche gestellt hatte. Wenn ich nicht das Allerschlimmste verhütet hätte, bevor Mervyn nach Hause kam – ich meine, wenn er heimgekommen wäre und gesehen hätte, daß die Butter und die Salatsoße und die eingelegten Heringe und die Bananen in der Waschmaschine geschleudert wurden und er ganz allein hätte aufräumen müssen... Wohlgemerkt, zum Schluß mußte er doch ran, weil wir jemanden bestellen mußten, der uns die Waschmaschine reparierte. Das Getriebe war von der klebrigen Masse immer noch völlig verstopft, obwohl ich die Maschine gereinigt hatte... Natürlich gab Mervyn mir die Schuld. Er meinte, ich könne nicht verstehen, daß jemand so Intelligentes wie Christopher zwangsläufig ab und zu zerstreut sei. Aber mit Zerstreutheit hatte das nichts zu tun. Es war der helle Wahn. Christopher hat es mir auf seine verdrehte, logisch anmutende Art erklärt. Er hätte Angst vor einer Lebensmittelvergiftung, sagte er, wegen der modernen Kühl- und Lagerungstechniken. Er sei zu dem Schluß gekommen, daß alle Lebensmittel aus Supermärkten vor dem Verzehr einer gründlichen Waschung bedürften.

Trotzdem brachte Mervyn es fertig, weiter mir die Schuld zu geben. Daher glaube ich, daß er ohne meine Anwesenheit zu Hause – wenn nur Christopher da ist, dem er die Schuld geben kann... Ohne meine Anwesenheit muß er schießlich doch einsehen...«

»Hast du dir schon mal überlegt, daß er ja auch einfach abhauen könnte? So wie du? Wenn ich nach Hause käme und mit ansehen müßte, daß meine Waschmaschine das Müsli, den Gorgonzola, den Räucherlachs und das Toastbrot verwurstet, würde ich mich auch schnellstens absetzen, bevor das Programm auf »Wolle und Feinwäsche« umschalten könnte...«

Auf Alistairs eher ironisch gemeinte Bemerkung stieß Norah einen Laut des Erschreckens aus.

»Oh, nein! Nein, das würde er doch hoffentlich nicht tun! Daran habe ich gar nicht gedacht. Als ich Christopher gestern abend anrief, hat er seinen Vater mit keiner Silbe erwähnt. Jetzt frage ich mich, ob das vielleicht bedeutet... Ach, du lieber Himmel! Wenn er wirklich die ganze Zeit über allein gewesen ist...«

Sie kaute jetzt auf den Fingernägeln herum, der Blick ihrer unruhigen braunen Augen huschte von einem Gesicht zum nächsten; ihr ganzer Körper war angespannt und verkrümmt wie bei einer in die Ecke getriebenen Maus.

»Nein, das würde er nicht fertigbringen!« wiederholte sie in einem Tonfall, aus dem deutlich hervorging, daß er es doch fertigbringen würde. Vielleicht sogar schon fertiggebracht hatte. Was stellte der Mensch nicht alles an, wenn er sich dem Unerträglichen ausgesetzt fühlte?

»Was soll ich bloß machen? Ach, ich hätte niemals... Ich muß zurück. Ich muß nachsehen, was los ist! Ich weiß nicht, wozu er fähig ist, so ganz auf sich allein gestellt. Und dann die Nachbarn erst...«

Der gierige, fast lüsterne Ausdruck in Dianas Gesicht bei diesem kleinen Wortwechsel war nicht zu übersehen, und Bridget merkte, wie der Gedanke, Norah für die nächste Sendung über Nachbarschaftspflege als Interviewpartnerin zu gewinnen, im Kopf ihrer Freundin Gestalt annahm, entgegen ihrer früheren Beteuerung, es sei unmoralisch, seine eigenen Freunde auszuhorchen.

Warum eigentlich? Was sollte daran falsch sein, wenn Norah einverstanden war? Bridget erinnerte sich daran, wie Diana enttäuscht festgestellt hatte, daß man aus Norah kein Kapital schlagen konnte für die Sendung über mißhandelte Frauen – aber war da nicht schon eine Sendung über das Thema Nachbarschaftspflege in Vorbereitung? Und Norah gehörte nicht zur gewöhnlichen Kategorie der Eltern, die ein krankes Familienmitglied zu Hause pflegten. Ihr Fall verdeutlichte einen ganz neuen, faszinierenden Aspekt: das Problem der pflegenden Person, deren Partner sich schlicht weigert, das Problem als solches überhaupt zu erkennen. Partnerschaftsprobleme sollten einen großen Themenkomplex in der neuen Sendung bilden, wie Bridget wußte. Diana hatte bereits von Fällen berichtet, in denen die Ehe auseinandergegangen war, weil einer der Partner – gewöhnlich der Mann – dem

Streß und der gesellschaftlichen Stigmatisierung nicht gewachsen war. Was die Situation von Norah betraf, kam noch die pikante Wendung hinzu, daß der Mann der Wahrheit nicht ins Auge sehen wollte. Norah hatte all das bereitwillig drei ihr fast völlig fremden Personen erzählt. Wäre sie nicht gleichermaßen bereit, vielleicht sogar erpicht darauf, ihre Probleme einem Millionenpublikum zu offenbaren? Es war erstaunlich, wie viele Menschen zu so etwas bereit waren. Wieso sollte Norah nicht auch zu ihnen gehören?

Natürlich müßte es anonym geschehen. Bridget versuchte sich die Silhouette von Norah vorzustellen, mit dem Rücken zur Kamera, die Stimme zur Unkenntlichkeit verzerrt.

Trotzdem müßte Diana behutsam vorgehen, überlegte Bridget. Ihr Ansatz müßte eher zurückhaltend sein, auf jeden Fall sollte sie beruhigend wirken.

»Ich mache dir einen Vorschlag, Norah«, sagte Diana, und es klang wie eine Fußnote zu Bridgets Mutmaßungen. »Wie wäre es, wenn ich mit dir heute nachmittag da hinfahre? Ich sehe ja, daß du dir Sorgen machst, ob dein Sohn zurechtkommt. Das ist verständlich. Aber wenn du vorhast hinzufahren, finde ich, solltest du lieber jemanden mitnehmen. Jemanden, der sozusagen das Terrain sondiert. Ich meine, es ist durchaus möglich, daß dein Mann noch da ist. Er macht dir vielleicht die Tür auf, und ich könnte mir vorstellen, daß das eine mittlere Katastrophe gäbe. Ich habe mir folgendes überlegt: Wenn wir zusammen hinfahren, könntest du draußen im Wagen sitzen bleiben, während ich euer Haus unter die Lupe nähme. Ich könnte herausfinden, wer da ist und wer nicht, und was ungefähr vor sich geht. Wenn ein Junge an die Haustür kommt und er allein zu Hause zu sein scheint, dann gebe ich dir ein Zeichen, daß die Luft rein ist. Wenn es ein älterer Mann ist, lasse ich mir irgendeine plausible Erklärung einfallen, Marktforschung, oder eine Umfrage für die Labour Party, oder sonstwas.«

»Zeugin Jehovas wäre noch besser«, warf Alistair in die Runde. »Die Rolle ist dir wie auf den Leib geschnitten, meine Süße, mit dem schwülen und schmachtenden Ausdruck, den deine Augen immer annehmen, wenn du dich an die Fersen deines nächsten Fernsehopfers hängst. Wir leihen uns vom Pfarrer eine Bibel aus und konfrontieren Norahs Männchen mit einem passenden Zitat – »Wer anderen eine Grube gräbt, fällt selbst hinein« –, irgend etwas in der Art. Du machst dich bestimmt saugut, Schatz. Ich kann mir dich richtig vorstellen! Wenn du zu ihm sagst, das Ende der Welt ist nahe, kippt er bestimmt aus seinen Psychiaterlatschen. Es gibt nur ein Problem, Schatz. Ich dachte, deine kleine, klapprige Schrottmühle müßte heute nachmittag zur Kontrolle. Könnte das deinen missionarischen Eifer nicht ein bißchen bremsen? Jedenfalls heute?«

»Ja… ähem…« Diana zögerte. »Sie meinten, er wäre um drei Uhr fertig, und ich dachte…«

»Du meinst also, es reicht, wenn der Wagen um drei Uhr fertig ist? Manchmal frage ich mich, wo du eigentlich deinen Kopf hast. Du schaffst es unmöglich noch vor heute abend bis zu diesem gottverlassenen Nest. Hast du nicht gesagt, es sei irgendwo in Hertfordshire? Wie wär's, wenn ich euch beide hinfahre? Und Bridget auch. Ich lade euch zum Mittagessen ein, wenn es eure Finanzen erlauben. Endlich kann ich mal den Prinzipien der Frauenbewegung frönen, was gemeinsames Essen mit einem chauvinistischen Schwein betrifft. Ich stimme diesem Prinzip von Herzen zu. Besonders in Begleitung von gleich drei von eurer Sorte.«

Mit erstaunlicher Behendigkeit erhob er sich vom Sofa, warf sich seinen Anorak über, kramte nach seinen Autoschlüsseln und wartete ab, die Zustimmung aller Beteiligten offenbar voraussetzend.

11

Während sie sich auf dem Weg zur M1 durch den Wochenendverkehr quälten, fragte sich Bridget, die neben Norah auf dem Rücksitz Platz genommen hatte, was um alles in der Welt sie dazu bewogen hatte, an diesem verrückten Unternehmen teilzunehmen. Zu einem Teil war es sicher die Tatsache, daß sie nichts Besseres zu tun hatte. Nachdem sie sich erst unter Aufbietung aller Kräfte ein ganzes Wochenende freigeschaufelt hatte, um einen Pflichtbesuch bei ihren Eltern zu absolvieren, befand sie sich nun in der seltenen und erfreulichen Lage, über anderthalb freie Tage verfügen zu können. Dies war so selten der Fall, und es kam so unerwartet, daß es ihr zu Kopf gestiegen war und sie in eine Stimmung versetzt hatte, zu allem ja zu sagen. Zum anderen Teil hatte Norahs dringende und besorgte Aufforderung, doch mitzukommen, sie betroffen gemacht. Offenbar hatte Norah wirklich Angst davor, allein nach Hause zu gehen. Sie wollte eine Art Leibwache um sich scharen, gegen alles, was ihr möglicherweise blühte. Aus dem, was Bridget von der Unglücksgeschichte der Frau bisher mitbekommen hatte, ließ sich in keiner Weise schließen, daß ihr schizophrener Sohn zu Gewalttätigkeit neigte. Sein Verhalten mutete in höchstem Grad seltsam an, aber keineswegs gefährlich.

Hatte sie also Furcht vor ihrem Mann? Nicht vor angedrohter physischer Gewalt – ein Mann in einer solchen Position und in so übertriebener Sorge um seinen Status und seinen Ruf würde wohl kaum das Risiko einer Klage wegen Mißhandlung seiner Frau eingehen –, aber vielleicht waren seine Wutausbrüche auch so furchterregend genug. Und Wut auf seine weggelaufene Frau war durchaus zu erwarten.

Der dritte Grund dafür, daß sie hier auf dem Rücksitz des Wagens saß – und Bridget gestand es sich nicht gerne ein –, war pure, gewöhnliche Neugier. Es würde bestimmt etwas Spannendes, Aufregendes passieren, und sie wollte dabeisein, genau wie die Gaffer, die sich bei Verkehrsunfällen am Straßenrand einfanden. Aber solch primitive Triebe waren nicht Bridget Sadlers Art, oder doch?

»Was für erhabene Gedanken wälzt du gerade in deinem Kopf, kleine Kopfgeburt?« wollte Alistair plötzlich von ihr wissen und schaute über die Schulter nach hinten. »Warum so still?« Noch ehe sie eine Antwort gefunden hatte, widmete er seine Aufmerksamkeit rasch wieder voll und ganz dem Verkehr auf der Straße vor ihm, weil gerade ein riesiger Lastwagen ansetzte, in seine Spur überzuwechseln.

»Vorsicht, Schatz!« flüsterte Diana ihm ängstlich ins Ohr, und im nächsten Moment kippten alle nach vorn, weil er scharf abbremsen mußte.

»Dämliches Schwein. Er ist über den gelben Streifen gefahren. Dem werd ich's zeigen!« fluchte er, und die nächsten Minuten über hielt Bridget die Augen fest geschlossen. Alistair war ein schlechter Fahrer. Bridget vernahm

Dianas erschreckte Laute – es bedurfte allerdings auch nicht viel, um Diana zu erschrecken –, und einmal rief der Fahrer selbst »Hoppla!«, und der Wagen schlingerte mal hierhin, mal dorthin.

Dann jedoch verlangsamte Alistair das Tempo, und Bridget öffnete die Augen wieder. Die Vorstädte lichteten sich, hier und da tauchten zwischen den Häusern ein abgeerntetes Feld oder eine Baustelle auf. Sie befanden sich in Hertfordshire, schon fast auf dem Land. Hohe Bäume säumten die Straße, dahinter ließen sich gelegentlich Weiden und Rinderherden erkennen. Alistair betrachtete alles mit zufriedener Miene.

»Wir nähern uns dem Land der Bekloppten«, bemerkte er, sich nach hinten an Norah wendend, die sich still auf dem Rücksitz duckte. »So viele Klapsmühlen auf einen Quadratkilometer gibt es sonst nirgends in Europa.« Als Norah wieder nicht reagierte, fuhr er fort: »Du bewegst dich doch hier auf vertrautem Gelände, oder? Ich brauche deine Führung. Wo soll ich abbiegen?«

»Oh! Ich... ach so... also ich...« Norah, die bis dahin kaum ein Wort gesagt hatte, blickte so erschrocken, als hätte ihr eigener Mann plötzlich zu ihr gesprochen. »Ich... also ich fahre selbst kein Auto. Aber den Weg vom Bahnhof aus kenne ich«, fügte sie beschwichtigend hinzu. Es war herauszuhören, daß sie keine geübte Kartenleserin war. Mehr oder weniger unbewußt hatte sie sich die Fähigkeit angeeignet, sich auch so in einer Stadt zurechtzufinden. »Irgendwo muß doch ein Schild sein, glaube ich, oder?« bemerkte sie schüchtern und verstummte dann wieder.

»Frauen!« schnaubte Alistair und warf Bridget über die Schulter eine Straßenkarte nach hinten auf den Schoß, als sei sie keine Frau.

Rasch fand Bridget die entsprechende Seite, dirigierte ihn zur richtigen Ausfahrt, eine Landstraße mit sumpfigen Grasstreifen und kahlen Hecken entlang, in ein Gebiet, das Norah wiedererkannte, und schließlich in die Straße, wo sie wohnte. Als sie sich dem Haus Nummer 20 näherten, hielt Norah Bridgets Hand fest umklammert, und die langen, unglücklichen Jahre spiegelten sich im Funkeln ihrer Augen wider.

»Nein, oh, bitte, nicht ganz so nah ran!« flehte sie. »Kannst du nicht ein bißchen weiter weg parken?« Alistair zuckte vielsagend mit den Schultern, fuhr am Haus Nummer 20 vorbei und stellte den Wagen am anderen Ende der Straße ab.

»Was nun?« sagte er, und alle sahen sich an.

Bridget hatte sich vorgenommen, nicht schon wieder als erste einen Vorschlag zu unterbreiten. Sie wollte mit all dem nichts zu tun haben, und so wandte sie ihren Blick ab und schaute wild entschlossen aus dem Fenster.

Es war keine sehr attraktive Wohngegend, und an diesem regnerischen Herbstnachmittag wirkte sie besonders unattraktiv. Ein biederes Viertel, mehr nicht, geschnittene Hecken, saubere Vorgärten, ein Flecken nassen Rasens und eine Reihe brutal gestutzter Rosen in jedem Vorgarten. Aus gut gejäteten Streifen dunklen Mutterbodens ragten Büschel undefinierbaren Blätterwerks hervor, an denen im kommenden Sommer möglicherweise helle Blüten sproßten. Doppelhaushälften mit Erkerfenstern, keineswegs hübsch, aber gepflegt und in Schuß, Gartentore und Haustüren frisch gestrichen. Gardinen vor fast allen Erkerfenstern, was den Eindruck vermittelte, daß sich dahinter irgendein unschönes Geheimnis verbarg, nicht nur im Haus Nummer 20.

»Da wären wir also«, betonte Alistair noch einmal. »Los, Norah, zieh deine Nummer ab. Du bist dran mit Rollenverteilen. Aber eins sage ich dir, zu irgendwelchen Machoattacken gegen deine durchgeknallten Männer lasse ich mich nicht hinreißen. Das ist nicht meine Sache.«

»Soll ich zuerst gehen, wie besprochen?« erbot sich Diana. »Ich könnte sagen, ich suchte eine Mrs. Wilson, aber ich hätte mir wohl eine falsche Adresse aufgeschrieben. Irgend etwas in der Art. Vorausgesetzt, es wohnt keine Mrs. Wilson in der Nachbarschaft. Ich habe keine Lust, dabei erwischt zu werden, wie ich –«

»Nein... nein. Hier wohnt keine Mrs. Wilson«, stotterte Norah. »Jedenfalls nicht daß ich wüßte. Tu mir den Gefallen, ja, Diana? Und wenn Christopher doch allein zu Hause ist, dann –«

»Dann winke ich«, versprach Diana und stieg aus dem Wagen. Die drei Zurückgebliebenen verfolgten sie mit ihren Blicken, als sie die Straße entlangmarschierte, wobei ihre Stöckelschuhe laut auf den feuchten Asphalt knallten und die umgehängte, scharlachrote Jacke beim Gehen hin und her schwang. Sie ging mit energischen Schritten, zielbewußt, als hätte sie tatsächlich Wichtiges mit dieser Mrs. Wilson zu besprechen.

Sie sahen sie das Gartentor zum Haus Nummer 20 öffnen, den Vorgarten über den kurzen Kiesweg zum Eingang durchqueren und die Hand zur Klingel heben, als sie vor der Haustür stand.

Es folgte eine Pause von einigen Sekunden, es war zuviel für Norah. Sie wandte sich vom Fenster ab, so daß ihr der Anblick der Person, die schließlich an die Haustür kam, entging. Aber auch die anderen konnten nicht viel erkennen, lediglich eine ziemlich große Gestalt, halb verborgen hinter den Büschen unter dem Vordach neben der Tür, die nur einen Spaltbreit geöffnet wurde, aus Vorsicht, wer da geklingelt haben könnte.

Einige Augenblicke lang sahen sie Diana mit knappen, höflichen Gesten sprechen, und nach kaum einer Minute verschwand sie im Haus, und die Tür wurde hinter ihr geschlossen.

»Hat sie – hat sie gewinkt?« wagte Norah schließlich die Frage, und als Bridget den Kopf schüttelte und ihr beschrieb, was sie gesehen hatte, stieß Norah einen entsetzten Schrei aus.

»Oh! Dann war es also doch nicht Christopher! Es muß Mervyn gewesen sein! Warum ist sie nicht gleich zurückgekommen? Was macht sie bloß?«

Ja, was bloß? Eine Vorbesprechung zum Aufwärmen – mit dem Vater in diesem Fall? Bridget verkniff sich ihrer ängstlichen Begleiterin gegenüber die Bemerkung, daß hier möglicherweise gerade ein Fernsehinterview vereinbart wurde; aber mit ein bißchen Nachdenken kam sie zu der Überzeugung, daß dieser Verdacht unbegründet war. Für eine Sendung, die darauf abzielte, mit den höchst intimen Familienproblemen anderer Leute die Herzen des Fernsehpublikums zu bewegen, wäre die Figur des Vaters, der dieses Problem negierte, keine Garantie für einen gelungenen Einstieg.

Es hatte keinen Sinn, weiter zu spekulieren. Diana würde alles erklären, wenn sie zurückkam.

Wann kam sie bloß zurück? Sie war schon eine ganze Zeitlang fort, mindestens zwanzig Minuten. Bridget warf einen Blick auf ihre Uhr, und als sich nach einer geschlagenen Stunde immer noch nichts getan hatte und es draußen anfing zu dämmern, beugte sie sich vor und stupste Alistair kräftig zwischen den Schulterblättern an.

»Ich finde, wir sollten etwas tun«, sagte sie zu der zusammengesackten Gestalt vor ihr und betrachtete, wie die sich widerwillig aufrichtete. Entweder war er eingenickt oder hatte nur so getan als ob – ein guter Trick, wollte man allem, was als nächstes anstand, aus dem Weg gehen.

»Gute Idee«, pflichtete er ihr bei. »Geh nur. Laß dich durch mich nicht stören. Ich fühle mich ganz wohl hier.«

Bevor Bridget sich eine passende scharfe Erwiderung auf seinen kleinmütigen Vorschlag ausgedacht hatte, wurde sie von Norah unterbrochen, die einen Seufzer der Erleichterung ausstieß und ihren schmächtigen Körper mit einem Ruck kerzengerade aufrichtete.

»Diana! Da kommt sie! Sie winkt uns... Gott sei Dank!« Und im zunehmenden Dämmerlicht des Abends erkannten sie Diana, die auf sie zueilte, regelrecht rannte, soweit das in ihren schicken Schuhen möglich war.

»Mein Gott, ist der hübsch!« lauteten ihre ersten Worte. »Eine absolute Wucht! Fotogen bis zum Gehtnichtmehr.«

Wer? Christopher oder der gefürchtete Mervyn? Dianas

nächste Worte setzten Norahs wiederaufflackernder Angst ein Ende.

»Na komm, Norah! Er will dich sehen, wirklich. Tut mir leid, daß ich so lange gebraucht habe, aber ich wollte sicherstellen, daß sein Vater nicht da ist. Hätte ja sein können, daß er im Garten arbeitet. Aber da war er nicht. Christopher rechnet erst am späten Abend mit ihm. Jetzt wäre also die Gelegenheit für dich, Norah. Er wartet auf dich.«

Norah zögerte noch immer. Ihre anfängliche Erleichterung über Dianas Rückkehr schien zu schwinden, und wieder umklammerte sie krampfhaft Bridgets Hand.

»Bitte, komm mit uns«, bat sie. »Ich bin… das heißt… ich möchte nicht… wenn wir zu dritt sind… Natürlich würde er keiner Fliege etwas zuleide tun, aber…«

Zum zweitenmal an diesem Nachmittag war sich Bridget ihrer wahren Beweggründe nicht sicher. Zum einen wollte sie unbedingt Alistair blamieren, der sich vor ihr auf dem Fahrersitz fläzte, schon wieder eingenickt, aus taktischen Gründen. Gab es eine feigere Haltung? Nicht daß der Vorwurf der Feigheit ihn sonderlich angefochten hätte, nicht im mindesten. Alistair verkaufte seine Schwächen als besondere Befähigung zum süßen Leben. Vielleicht hatte er ja recht. Aber mittlerweile war das Trio ausgestiegen und auf der Straße, seinem Ziel entgegeneilend, und Bridget mußte ihre Selbsterforschung aufgeben.

12

Hübsch. Eine Wucht. Fotogen. Bei der ersten Begegnung mit Christopher Payne hätte Bridget allen diesen Attributen zustimmen können. Außerdem hatte er ein charmantes Lächeln, und als er sie begrüßte, groß, blond, von aristokratischer Haltung, konnte sie kaum glauben, daß irgend etwas mit ihm nicht stimmen sollte. Mit einer herzerfrischenden Geste der Höflichkeit alter Schule half er ihr aus dem Mantel, führte sie in den Raum, der offenbar das Wohnzimmer der Familie war, und bot ihr sogleich einen der schweren, altmodischen Sessel an, die einen großen Teil der zur Verfügung stehenden Fläche einnahmen. Der gesamte Raum war, nach Bridgets Geschmack, hoffnungslos vollgestopft mit Möbelstücken. Mit den gemusterten Vorhängen, dem gemusterten Teppich und den gemusterten Polstermöbeln strahlte er eine große Unruhe aus, und Bridget stellte sich die müßige Frage, welche Auswirkungen es auf die Psyche eines Jungen haben konnte, zwischen sich dermaßen beißenden Mustern und Ornamenten aufzuwachsen. Eigentlich eine lächerliche Überlegung, die ihr nie durch den Kopf gegangen wäre, wenn man ihr nicht vorher erzählt hätte, daß ihr junger Gastgeber psychisch labil sei. Es war absurd zu meinen, der elterliche Geschmack in Sachen Möbel könnte das seelische Gleichgewicht eines Kindes ernsthaft gefährden. Kinder in aller Welt wuchsen in den unterschiedlichsten Umgebungen auf – in Pappkartons, in königlichen Palästen, an stillgelegten Eisenbahngleisen, in Hochhäusern, in Lehmhütten, auf einsam gelegenen Bauernhöfen – und es gab auch nicht den leisesten Hinweis darauf, daß irgendeine bestimmte Umgebung mehr Schizophrene – oder weniger – hervorbrachte als andere.

Wirklich, sie mußte aufhören, diesen höflichen jungen Mann mit den guten Manieren als einen Schizophrenen zu betrachten. Egal, ob er einer war oder nicht, es war ungerecht, das als seinen hauptsächlichen Wesenszug zu bezeichnen und alles, was er sagte oder tat, daraufhin abzuklopfen.

»Sie möchten doch bestimmt etwas Tee nach der langen Fahrt«, sagte er. »Ich gehe und hole –«

Umgehend wurde diese liebenswürdige Geste vereitelt, wie es Bridget schien, durch Norah, die sich umständlich aufrappelte und ihn unterbrach.

»Nein, nein, Chris, laß nur. Ich mach schon«, rief sie dazwischen und eilte, als ginge es um ihr Leben, aus dem Zimmer in Richtung Küche.

Christopher blieb mit den beiden Gästen allein zurück. Im Gegensatz zu anderen Jungen seines Alters, die in Gegenwart von Bekannten ihrer Mütter unbeholfen waren, zeigte er keinerlei Unsicherheit, sondern betrieb überzeugend Konversation, bis seine Mutter wiederkam, einen Servierwagen mit eilig zusammengesuchtem Teegeschirr vor sich her schiebend. Er kam ihr gleich mit geschickten Händen zu Hilfe beim Austeilen der Kekse und Teetassen.

Kurze Zeit danach entschuldigte er sich, er habe noch Schulaufgaben zu erledigen.

Die drei Frauen sahen sich an. Was ließ sich unter diesen Umständen schon sagen?

»Was für ein reizender Junge!« bemerkte Bridget schließlich. Das konnte keinen Schaden anrichten, außerdem stimmte es zufällig.

Diana äußerte aufrichtige Zustimmung. »Nicht nur das. Er ist auch so selbstsicher, und man kann sich nett mit ihm unterhalten. Er hat interessante Ansichten. Man käme nie auf den Gedanken, daß er –« An dieser Stelle hätte sie sich beinahe verhaspelt, und sie beeilte sich, ihren Fauxpas wettzumachen. »Wir beide hatten ein sehr interessantes Gespräch, bevor du kamst. Er hat mir von seiner Schule erzählt, wie schade es sei, daß sie keine ausreichenden Laborausstattungen hätte. Er hofft, später einmal etwas mit Gentechnik machen zu können. Die Schule biete zwar viele Einrichtungen für die Fächer Physik und Chemie, aber in seinem Bereich könne sie ihn nicht angemessen… Was ist los, Norah? Warum machst du so ein Gesicht?«

»Nichts. Ich mache überhaupt kein Gesicht«, murmelte Norah. »Ich dachte nur gerade, daß es vielleicht besser ist, wenn wir gehen. Ich meine, wir haben Alistair ganz allein im Wagen zurückgelassen… Und jetzt, wo ich gesehen habe, daß alles in Ordnung ist, mehr oder weniger… Ja, ich glaube, es ist besser, wenn wir gehen.«

Als sie aus dem zentralbeheizten Haus nach draußen ins Freie traten, bot sich ihnen ein atemberaubendes Schauspiel. Wind war aufgekommen; er trieb zerklüftete Gebirge von Regenwolken am Himmel vor sich her und vermittelte einem die Vorstellung, in der trostlosen Vorstadtstraße eröffneten sich riesige Räume und unvorstellbare Weiten. Die Straßenbäume bogen sich im Wind, knarrten und rauschten, und die Schattenrisse der kahlen Äste hüpften und tanzten auf dem erleuchteten Gehweg.

Das Auto war weg. Zuerst dachten sie, Alistair hätte die Warterei satt gehabt und sie im Stich gelassen – es wäre ihm zuzutrauen gewesen –, doch nach kurzer Suche stellte sich heraus, daß das nicht der Fall war. Er war bloß an der nächsten Kreuzung abgebogen und in eine Straße gefahren, die an einem kleinen Park vorbeiführte. Hier sei die Straßenbeleuchtung nicht so hell, es gebe weniger Passanten, und er käme sich, wie er erklärte, nicht ganz so verdächtig vor.

»Ich fing mir allmählich vielsagende Blick ein, nachdem ich Stunde um Stunde vor Haus Nummer 20 gewartet hatte.«

»Es hat nicht mal eine Stunde gedauert!« protestierte Diana, aber er brachte sie mit einem Blick zum Schweigen.

»›Was gibt es bloß Interressantes am Haus Nummer 20‹ müssen sich die Passanten und die Gaffer hinter den Gardinen gedacht haben. Angenommen, ausgerechnet heute abend würde irgend so ein blödes Kind hier in der Gegend ermordet – ich wäre in Teufels Küche gekommen, wenn ich noch länger hier stehengeblieben wäre. Die Nachbarn hätten sich doch sofort ans Telefon gehängt und die Polizei angerufen und diesen verrufenen Kerl beschrieben, der schon wie ein Verbrecher ausgesehen und den ganzen Abend draußen in einem geparkten Wagen gehockt hätte. Ein paar würden sich sogar noch an die Autonummer erinnern. Ist doch immer wieder erstaunlich, findet ihr nicht, daß es Leute gibt, die sich nicht nur die Nummer von anderen Autos merken, sondern sich oft auch noch nach Tagen, wenn sie von der Polizei befragt werden, daran erinnern. Wann habt ihr euch zuletzt die Nummer von einem anderen Auto gemerkt? Aber so ist es nun mal, und deswegen bin ich ein Stück weitergefahren. Ich habe mir gedacht, daß ihr mich schon finden werdet. Unsere kleine Intelligenzbestie hier« – er stieß Bridget mit dem Ellbogen in die Seite – »würde euch schon dabei helfen. Also los. Drei schwatzende Frauen an Bord – das wird jeden Verdacht hundertprozentig ablenken.«

Diana ließ sich elegant auf den Beifahrersitz gleiten, während Norah noch ungeschickt mit der hinteren Tür kämpfte. Bridget gestattete sich einen Blick nach oben, an den schwarzen, sternenübersäten Himmel, wie man ihn in London nie zu sehen bekam. Der Orion war aufgegangen, und Sirius, und man konnte sogar den siebten Stern der Plejaden schwach erkennen, so hell erstrahlten die zu einem Netz verwobenen Punkte.

Jetzt hatte Alistair die Scheinwerfer eingeschaltet, und der Himmel war wie ausgelöscht.

Die Rückfahrt, in die entgegengesetzte Richtung des Berufsverkehrs, ging relativ rasch und gab Dianas enthusiastischem, um nicht zu sagen ekstatischem Bericht von ihrer kleinen privaten Unterhaltung mit Christopher den nötigen Schwung.

»Er ist eine wundervolle Erscheinung«, begeisterte sie sich. »Er hat jede Frage, die ich ihm gestellt habe, ausführlich beantwortet. Es sieht toll aus, wie sein blondes Haar in die Stirn fällt, jedesmal, wenn er den Kopf schüttelt und lächelt... Das macht sich ausgezeichnet vor der Kamera! Er sagte, er würde sich liebend gerne fürs Fernsehen interviewen lassen. Er interessiert sich für Gentechnik; ich glaube, das habe ich euch schon erzählt. Er arbeitet mit Spinnen und Tausendfüßlern, und bald ist er in der Lage, den Tieren ein Gen für Intelligenz einzupflanzen! Ist das nicht wahnsinnig? Das Thema Genmanipulation ist gerade brandaktuell, nach dem ganzen Gerede über Gene für Homosexualität, und über diese Maus, die Onco-Maus, mit genetisch erzeugtem Krebs. Das hat mehr Zuschauerreaktionen ausgelöst als die Sexberatung für Behinderte. Das wird der absolute Knüller! Jeremy soll sofort das Produktionsteam dransetzen. Es gibt nur einen Haken. Christopher meinte, sein Vater sei sicher nicht gerade begeistert davon. Sein Vater sei sehr streng und sehr borniert, bedingt durch seinen beruflichen Status. Er hat deshalb vorgeschlagen, ich sollte kommen, wenn sein Vater nicht da wäre. Morgen, zum Beispiel morgen, meinte er, da sei sein Vater übers Wochenende mit Bereitschaftsdienst dran.«

Sie legte eine Pause ein, offenbar suchte sie nach den richtigen Worten, um fortzufahren.

»Natürlich machen wir die ganze Sache völlig anonym. Dr. Payne brauchen wir daran gar nicht zu beteiligen. Und du, Norah, hast doch sicher auch nichts dagegen einzuwenden, oder? Ich meine, das stärkt das Selbstvertrauen des Jungen doch enorm, findest du nicht? Normalerweise hört ihm keiner zu, meint er, aber vor Millionen Zuschauern, die alle zuhören...«

An dieser Stelle drehte sie sich weit nach hinten zu Norah um, die Scheinwerfer der entgegenkommenden Wagen glitten als Streifen aus Licht und Schatten über ihr angespanntes Gesicht.

»Du willst doch dem Jungen nicht im Weg stehen, Norah, oder?«

13

Würde sie ihm im Weg stehen oder nicht? Norah war während der rasenden Fahrt auf der Schnellstraße einer klaren Antwort ausgewichen. Bei dem Lärm und der Geschwindigkeit und dem Wechsel von Licht und Schatten, der den Ausdruck auf ihrem Gesicht verwischte, war das nicht schwergefallen. Jetzt, wieder zurück in der Wohnung, war es anders. Alistair hatte sie dort abgesetzt, bevor er davongefahren war, um sich das restliche Wochenende über allein zu vergnügen – oder auch nicht allein, wer wußte das schon. Zum Glück schien das Diana nicht weiter zu stören, jedenfalls nicht im Augenblick. Sie war viel zu sehr damit beschäftigt, ihre Leute wie Jeremy und Adriana wegen des neuen, spannenden Projektes anzurufen.

Norah lag auf ihrem Bett und versuchte angestrengt durch die angelehnte Tür herauszuhören, worum es bei diesen Telefonanrufen genau ging. Sie hörte deutlich die schrille, aufgeregte Stimme der Sprecherin, die Worte blieben jedoch unverständlich.

Setzte sich Diana schamlos und selbstsüchtig über Norahs Wünsche in dieser Angelegenheit hinweg? Oder war sie tatsächlich davon ausgegangen, daß Norahs ausweichendes Gemurmel im Auto ein stillschweigendes Einverständnis war?

Man konnte das ganze Problem so betrachten, wie Diana es wohl tat; Norah aber war voller Unsicherheit und Zweifel. Was Diana gesagt hatte, traf zu – ein Auftritt im Fernsehen, bei dem er seine absonderlichen Ansichten vor Millionen Menschen darlegen konnte, würde seinem Selbstvertrauen tatsächlich einen Auftrieb geben, wie er ihn seit Jahren nicht mehr erlebt hatte, zuletzt als mathematisches Wunderkind, das Verblüffung und Lobhudelei bei Eltern und Lehrern und eher widerwillig gewährte Bewunderung bei seinen Klassenkameraden auslöste.

Brauchte der Junge wirklich diesen Auftrieb des Selbstvertrauens? War es denkbar, daß der Fernsehauftritt die Wahnvorstellungen ein für allemal aus seinem verdrehten Gehirn vertreiben würde? Befand er sich vielleicht gerade jetzt sowieso an der Schwelle zur Genesung? Hieß es aber nicht allgemein, eine vollständige »Genesung« sei bei Schizophrenen unmöglich? Man könne höchstens auf ein zeitweiliges Abklingen hoffen? Andererseits war Schizophrenie bei Christopher auch nie ärztlicherseits diagnostiziert worden. Im Gegenteil, sein Vater, ein anerkannter Fachmann auf diesem Gebiet, hatte immer wieder heftig bestritten, daß sein Sohn an einer psychischen Krankheit leide.

Im Verlauf der düsteren und wechselvollen Jahre seiner Krankheit, der immer schlimmer werdenden Phasen wahnhaften Denkens und absonderlichen Verhaltens, war Norah gelegentlich von quälenden Selbstzweifeln überfallen worden, was ihre eigene Gesundheit betraf. Hatte Mervyn vielleicht doch recht mit seiner beharrlich vertretenen Ansicht, ihr eigenes neurotisches und unnormales Verhalten nötige Christopher dazu, sich aus Gründen der

Selbstverteidigung auch neurotisch und unnormal zu verhalten? Solche Gedanken beschlichen sie immer dann, wenn ihr Sohn gerade mal wieder eine seiner »guten« Phasen durchlief – anders ausgedrückt, eine Phase des Abklingens. Während dieser Phasen benahm er sich wohlerzogen, war nett in Gesellschaft und machte keinen Ärger in der Schule. Aber jedesmal, wenn Norah in ihrer Wachsamkeit nachließ, wenn sie vorsichtig Hoffnung schöpfte, dies könne der Anfang einer dauernden Genesung sein – genau dann, wenn ihre Aufmerksamkeit schwand, passierte irgend etwas Neues und Schreckliches: Eine unvorhersehbare und absonderliche Verblendung suchte ihn plötzlich heim und trieb ihn in beängstigend lang anhaltende Phasen des – nun ja – Wahnsinns. Es gab kein anderes Wort dafür.

Genau wie jetzt dieses Hirngespinst von der Genmanipulation, was Diana so faszinierte. Nicht nur, daß sie keinerlei Ahnung von Genmanipulation hatte, außer, daß dieses Thema höchste Einschaltquoten im Fernsehen erzielte, sondern sie war auch blind gegenüber der Tatsache, daß alles, was Christopher ihr erzählt hatte, kompletter Unsinn war. Es mußte Unsinn sein. Selbst den fortgeschrittensten Genlabors der Welt war es bislang bloß gelungen, winzige Veränderungen in existierenden Organismen zu erreichen; und dann kam ein achtzehnjähriger Schüler daher, der keinerlei Zugang zu entsprechenden Einrichtungen hatte, und versicherte Diana, er habe, eigenhändig, durch Manipulation alle möglichen neuen und außergewöhnlichen Organismen erzeugt, und, auch das, er könne sie, wenn nötig, vor laufender Kamera herstellen.

Die Vermutung lag nahe, daß er sie schlicht auf den Arm nehmen wollte, aber das wollte er keineswegs. Norah war der einzige Mensch auf Erden, der wußte, daß das ganz sicher nicht seine Absicht war. Er meinte es ernst, das wußte sie, denn sie war dabeigewesen, als alles anfing.

Es war erst wenige Monate her. Sie hatten, wie es häufiger geschah, eine Phase vergleichsweiser Ruhe und annehmbaren Verhaltens erlebt – vor diesem neuerlichen Abgleiten in die Finsternis, die immer irgendwo in seinem Hirn lauerte.

Es war ein Mittwochnachmittag, und Christopher war aus irgendeinem Grund – möglicherweise einem ganz berechtigten Grund, sie hatte ihn vergessen – schon aus der Schule nach Hause gekommen. Die beiden saßen im Wohnzimmer und hörten eine Klaviersonate von Mozart am Radio. Das Werk war ein Lieblingsstück von Christopher gewesen, er hatte es sogar einmal selbst gespielt, als er noch jünger war und alle seine Talente, die musikalischen wie die mathematischen, hoch entwickelt waren.

Der dritte Satz ging gerade seinem Ende entgegen, als Christopher ohne jede Vorwarnung aus seinem Sessel aufsprang, sich auf den Radioapparat stürzte und die Musik mittendrin abstellte.

»Was bilden die sich ein!« murrte er. »Das ist meine Frequenz!« Und er fing an, wie verrückt von einem Sender zum nächsten zu drehen, die ganze Skala durch, ohne Pause. Abgebrochene Sätze, halbe Musiktakte, fremdsprachliche Fetzen, unverständliches Geschrei und Lachsalven, schließlich eine shakespearehafte Stimme, die eine halbe Zeile von irgendwoher deklamierte, bei der Christopher mit einer wütenden Geste das Radio ganz ausschaltete und sich an seine Mutter wandte.

»Hast du das gehört?« griff er sie an. »Die ganzen Kanäle – die ganzen Stimmen? Alle unsichtbar. Sie kommen durch die Luft, stimmt's? Und trotzdem glauben alle, daß sie wirklich existieren, oder nicht? Wieso glaubt mir keiner, daß meine Stimmen auch wirklich existieren? Hör doch…«

Er saß vollkommen still, den Kopf zur Seite geneigt, und lauschte. Norah ertappte sich dabei, daß sie den Kopf ebenfalls zur Seite neigte und lauschte. Es geschah fast automatisch. Der intensiven Wirklichkeit eines Wahnsinnigen kann man sich kaum entziehen.

Wie lange hatten sie so dagesessen? Sie hörte ein Auto vorbeifahren, dann ein zweites. Sie hörte das Quietschen eines Gartentörchens, sie hörte Schritte auf dem Asphalt. Nach kurzer Zeit hörte sie ihren eigenen Atem, und dann hörte sie ihren Herzschlag, poch, poch, poch.

»Da! Habe ich es dir nicht gesagt! Jetzt hast du es selbst gehört! Sie haben mir den Code übermittelt. Den genetischen Code! Ich muß ihn mir sofort notieren. Ich darf nichts vergessen…«, und er eilte aus dem Zimmer.

Später, auf seinem Schreibtisch – dem Tisch, den sie und Mervyn voller Stolz auf ihren hochintelligenten Sohn vor Jahren für ihn gekauft hatten –, fand sie das, was sie befürchtet hatte: den »genetischen Code«. Seiten um Seiten krakeliger, winziger Handschrift, übersät mit chemischen Formeln, unleserlich, unverständlich und bedrohlich.

Er hatte wieder einen seiner Schübe.

Abends brachte er ihr eine tote Spinne, die leblosen

Beine eng um den Leib gewickelt. Er erklärte ihr, daß sie während des Genexperiments leider verendet sei. »Zuerst dachte ich, ich hätte eine der Formeln falsch aufgeschrieben; aber ich habe sie noch mal überprüft, und es ist alles korrekt. Bleibt nur die Möglichkeit, daß es die falsche Sorte Spinnen ist. Ich habe sie oben in einer Ecke der Zimmerdecke gefunden, aber diese Methode der Lokalisation einer Spezies ist natürlich viel zu stark dem Zufall unterworfen. Man weiß nie, was man kriegt. In Zukunft züchte ich mir meine eigenen Spinnen. Ich stelle sie auf genetischem Weg genau so her, wie ich sie haben will. Dann kann nichts schiefgehen. Die nächste überlebt bestimmt, das verspreche ich dir.«

Und tatsächlich. Die nächste Spinne krabbelte in rasantem Tempo davon, kaum hatte er sie seiner Mutter auf den Tisch gelegt. Christopher jauchzte vor Freude.

»Siehst du! Es hat geklappt! Sie lebt. Ich habe ihr das Leben geschenkt. Sie läuft. Die Beine funktionieren, alle acht, siehst du?«

Und Norah, feige wie sie war, hatte gesagt: »Ja, ja«, und hatte keinmal widersprochen. Wozu auch? Es würde ja doch nur zu Streit führen, vor allem, wenn Mervyn davon erfuhr. Und Spinnen, mein Gott, Spinnen taten niemandem etwas zuleide.

Christophers Wahnvorstellungen beschränkten sich nicht auf Spinnen und Tausendfüßler. Norah hatte geahnt, daß es dabei nicht bleiben würde. Auf die gentechnisch erzeugte Maus, viermal so groß wie eine normale Maus, die ein paar Tage später in ihrer Küche auftauchte, war sie jedoch nicht gefaßt. Norah erlag wieder ihrer Feigheit und beglückwünschte Christopher noch zu seinem Erfolg. Später, als er in der Schule war, lockte sie die Ratte mit etwas Speck in eine Ecke, packte das Tierchen mit der Hand, geschützt durch einen kräftigen Gartenhandschuh, und warf es über den Zaun am hinteren Ende des Gartens auf ein Stück Brachland.

»Es tut mir leid. Sie muß entlaufen sein.« Diese Notlüge hatte sie sich für ihren Sohn zurechtgelegt, aber als er nach Hause kam, hatte er das Interesse an dem Tier verloren.

»Ich habe jetzt etwas noch viel Größeres vor!« verkündete er ihr mit einer unheilvollen Schadenfreude in der Stimme und ging nach oben in sein Zimmer, um für seine nächste Unternehmung »den Bauplan vorzubereiten«, wie er sich ausdrückte. Es waren wieder Seiten um Seiten, dazu graphische Darstellungen von seltsamen, komplizierten Apparaturen. Eine dieser Apparaturen war, wie sich zeigte, eine Maschine zum Vernähen von Eiern freilaufender Hühner, eine notwendige Voraussetzung für die Erfindung der Weltformel.

Sehr schnell wurde ihr klar, was hinter der Erfindung der Weltformel steckte: die gentechnische Erschaffung eines menschlichen Wesens, nicht mehr und nicht weniger. Dies, so erklärte er ihr mit erschreckender Siegesgewißheit, wobei seine blauen Augen wie zwei Warnlichter leuchteten, sei von Anfang an sein Ziel gewesen.

»Bei Forschungen dieser Art fängt man immer zuerst mit Tieren an«, erklärte er allen Ernstes und verschwand wieder nach oben, um letzte Hand an den Entwurf eines perfekten menschlichen Wesens zu legen.

Hatte er Diana das alles erzählt? Hatte er ihr die Seiten mit den ganzen Hieroglyphen gezeigt, und hatte sie das Geschreibsel tatsächlich überzeugt? Obwohl sie ja eigentlich nur davon überzeugt zu werden brauchte, daß die eng beschriebenen, handschriftlichen Zeilen und die komplizierten Schaubilder auch auf dem Bildschirm gut rüberkamen. Das taten sie bestimmt. Es würde sowieso keiner den Versuch unternehmen, sie zu lesen, dazu würden die Seiten viel zu schnell abwechselnd eingeblendet und gleich wieder aus dem Bild verschwinden. Das geschah häufig bei seriösen, wissenschaftlichen Sendungen, warum also nicht auch hierbei.

Worüber hatten er und Diana sich noch unterhalten? Norah war natürlich erleichtert darüber gewesen, daß Christopher sich an dem Nachmittag ihres Besuches in einer seiner »guten« Phasen befunden hatte. In der Gegenwart von Fremden zeigte er sich gerne von seiner besten Seite, scheinbar vollkommen gesund. Sie rief sich die gräßliche Party ins Gedächtnis zurück, zu der er die halbe Nachbarschaft eingeladen hatte, ohne Vorwarnung. Sie erinnerte sich an sein charmantes Lächeln, seine höflichen Manieren gegenüber den Gästen, als diese, erstaunt, in dem Haus der nichtsahnenden Gastgeber zusammenströmten.

Genauso hatte er sich an besagtem Nachmittag benommen. Norah – wie sollte es anders sein – war ihrem Sohn dankbar dafür gewesen, daß er vor den Besuchern einen respektablen Eindruck machte. Die scheußlichen, peinlichen Situationen, die sie befürchtet hatte, waren nicht eingetreten. Sie hätte es sogar riskieren können, ihn den Tee kochen zu lassen. Sie hatte nur Angst gehabt, er könnte irgendein Mittelchen, das ihm gerade unter die Finger kam, zu den Teebeuteln hinzufügen. Aber jetzt war ihr klar, daß das wahrscheinlich nicht geschehen wäre, dazu glich die Phase, die er gerade durchlief, zu sehr einer Hochstimmung. Sein Benehmen während des Besuches war makellos gewesen, keiner wäre auf den Gedanken gekommen, daß irgend etwas Schreckliches mit dem Jungen sein könnte.

Es gab Momente, in denen sie es selbst nicht glauben konnte. Bildete sie sich alles nur ein, wie Mervyn ihr wiederholt versicherte? Wieder einmal hatten sie Zweifel an ihrer eigenen Gesundheit gepackt, die für solche Menschen, die ein krankes Familienmitglied zu Hause pflegten, eine Art Berufsrisiko darstellten. Vierundzwanzig Stunden am Tag, sieben Tage die Woche von verblendetem Denken umgeben zu sein färbte am Ende ab. Man saugte die verdrehte Logik ein, so wie man eine Fremdsprache lernt, wenn man im Ausland lebt. Sie richtete sich mühelos im Gehirn ein, ohne daß man es bewußt wahrnahm.

War das mit ihr geschehen? Wandelte sie sich allmählich zu einem Menschen, dem dieses Schicksal bevorstand? Was stand ihr überhaupt unter dem immer schlimmer werdenden Streß in ihrem Leben bevor?

In heller Panik kroch sie aus dem Bett, schaltete außer dem Nachttischlämpchen noch das Deckenlicht ein und ging zum Kleiderschrank, an dem auf der Innenseite der Tür ein Ganzkörperspiegel hing.

Es war schwierig, die Beleuchtung richtig einzustellen. Norah öffnete die Tür mal mehr, mal weniger, sie stellte das Nachttischlämpchen mal hierhin, mal dorthin, dann wieder zurück an seinen alten Platz, bis schließlich ausreichend Licht auf ihr zerfurchtes Gesicht fiel.

Zerfurcht. Es war das einzig passende Wort, wenn man genauer hinsah, ganz genau, so wie sie jetzt hinsah, jede einzelne Linie intensiv musterte, ihren Verlauf entlang der Stirnrunzeln verfolgte, vom Nasenansatz bis hin zu den Winkeln ihres fest verschlossenen Mundes.

Niemand, wirklich niemand, der sie jetzt so sehen würde, hätte vermutet, daß sie nur knapp über Vierzig war. Sie hätte ohne weiteres sechzig sein können. Schlimmer noch, sie war nicht mehr sie selbst. Sie konnte sich noch gut daran erinnern, wie sie früher gewesen war, ein glückliches, junges, extravertiertes Mädchen, das gerne Step tanzte. Ein Mädchen mit hellen Augen und einem bereitwilligen Lächeln, das schnell Freunde gewann, wo immer sie hinkam. Sogar Mervyn war seinerzeit stolz auf sie gewesen; wie gerne hatte er sie zu den diversen geselligen Abenden im Krankenhaus mitgenommen, und sie hatte den Stolz aus seiner Stimme herauszuhören vermocht, wenn er sie den Kollegen als seine Frau vorstellte: »Das ist meine Frau Norah…« Damals war sie eine Bereicherung für ihn gewesen. Er hatte sie geliebt.

Warum muß ausgerechnet mir so etwas passieren? wütete sie stumm und sah dabei in das verbrauchte, niedergeschlagene Gesicht. Ich bin nicht die geeignete Person, um vom Unglück heimgesucht zu werden. Ich war eine fröhliche, sorgenfreie Person, die für ein fröhliches, sorgenfreies Leben bestimmt war. Eine Person, die vergnügt ihres Weges ging und ihren Mitmenschen mit ihrem unbeschwerten Frohsinn Freude bereitete. Eine solche Person zu sein, dazu war ich bestimmt, das war mein angeborenes Wesen. Das war ich selbst. Diese Person, diese da im Spiegel, zerstört und abgestumpft von der Tragödie, einen Schizophrenen zum Sohn zu haben – diese Person bin ich einfach nicht. Es kann nicht sein.

Aber es ist so. Und so geschieht es. Diese unbeschwerte Person, die nicht für das Unglück geschaffen ist – wenn das Unglück zuschlägt, verändert es die Person, langsam und unerbittlich, in eine, die für das Unglück geschaffen ist. Es kann Monate dauern, es kann Jahre dauern, aber so wird es geschehen.

Es ist geschehen. Mir.

Mit einem Gefühl des Ekels knallte Norah die Kleiderschranktür zu, löschte die unnatürliche Kreatur in dem Spiegel aus und warf sich wieder aufs Bett, um die ganze Nacht über zu schluchzen.

Nicht die ganze Nacht. Zum Schluß schläft man immer ein. Das, immerhin, hatte sie gelernt.

14

Bridget hatte das Knallen der Kleiderschranktür gehört. Es war durch die ganze Wohnung gedrungen, bis zu dem Schreibtisch, an dem sie arbeitete, aber sie war nicht auf die Idee gekommen, mal nachzusehen, was denn los sei. Sie arbeitete gerade, machte sich Notizen zu einem französisch geschriebenen Artikel über die polnische Gasindustrie. Sie mußte mit den entsprechenden technischen Fachausdrücken vertraut sein, bevor sie morgen den Konferenzsaal betrat; insofern war der Knall nur eine lästige Unterbrechung.

Aber lästig war er trotz allem, und eine Unterbrechung war es auch. Sie ärgerte sich wieder einmal über ihre neue, schwierige Mitbewohnerin. Ihre ursprünglichen Bedenken, dieser unglücklichen Frau Unterkunft zu gewähren, hatten sich vollauf bestätigt. Immer mehr Komplikationen schienen sich um dieses unleidliche Geschöpf herum aufzutürmen, und es betraf alle Mitbewohner. Bridget und Diana hatten sich bereits dazu verleiten lassen, sich einen geschlagenen Samstagnachmittag mit Norahs Problemen zu beschäftigen. Na ja, ganz so war es nun auch wieder nicht. Sie hatten sie ja nicht auf ihr Drängen hin auf den kleinen Ausflug begleitet, sondern das Ganze war Diana zu verdanken, die ja regelrecht darauf versessen war,

Norahs furchtbare Lebenssituation für ihre Sendung »Herz-Schmerz« auszubeuten.

Dagegen gab es eigentlich nichts einzuwenden. Es war schließlich ihr Job, fernsehwirksame Katastrophen aufzuspüren, vor allem in familiären Zusammenhängen. »Ausbeuten« stimmte auch nicht ganz, denn Norah schien über die Aussicht auf Begleitung bei ihrem schweren Gang außerordentlich erleichtert gewesen zu sein. Immerhin hätte ihr tyrannischer Mann zu Hause sein können, und Diana hatte auf originelle Weise dieses Risiko ausgeschlossen.

Aber jetzt war, so schien es, für morgen eine Wiederholung der Vorstellung geplant. Sie würden noch mal zu dem Haus rausfahren, diesmal mit Dianas Wagen, und Diana würde den verrückten Knaben ein zweites Mal interviewen, wahrscheinlich mehr Details aus ihm herauslocken, diesmal mit Blick auf Sensationshäppchen fürs Fernsehvolk. »Wir wollen sowenig wie möglich sprechende Köpfe zeigen«, hatte sie kürzlich verkündet. Sie würde Christopher also dazu bewegen – ja, wozu eigentlich? Wozu bewegt man einen Schizophrenen, damit seine Schizophrenie auf angemessen nervenkitzelnde Weise veranschaulicht wird, ohne gegen die zunehmend komplizierten und überzogenen Vorschriften zur Vermeidung der Verletzung der Privatsphäre zu verstoßen, die sich, Diana zufolge, hemmend auf ihr Gewerbe auswirkten?

Und wie, besser gesagt, warum hatte sich Bridget bloß in dieses zweite Abenteuer hineinziehen lassen? Das war das eigentlich Ärgerliche an der Sache, der eigentliche Grund dafür, daß sie sich so über das Türknallen aufgeregt hatte.

Das schlimmste war, daß sie sich selbst die Schuld geben mußte. Sie hätte nein sagen können. Wirklich dumm von ihr, daß sie sich für den Sonntag noch nichts vorgenommen hatte. Sie konnte also unmöglich sagen: »Tut mir leid, ich habe schon dieses oder jenes vor.« Alle wußten, daß der verkürzte Besuch bei den Eltern ihr einen ganzen freien Tag beschert hatte.

Und so hatte sie ja gesagt, obwohl sie eigentlich hätte nein sagen sollen. Diana hatte sie dazu gedrängt. Sie war beunruhigt, was diese zweite Reise betraf, das war deutlich zu spüren gewesen. Zweimal hatte sie Norah betont beiläufig gefragt, ob Gefahr bestünde, daß Christopher gewalttätig werden könnte. Norahs ausweichende Art hatte sie nervös gemacht. Sie begrüßte daher die Idee einer erweiterten Leibwache. Diana leistete gute Arbeit; sie hatte ein gewisses Geschick darin, ein persönliches Verhältnis zu ihren Gesprächspartnern aufzubauen. Dennoch war auch für sie der erste Kontakt gelegentlich problematisch. Schamlose Unverfrorenheit war daher manchmal vonnöten, um diese Gespräche in Gang zu bringen, um jenen bedeutungsvollen Moment der Vermittlung zu überwinden, einem völlig fremden Menschen die Idee schmackhaft zu machen, sein ganz persönliches Unglück könne anderen beim Zuschauen Freude bereiten. Natürlich drückte sie es nicht mit diesen Worten aus, aber Diana betonte oft, daß manchen Opfern gerade dieser Aspekt gefiel. Manche Opfer waren der Ansicht, es baue sie auf, führe sie aus ihrem Elend heraus, wie eine starke, euphorisch stimmende Droge.

Aber manchen gefiel das auch nicht. Und wenn sich

morgen herausstellte, daß Christopher zu dieser Kategorie gehörte – wozu war er fähig, unausgeglichen wie er war? Die Tatsache, daß es ihm heute noch gefiel, im Fernsehen aufzutreten, war keine Garantie dafür, daß es ihm morgen auch noch gefiel.

Bridget hätte sich ohrfeigen können für ihre Schwäche, daß sie sich darauf eingelassen hatte. Aber insgeheim war ihr auch klar, daß sie sich noch mehr geärgert hätte, wenn sie sich aus allem herausgehalten und das ganze Abenteuer verpaßt hätte.

15

Die Fahrt nach Medfield, mit Diana am Steuer, verlief bei weitem angenehmer als die am Vortag. Auch das Wetter war viel angenehmer. Der Wind hatte sich gelegt, die Regenwolken waren hinweggefegt worden und einem Winterhimmel von einem magischen Blau gewichen, von dem die tief stehende Sonne fächerartig Licht auf die Stoppelfelder und die frisch gepflügten Furchen sandte. Sie fuhren gerade durch den einzigen schmalen Streifen wirklich ländlicher Gegend, der sich zwischen London und ihrem Zielort erstreckte, und Bridget konnte sogar stilles Vergnügen an der Szenerie finden, jetzt, da nicht alles von der Spannung überlagert war, die sich gestern durch Alistairs draufgängerischen Fahrstil unweigerlich aufgebaut hatte. Vielleicht wurde es ja doch noch ein ganz vergnüglicher Nachmittag, wer weiß. Sie war richtig froh, daß sie mitgekommen war.

Norah hatte diesmal einen Hausschlüssel dabei, und als Christopher auf ihr Klingeln nicht reagierte, schloß sie die Tür auf und bat ihre Begleiterinnen in die Diele. Die Tatsache, daß er nicht selbst geöffnet hatte, zehrte schon an ihren Nerven, die vor lauter Vorahnungen ohnehin zum Zerreißen gespannt waren. Was machte er gerade? War er so sehr vertieft in irgendeine Tätigkeit, daß er die Haustürklingel überhört hatte? Oder hatte er entschieden, nicht zu öffnen?

Ängstlich rief Norah, am Fuß der Treppe stehend, den Namen ihres Sohnes. »Christopher!« tönte es zitternd, fast flüsternd, als wollte sie gar nicht gehört werden; doch dann riß sie sich zusammen und rief noch einmal, sehr viel lauter diesmal, ihre Stimme klang fast wie ein Schrei. »Christopher! Wo steckst du? Wir sind da! Komm runter!« Und noch während die Stimme nachhallte und das Echo jenseits der Treppenbiegung erstarb, war ihr bereits klar, daß er nicht zu Hause war. Den anderen war es ebenfalls klar. Die Abwesenheit einer Person hat etwas Unfehlbares. Man spürt sie sofort.

Es hinderte sie jedoch nicht daran, das ganze Haus gründlich nach ihm abzusuchen, jede Tür aufzureißen; sie wollten sogar in Mervyns Arbeitszimmer nachsehen, aber die Tür war selbstverständlich verschlossen, wie immer, wenn er nicht da war.

Wieder zurück in der Diele, sahen sich die drei Frauen an.

»Also, zu früh sind wir nicht«, gab Diana zum besten und sah dabei auf ihre Armbanduhr. »Er hatte mich extra gebeten, um drei Uhr zu kommen, und jetzt haben wir schon Viertel nach.«

Diana und Bridget sahen Norah fragend an. Sie mußte entscheiden, was als nächstes geschehen sollte. Es war ihr Haus. Ihr Sohn.

»Er – er muß außer Haus sein«, murmelte Norah. Offenkundig. So eine blödsinnige Feststellung konnte Bridget nur mit Verärgerung quittieren: »Wer hätte das gedacht? Und was können wir sonst noch aus der Tatsache schließen, daß er nicht zu Hause ist?« Doch fügte sie fast umgehend reuevoll hinzu: »Entschuldige, Norah. Ich sehe ja, daß du dir Sorgen machst...«

Sorgen, allerdings – obwohl Bridget die Gedanken, die Norah blitzschnell wie Silberfischchen durch den Kopf schossen, niemals erraten hätte. Er war draußen! Er war ganz allein draußen! Was hatte er vor? Ärgerte er die Nachbarn? Was haben ihm die Stimmen befohlen? Wem sollte er etwas antun? Oder machte er vielleicht gerade – was auch gelegentlich vorkam – entgegen allen Befürchtungen irgendeine ganz alltägliche Besorgung? Einkaufen zum Beispiel? Einen Freund besuchen?

Er hatte bloß keine Freunde. Vielleicht besuchte er einen Bekannten? Vielleicht, ganz vielleicht, war er ja nebenan bei Louise. Früher, es war lange her, war es fast wie ein zweites Zuhause für ihn gewesen; er und Louises Sohn Peter waren als kleine Jungen in beiden Häusern ein und aus gegangen. War es möglich, daß diese enge Beziehung wie durch ein Wunder wieder aufgefrischt worden war? Eine wilde Vermutung, bedachte man den Riß, der sich in den letzten Jahren zwischen den beiden Familien aufgetan hatte. Dennoch, fragen konnte nicht schaden. Sie und Louise redeten noch miteinander, auch wenn die alte Vertrautheit zu einer reinen Höflichkeit abgekühlt war. Höflichkeit reichte in diesem Fall jedoch aus. Ja oder nein, mehr brauchte Lousie nicht zu sagen.

»Ich gehe mal eben rüber zu den Nachbarn«, erklärte sie ihren Begleiterinnen. »Vielleicht wissen die...«, und bevor sie überlegt hatte, wie sie den Satz zu Ende bringen sollte, war sie zur Tür hinaus.

Louise war natürlich erstaunt, als sie ihre alte Freundin erblickte – immerhin hatten sie seit Wochen kaum ein Wort miteinander gewechselt. Sie empfand sogar gedämpfte Freude über das Wiedersehen. Wenn alles andere schiefgeht in einer Beziehung – Neugier kann sie immer noch einigermaßen am Leben erhalten, und Louise war neugierig zu erfahren, was ihrer Nachbarin die ganze Zeit über widerfahren war; vor allem war sie neugierig auf die Gründe für Norahs Verschwinden neulich. War ihre Ehe schließlich auch in die Brüche gegangen, wie so viele andere in ihrer Nachbarschaft?

Norah, besorgt und in Eile, war nicht sehr mitteilsam. Schade, denn es wäre der geeignete Moment gewesen, um an ihre alte Freundschaft anzuknüpfen. Sie lehnte Louises Einladung zu einer Tasse Tee ab und blieb statt dessen unschlüssig und peinlich berührt vor der Tür stehen. Sie sei nur vorbeigekommen, erklärte sie, um zu fragen, ob Louise irgendeine Ahnung hätte, wo Christopher heute nachmittag hingegangen sein könnte.

Louise, enttäuscht über die Zurückweisung ihres zaghaften Angebots, wußte von nichts.

»Wir haben ja seit Wochen keinen mehr von euch zu Gesicht bekommen«, machte sie geltend. »Nein. Ich habe keinen blassen Schimmer, was Christopher macht. Woher soll ich das wissen? Er kommt ja nicht mehr rüber zu uns. Er und Peter vertragen sich wohl nicht mehr so gut, oder?« Distanziert. Gekränkt. Der Moment einer möglichen Annäherung war vorüber. Norah wich zurück und entschuldigte sich im Gehen.

Ihre Gefährtinnen hatten sich in der Zwischenzeit selbständig gemacht, hatten sich in der fremden Küche Tee gekocht und hockten nun im Wohnzimmer, die Köpfe zusammengesteckt, und redeten. Über sie, wie Norah augenblicklich vermutete, aber ebenso augenblicklich verwarf sie den Gedanken wieder. Es nützte nichts, wenn sie auch noch paranoid wurde.

Vier Uhr. Eine ganze Stunde nach der verabredeten Zeit, und immer noch kein Christopher.

»Tja, dann können wir ja eigentlich auch wieder gehen«, hob Diana an. Enttäuschung schwang in der gewöhnlich betont lockeren Stimme mit. »Nachdem wir uns den ganzen Weg hierher bemüht haben, glaube ich allerdings nicht –«

Sie sollten nie erfahren, was sie glaubte, denn in diesem Moment ging die Haustür auf. Alle drei hörten es, alle spürten den leichten Windzug von draußen durch das Haus ziehen, bevor die Tür zugestoßen wurde und Schritte in der Diele zu vernehmen waren.

»Christopher!« rief Diana. »Er ist zurück!« Sie war sofort auf dem Posten, erleichtert, wieder ganz die engagierte Journalistin.

Aber es war nicht Christopher. Der große, auffallend gut aussehende Mann, der da in sein eigenes Wohnzimmer kam, war von mittlerem Alter und hatte graumeliertes, aber noch dichtes, volles Haar. Die scharf geschnittenen Gesichtszüge waren nicht nur außergewöhnlich regelmäßig, sie kündeten außerdem von einer unbeirrbaren Zielstrebigkeit, einer unangreifbaren Selbstsicherheit, die einschüchternd wirken mußte auf – Fremde, überlegte Bridget. Seinen Patienten mit ihren schwankenden, unausgeprägten Selbstwertgefühlen mußte er wie eine starke Stütze, ein Bollwerk gegen unkontrollierbare Ängste erscheinen. Die Ähnlichkeit mit seinem Sohn war gering, befand Bridget in den ersten Momenten peinlichen Schweigens, die seinem unerwarteten Eintritt folgten. Sein Teint war dunkel, während Christophers hell war, sein Körper wirkte kräftig und muskulös, Christophers dagegen schlank und geschmeidig. Dennoch, es gab eine Ähnlichkeit: etwas Undefinierbares um die Augen. Die Augen des Vaters waren grau, die des Sohnes klar und von einem stechenden Blau, aber aus beiden Augenpaaren blitzten Argwohn und scharfe Intelligenz. Jawohl, Intelligenz; wie deformiert sie bei dem Jungen auch sein mochte, sie lauerte hinter den Kulissen, unauslöschbar.

Die Sekunden verstrichen, das Schweigen zog sich unerträglich in die Länge. Dr. Payne fand als erster die Sprache wieder.

»Na, mein Schatz«, sagte er, zu seiner Frau gewandt. »Hast du dir überlegt, wieder nach Hause zurückzukommen? Sehr vernünftig! Willst du mir deine Bekannten nicht vorstellen?« Und als seine Frau – vor Schock? Aus Sorge? Verlegenheit? Schuldgefühl? Warum auch immer – wie gelähmt sitzenblieb, verneigte er sich entschuldigend, zuerst vor Diana, dann vor Bridget, und stellte sich vor. Dann wandte er sich, mit einer Art beherrschter Drohgebärde, wieder seiner Frau zu. Sicherlich war er wütend auf sie. Welcher Ehemann wäre das nicht?

»Handelt es sich hier nur um eine Stippvisite?« fragte er trocken. »Oder hast du vor, dich wieder ganz hier niederzulassen? Es bleibt dir überlassen. Ich dränge dich nicht.

Ich gebe dir keinen Rat. Ich gebe meinen Patienten nie Ratschläge, wie du weißt, das gehört nicht zu meiner Rolle. Ich höre bloß zu. Also, hier bin ich, mein Schatz. Ich höre. Was hast du zu sagen?«

Während er so sprach, bedächtig und mit drohendem Unterton, ließ er sich in einen der übergroßen, schwer gepolsterten Sessel nieder. Sodann legte er die Fingerspitzen aufeinander und musterte über die kleine Brustwehr aus Fingerknöcheln und sorgsam manikürten Fingernägeln hinweg das Gesicht seiner Frau. War das seine standesgemäße Pose bei der Behandlung von Patienten? fragte sich Bridget. Und ermunterte es sie zu sprechen? Oder geriet ihr Gesicht dabei, wie in Norahs Fall, ins Zucken, verzerrte sich und ließ ihnen die Worte im Hals steckenbleiben?

»Nun, mein Schatz?« half er ihr nach fast einer Minute nach. »Ich warte darauf, was du zu sagen hast. Du bist nun seit fast vierzehn Tagen weg, und du bereitest deiner Familie große Unannehmlichkeiten und auch eine gehörige Portion Angst. Aus Rücksicht auf deinen Geisteszustand habe ich bislang Abstand davon genommen, Kontakt mit der Polizei aufzunehmen, obwohl dein Verhalten berechtigten Anlaß zur Sorge um deine Sicherheit gibt. Findest du nicht?«

Norah schien sich von ihrer Verstummung erholt zu haben.

»Es tut mir leid.« Mehr fiel ihr im ersten Moment nicht ein, und dann, als der fragende Blick ihres Mannes nicht nachließ, ergänzte sie: »Es tut mir leid, Mervyn, aber ich habe es nicht mehr ausgehalten.«

»Du hast es nicht mehr ausgehalten«, wiederholte er bedächtig – und Bridget erinnerte sich daran, irgendwo einmal gelesen zu haben, daß es anerkannte psychologische Taktik sei, das, was der Patient gerade gesagt hatte, zu wiederholen. Und tatsächlich schien es zu funktionieren. »Du hast es nicht mehr ausgehalten?«

»Nein!« Norah sprach jetzt mit Selbstvertrauen in der Stimme. »Es ist wegen Christopher, Mervyn! Das weißt du! Die schrecklichen Dinge, die er immer macht. Und es wird immer schlimmer. Ich werde damit nicht fertig...«

»Du wirst damit nicht fertig«, wiederholte Mervyn, aber diesmal funktionierte die Taktik nicht. Manchmal klappte es eben nicht. Nach ein paar Sekunden sah er sich gezwungen fortzufahren: »Womit wirst du nicht fertig?«

An dieser Stelle wandte er sich entschuldigend an die beiden Gäste. »Es tut mir leid, daß Sie in diese rein familiäre Angelegenheit mit hineingezogen werden, aber wie Sie sehen, geht es hier um eine wichtige Frage, die zwischen mir und meiner Frau geklärt werden muß. Bitte, haben Sie Verständnis.« Er konzentrierte sich wieder auf Norah und fragte noch einmal: »Womit wirst du nicht fertig?«

»Mit Christopher! Das habe ich dir doch gesagt! Mit seinen Wahnvorstellungen und Obsessionen! Tote Spinnen im Kühlschrank. Eier von freilaufenden Hühnern mit einer Stopfnadel zusammennähen! Solche Sachen. Das halte ich nicht aus! Das würde keiner aushalten. Wo soll das hinführen? Wo ist er eigentlich gerade? – Er hat bestimmt wieder etwas Schreckliches vor, ich weiß es...«

Sie machte eine Pause und vergrub für einen Moment

ihr Gesicht in den Händen. Danach schaute sie wieder auf. »Bitte, Mervyn, wo ist er? Geht es ihm gut? Wir sind seit drei Uhr hier, und er läßt sich nicht sehen. Wo ist er?«

Bridget fühlte sich bei dem Ausdruck in Dr. Paynes Gesicht stark an den eines Bridgespielers erinnert, der ein Blatt voller Trümpfe in den Händen hielt, das allen Regeln der Wahrscheinlichkeit widersprach. Mit kaum verhohlener Siegesgewißheit wandte er sich an die beiden Besucherinnen.

»Sehen Sie?« rief er. »Jetzt wissen Sie, was in dieser Familie los ist. Ein achtzehnjähriger Junge, meine Güte, und er kann keine paar Stunden aus dem Haus gehen, ohne daß seine Mutter einen hysterischen Anfall bekommt! Das hat mit Mutterliebe nichts mehr zu tun! Das ist Affenliebe!« Und wieder an seine Frau gerichtet: »Schon gut. Lassen wir es dabei bewenden. Das brauchen wir unseren Gästen nicht auch noch antun. Das haben wir sowieso alles schon durchgespielt, viel zu oft.«

Er wartete einen Moment ab, aber als seine Frau nichts erwiderte, fuhr er fort: »Du hast meine Frage noch nicht beantwortet, Schatz. Warum bist du zurückgekommen? Und wie lange gedenkst du zu bleiben? Es wäre ganz praktisch, wenn ich deine Pläne erführe.«

»Ich habe keine Pläne. Ich weiß nicht, was ich machen werde. Ich bin heute bloß zurückgekommen, weil ich sehen wollte, ob es Christopher gutgeht... Ich meine, jetzt, wo ich nicht da bin...«

Dr. Payne lachte.

»Ob es ihm gutgeht? ›Gut‹? Jetzt, wo du nicht da bist? Meine liebe Norah! Das ist wirklich die Untertreibung des

Jahres. Natürlich geht es ihm gut, wenn du nicht da bist. Es geht ihm sogar sehr gut. Wenn du nicht da bist, hat er Gelegenheit, mal er selbst zu sein. Das verschrobene Verhalten, das du bei ihm provoziert hast, ist völlig verschwunden. Er benimmt sich wie jeder normale Junge seines Alters. Er kommt und geht, wie es ihm gefällt. Und er trifft sich mit seinesgleichen. Vielleicht sollte ich dir das lieber mitteilen, wo du gerade nach ihm fragst – er ist heute morgen mit ein paar Freunden zu einem Campingurlaub aufgebrochen.«

»Wohin? Was für Freunde?« Die Worte brachen förmlich aus ihr hervor, obwohl ihr klar gewesen sein mußte, welche Wirkung sie haben würden.

»Verstehen Sie jetzt, was ich meine?« bemerkte ihr Mann, an die Besucherinnen gewandt. »Ein Junge von achtzehn Jahren, der mit seinen Freunden zelten geht, und seine Mutter kriegt gleich Angstzustände. Was muß das für ein Leben sein für einen Jungen auf der Schwelle zum Erwachsenenleben? Ich weiß zwar, daß es nicht leicht für dich ist, Norah, aber du mußt dich mit der Tatsache abfinden, daß... Ach, übrigens, er hat eine Nachricht für dich hinterlassen. Hast du sie gefunden? Ich glaube, ich habe sie auf dem Tisch in der Diele gesehen, aber vielleicht... Entschuldige...« Er ging aus dem Zimmer und kam Sekunden später mit einem eng bedruckten Blatt Papier wieder. Es war von Hand geschrieben, so winzig und verkrampft, daß man es kaum lesen konnte.

Norah nahm den Zettel mit zitternder Hand entgegen und starrte ihn erstaunt an. Sie legte ihn einen Augenblick beiseite und kramte in ihrer Handtasche.

»Ach, du Schreck!« stieß sie hervor. »Meine Lesebrille!« Sie wühlte erneut in der Handtasche und sagte dann: »Ob ich sie im Auto liegengelassen habe? Du weißt doch noch, Diana, ich habe für dich auf die Karte geguckt, kurz bevor wir von der Schnellstraße runtergefahren sind. Und den Wagen haben wir doch oben an der Straße abgestellt, oder… Meine Güte…«

Sie hatte Angst, das erkannte Bridget sofort, allein die dunkle Straße entlang bis zur Ecke am Park zu gehen; und obwohl Bridget solche Ängstlichkeit im allgemeinen verachtete, empfand sie für Norah mindestens so viel Mitleid wie Hohn. Die arme Frau mußte Entsetzliches durchmachen, kein Zweifel.

»Keine Sorge, Norah. Ich hole sie dir«, bot sie an. »Ich weiß, wo sie ist. Ich habe sie auf der Ablage vorn gesehen. Gib mir die Schlüssel, Diana. Es dauert nur zwei Minuten.«

Wahrscheinlich eher fünf, aber egal. Die Autoschlüssel in der linken Hand fest umklammert, eilte Bridget durch die erleuchtete Diele nach draußen in die Dunkelheit.

16

Die Dunkelheit war längst hereingebrochen. Bridget trat aus dem Haus, und da sich ihre Augen noch nicht an die Dunkelheit gewöhnt hatten, schritt sie vorsichtig über den Weg durch den Vorgarten, der von feuchten, wuchernden Büschen gesäumt war. Erst als sie das Gartentörchen erreichte, fiel ihr die große, stumme Gestalt auf, die unter der Straßenlaterne nebenan stand. Das helle Haar schimmerte im Licht der Lampe wie Gold, und die schlanke, anmutige Gestalt war so regungslos, daß sie gut das Standbild eines mythischen Helden der Vorzeit hätte abgeben können.

Bridget blieb einen Moment stehen, um sich zu sammeln. »Guten Abend, Christopher«, sagte sie munter, nachdem sie sich vom ersten Schreck erholt hatte. Als er immer noch nicht sprach oder sich bewegte, fuhr sie fort: »Wolltest du gerade ins Haus gehen?« Er schüttelte den Kopf und lächelte. Sollte dies das Lachen sein, das Norah mal als »komisches, unwirkliches Lachen« bezeichnet hatte, Vorbote eines neuerlichen Anfalls absonderlichen Verhaltens?

»Nein, ich wollte nicht reingehen, noch nicht«, antwortete er. »Eigentlich habe ich darauf gewartet, daß Sie herauskommen. Ich habe gewußt, daß Sie genau in diesem Moment herauskommen.«

»Was soll das heißen, du hättest es gewußt? Ich habe es ja selbst bis vor einer Minute noch nicht gewußt.«

»Natürlich haben Sie es bis vor einer Minute noch nicht gewußt. Nur ich habe es die ganze Zeit gewußt. Ich habe Sie so programmiert. Sie sind eines meiner Geschöpfe, deswegen. Ich habe Sie gentechnisch hergestellt. Sie können nur das tun, wozu ich Sie programmiert habe, und ich habe Sie dazu programmiert, genau in diesem Moment aus dem Haus zu treten. Und Sie sind wirklich aus dem Haus getreten. Sehen Sie? Es funktioniert. Sie müssen alles tun, wozu ich Sie programmiere.«

Ein leiser Schrecken durchzuckte sie, wie sie sich zu ihrer heimlichen Schande eingestehen mußte. Sie unterdrückte ihn. Der Junge war doch bloß ein armer Irrer.

Trotzdem hielt sie nicht viel davon, sich über Menschen lustig zu machen, auch wenn es arme Irre waren.

»Red keinen Unsinn«, entgegnete sie standhaft. »Und jetzt entschuldige mich bitte...« Sie wandte sich ab und ging energischen Schrittes los in die Richtung, wo sie den Wagen abgestellt hatten. Ein höhnisches Lachen hinter ihr brachte sie zum Stehen.

»Sehen Sie? Ich habe Sie dazu programmiert, die Straße entlang zum Park zu gehen. Das müssen Sie jetzt tun. Sie haben keine andere Wahl.«

»Ich habe sehr wohl eine Wahl! Es ist zufällig mein freier Wille, die Straße entlang zum Park zu gehen«, erwiderte Bridget in scharfem Tonfall und machte sich erneut eiligen Schrittes auf den Weg, ja, rannte regelrecht los.

Mit seinen leichten, federnden Schritten holte er sie

schnell ein und lachte still in sich hinein, während er neben ihr herging.

»Soll ich Ihnen sagen, wozu ich Sie noch programmiert habe? Was Sie oben, am Ende der Straße tun sollen?« fragte er freundlich. »Sie werden vor einem bestimmten geparkten Wagen stehenbleiben, einem Ford Escort, Kennzeichen G 566 XPA. Sie werden den Schlüssel in das Türschloß der Fahrertür einführen –«

»Natürlich. Was sollte ich sonst tun? Der Wagen gehört meiner Bekannten, und sie hat mich gebeten, etwas für sie zu holen.«

Woher kannte er Marke und Kennzeichen von ihrem Wagen, überlegte Bridget. Er mußte sich da oben herumgetrieben haben, als sie ankamen. Nicht, daß es von Bedeutung gewesen wäre. Es hatte keinen Sinn, nachzufragen und somit seine lästige Anwesenheit nur zu verlängern.

Sie rückte ein Stück von ihm ab, trat vom Gehsteig auf die Straße und legte noch Tempo zu. »Und jetzt laß mich bitte in Ruhe. Ich habe es eilig. Ich will schnell zurück sein.«

»Natürlich. Ich habe Sie ja schließlich gemacht. Hören Sie mal –« Er packte sie fest an der Schulter und zwang sie stehenzubleiben. »Hören Sie. Ich habe Sie gemacht. Sie haben ab dem Moment existiert, in dem ich sie gentechnisch hergestellt und Sie mit einem vollständigen Gedächtnis ausgestattet habe. Ich bin der einzige Experte für gentechnische Produktion von menschlichen Wesen auf der Welt. Während die Wissenschaftsbeamten mit ihren staatlichen Forschungsgeldern immer noch mit Krebszellen und Onco-Mäusen und solch albernen Dingen herumexperimentieren, habe ich die gentechnische Produktion von menschlichen Wesen erforscht. Ich habe mit Tausendfüßlern angefangen, aber die haben natürlich zu viele Beine, also habe ich mich auf Spinnen konzentriert. Ich habe die Zahl der Beine reduziert, bis nur noch zwei übrig waren, und dann, nach einer längeren experimentellen Phase, habe ich die Methode perfektioniert. Meine eigene geheime Methode. Es hat mit der Manipulation von bisher unbekannten Wachstumsenzymen zu tun... Ach, es ist viel zu kompliziert, Ihnen das alles zu erklären. Ich habe Ihnen kein Gehirn eingepflanzt, das diese Dinge geistig erfassen könnte. Das brauchen Sie nicht. Sie brauchen eigentlich überhaupt nicht viel Verstand, denn die einzigen Bewegungen, die Sie je machen werden, die einzigen Gedanken, die Sie je denken werden, sind die, die ich in Sie eingebaut habe. Hier...«

Sie waren mittlerweile an dem Wagen angekommen, und Christopher stieß einen kleinen Freudenschrei aus. »Da! Habe ich es Ihnen nicht gesagt? Ein Ford Escort. Und jetzt werde ich Sie dazu veranlassen, ihn aufzuschließen. Ich werde Sie dazu veranlassen, sich hineinzulehnen... Ja, ja, Sie haben das Brillenetui von der vorderen Ablage geholt, genau, wie ich Sie programmiert habe! Und jetzt, jetzt sind Sie darauf programmiert, wieder loszugehen. Die Straße entlang, den gleichen Weg zurück. Es ist alles festgelegt, Sie können nichts anderes tun.«

Wirklich nicht? Sie sah in die entgegengesetzte Richtung, über die Querstraße hinweg. Auf der anderen Seite erstreckte sich der Park mit seinen schemenhaften Bäumen und Sträuchern, die finster drohend hinter schwach schimmernden Gittern auftauchten. Angenommen, sie würde einfach so aus Spaß diesem ganzen Unsinn ein Ende machen und in diese Richtung gehen, statt in die andere?

Was um Himmels willen wollte sie damit bezwecken? Man konnte mit einem Menschen, dessen Vernunft stark beeinträchtigt war, nicht vernünftig reden. Außerdem hatte sie es eilig, sie wollte schnell wieder zurück. Aber kaum hatte sie einen Schritt in die »programmierte« Richtung getan, als ein irrer, triumphierender Gluckser ihres Begleiters eine Trotzreaktion in ihr auslöste, die jenseits jeden gesunden Menschenverstandes lag, und bevor sie sich's versah, hatte ihr Körper auf dem Absatz kehrtgemacht, lief über die Straße und nahm sie mit.

Sie war schon im Park, bahnte sich ihren Weg durch die wirre Finsternis aus Massen schwarzen, hängenden Blattwerks, das sie bei jedem Schritt mit Wassertropfen überschüttete, als ihr klar wurde, wie töricht sie sich aufführte. Was für eine Zeitverschwendung das alles war. Hatte sie ihren Freundinnen nicht versprochen, daß es nur ein paar Minuten dauern würde? Rasch machte sie kehrt, ging denselben Weg zurück, als sie plötzlich das Tor zum Park quietschen hörte.

Christopher? Ein Fremder? Sie nahm sich fest vor, sich nicht erschrecken zu lassen – sie, die andere Frauen verachtete, die Angst hatten, nach Einbruch der Dunkelheit allein auszugehen. Aber sie wußte auch, daß man sich seiner eigenen Urteile sehr sicher sein mußte, wollte man sich den Luxus leisten, andere Menschen für solche Dinge zu verachten.

Bridget war sich sehr sicher. Früh, genauer gesagt, auf dem Spielplatz im Kindergarten, hatte sie gelernt, daß es eine Möglichkeit gab, seine Angst zu überwinden. Man mußte nur drei Schritte befolgen: erstens, Brust raus, Bauch rein, wie ein paradierender Soldat, und zweimal tief durchatmen; zweitens, auf das zugehen, was einen bedroht, ihm niemals den Rücken kehren; und drittens, sofort handeln, wer oder was einem auch immer Angst einjagte. Es war unbedingt notwendig, daß man als erster das Wort ergriff, den ersten Schritt machte.

Sie machte alle drei gleichzeitig.

»Guten Abend«, sagte sie zu dem verschwommenen Oval eines menschlichen Antlitzes, das sie im selben Augenblick vor sich erblickte, wie eine große weiße Frucht, die von einem der Äste links von ihr herabhing. Bei ihren Worten gliederte sich dem verschwommenen Gesicht eine Gestalt an, die aus einem Strauch hervortrat und ihr den Weg versperrte.

Es war natürlich Christopher, der sie noch immer verfolgte, jede ihrer Bewegungen überprüfte, um sie seinem Phantasiebild anzupassen.

»Hier soll Ihnen eine Lehre erteilt werden«, sagte er. »Hier fristen die Ergebnisse meiner ersten Experimente in Gentechnik ihr Leben, weil sie nicht perfekt sind und sehr, sehr gefährlich. Man darf sie nicht zu Gesicht bekommen. Diese Wesen werden Sie hassen, weil Sie ein perfektes Exemplar sind, und sie nicht. Das Exemplar, das Sie am meisten haßt, ist dasjenige, dessen Gehirn sich irgendwie in dem Mechanismus verheddert hat und falsch funktioniert. Es haßt Sie, haßt Sie, haßt Sie, weil Ihr Gehirn richtig funktioniert. Da hatte ich den Fehler bereits gefunden, aber für das andere Wesen kam jede Hilfe zu spät. Es zürnt um so mehr, als es körperlich absolut perfekt ist. Es ist groß, schlank und stark, und beim Gehen fällt eine Locke seines blonden Haars in die Stirn. Es hat außerdem wunderschöne blaue Augen. Die Augen sind das Fenster zur Seele. Eines Tages hat es mich durch dieses Fenster blicken lassen, natürlich nur im Spiegel; es hatte Angst, mich näher herantreten zu lassen. Ich sah durch diese blauen Fenster hindurch bis zu dem deformierten Gehirn dahinter. Ich habe es gesehen, nur dies eine Mal, in seinem ganzen Schrecken, und ich habe nie wieder hingeschaut. Es ist jetzt hier, dieses Wesen, irgendwo zwischen den Sträuchern. Ich weiß es, ich spüre es. Sie werden es jeden Augenblick sehen können, und wenn Sie es sehen, müssen Sie rennen, rennen, rennen.«

Einen Moment lang rückte er mit seinem bleichen Gesicht bis auf wenige Zentimeter an das ihre heran, es war naß und glänzte von dem Schweiß eines heftigen Gefühls, und die Haarlocke fiel ihm in die Stirn.

»Sie müssen rennen, rennen, rennen!« – und mit einem dünnen, kreischenden Lachen machte die Gestalt kehrt und verschwand hinter der Wegbiegung. Noch einmal vernahm Bridget das Quietschen des eisernen Parktors.

Es waren nur noch wenige Meter, aber Bridget kamen sie wie ein langer, schwerer Weg vor. Nie wieder seit frühester Kindheit hatte sie diese Regung gespürt: Sie wagte nicht zu laufen, denn durch den puren Akt des Laufens konnte beherrschbare Angst in heillose Panik umschlagen. Erst als sie das Auto erreichte, ließ das rasende

Pochen ihres Herzens nach, und ihre Atmung normalisierte sich.

Christopher stand schon da, erwartete sie, und als sie näher kam, stieß er wieder sein schrilles Lachen aus.

»Sehen Sie? Sehen Sie? Ich kann Sie zu etwas zwingen. Und jetzt passen Sie auf; ich werde Sie dazu zwingen, die Straße entlang zurück zum Haus zu gehen.«

Diesmal würde sie nicht widersprechen. Sie hatte schon viel zuviel Zeit vergeudet. Es war lästig, lästig und demütigend, daß ihr die Knie zitterten, so daß sie kaum gehen konnte, aber sie ging trotzdem los, in ihre Richtung.

Er war hoch erfreut. Sein Siegesgeschrei vibrierte durch die stille, verlassene Straße.

»Sehen Sie? Sehen Sie?« wiederholte er ununterbrochen, während er auf weichen Sohlen neben ihr hertänzelte. »Sie gehen auf dieser Straße zurück zum Haus! Sie sind gezwungen, alles zu tun, wozu ich Sie veranlasse. Bald werde ich Sie dazu bringen, einen Mord zu begehen. Jawohl, einen Mord. Eines Tages, schon sehr bald, werden Sie über und über mit Blut beschmiert sein, Ihre Hände, Ihr Gesicht, Ihr Kleid, alles, und dann wird Ihnen klar, daß es stimmt, was ich Ihnen gesagt habe. An diesem Tag werden Sie der Wahrheit ins Gesicht sehen. An diesem Tag werden Sie sich sagen, hätte ich ihm doch bloß geglaubt. Aber dann ist es zu spät. Ich habe Macht über Sie. Ich bin der Herr der Welt.«

Er hielt Schritt mit ihr, obwohl sie schneller ging, und noch schneller, schließlich zu rennen anfing.

»Ich habe Sie darauf programmiert zu rennen und zu

rennen und zu rennen!« Er schrie fast aus vollem Hals, während sie auf dem menschenleeren Gehweg gemeinsam von Laternenmast zu Laternenmast hasteten.

»Gleich zwinge ich Sie dazu, das Gartentörchen aufzureißen. Ich zwinge Sie dazu, durch unseren Vorgarten zu rennen. Und ich zwinge Sie dazu, mit den Fäusten auf die Haustür einzuhämmern. Und Sie können nur hoffen, daß man sie reinläßt!«

17

»Was ist denn mit dir los? Ist alles in Ordnung mit dem Auto?« fragte Diana besorgt, und Bridget, nachdem sie ihre Freundin in diesem Punkt beruhigt und sich flüchtig dafür entschuldigt hatte, daß sie so lange weg gewesen war, ließ sich in einen der Polstersessel fallen und überlegte, was sie, wenn überhaupt, von ihrem kleinen Abenteuer erzählen sollte. Im Augenblick erschien es ihr ratsamer zu schweigen. Es würde nur wieder einen von Norahs mütterlichen Angstanfällen auslösen, und es wäre eine Katastrophe, wenn Mervyn mittendrin hereinplatzte, was gut möglich wäre. Außerdem benötigte sie etwas Zeit, um sich eine leicht veränderte Version der Geschehnisse auszudenken, die ihre eigene panische Angst nicht allzu deutlich werden ließ. Denn sie galt doch als die Starke, oder nicht? Sie war die Nüchterne, die vor nichts zurückschreckte, und so sollte es auch bleiben.

Norah hatte in der Zwischenzeit ihre Lesebrille aufgesetzt und starrte erwartungsvoll auf den Zettel vor ihr, hielt ihn erst näher an die Augen und dann auf Armeslänge von sich gestreckt.

»Sie ist furchtbar klein – die Schrift«, beklagte sie sich. »Ich weiß, daß Christopher mit sehr verkrampfter Hand schreibt... aber nicht so klein wie das hier. Ich habe seine Schrift vorher immer lesen können.«

Sie setzte sich so hin, daß das Licht direkt auf das Blatt Papier fiel, und hielt es noch näher an die Augen.

»Es ist... ich weiß nicht... Irgendwie ist es... ich kann nur ein paar Sachen entziffern. ›Liebe Mama‹, fängt er an. Er nennt mich überhaupt nicht Mama, nur wenn... Normalerweise sagt er ›Norah‹ zu mir. Er schreibt, hoffentlich mache ich mir keine Sorgen. Ich verstehe nicht, warum er das schreibt. Ich lasse ihn nie wissen, daß ich besorgt bin. Nie.«

Sie las weiter. »Wir haben unser Zelt auf einer saftigen Weide in der Nähe der Farm aufgeschlagen... herrliche Aussicht auf die Berge...«

Norah hob verwirrt den Blick. »Christopher würde so etwas niemals sagen. Er sieht sich keine Aussichten an, das hat er nie gemacht. Er lebt ganz in sich gekehrt, nicht nach außen. Und er würde auch nicht ›saftige Weiden‹ sagen. Das höchste der Gefühle wäre ›Feld‹.«

Sie untersuchte den Zettel noch genauer.

»Und dann erst die Handschrift! Klein und verkrampft, ja, aber es ist nicht seine Schrift. Ich weiß genau, daß es nicht seine ist...«

Hatte Mervyn draußen an der Tür gelauscht? Oder kam er nur zufällig genau in dem Moment herein, als seine Frau ihren Verdacht äußerte? Oder hatte er überhaupt nichts mitbekommen? Seine Art, freundlich und gleichmütig, ließ nichts erkennen.

»Na, mein Schatz? Zufrieden?« erkundigte er sich und ging mit ausgestreckter Hand auf seine Frau zu, um den

Zettel wieder an sich zu nehmen. »Oder löst die Tatsache, daß er auch mal ohne deine Anwesenheit seinen Spaß hat, gleich einen deiner mütterlichen Panikanfälle aus? Ich muß sagen, du bist ziemlich blaß im Gesicht. Ich weiß nicht, was ich noch tun soll, um dich zu beruhigen. Wenn Christophers eigene Beteuerungen, daß er glücklich und zufrieden ist und seine Ferien genießt, nicht reichen...«

Bridget biß die Zähne zusammen, verstört und unentschlossen. Unentschlossen zu sein war nicht ihre Sache, genausowenig wie in Panik, aber in diesem Augenblick war sie beides. Würde es alles nur verschlimmern, oder wäre es besser, wenn sie der versammelten Mannschaft eröffnete, daß Christopher in diesem Moment gerade draußen auf der Straße stand, jedenfalls nicht auf irgendeinem Campingplatz Ferien machte?

Besser für wen? Für Mervyn auf keinen Fall. Was seine Motive auch sein mochten, sich dieses Gefasel über den Campingurlaub auszudenken (und Bridget fing erst jetzt an, Vermutungen über seine Motive anzustellen), – daß eine ungebetene Besucherin seine sorgfältig konstruierte Geschichte zerstörte, würde ihm bestimmt nicht gefallen.

Besser für Norah? Norah hatte ihre massiven Zweifel an der Echtheit des Briefes zum Ausdruck gebracht. Würde es eine Genugtuung für sie bedeuten, ihren Verdacht bestätigt zu bekommen?

Genugtuung, ja, in gewisser Weise. Jeder Mensch wünscht sich, daß er recht bekommt (jedenfalls war Bridget immer davon ausgegangen), aber manchmal mußte man dafür einen hohen Preis zahlen.

»Sie hatte immer recht, jetzt erst recht« – die berühmte

Grabinschrift schoß ihr durch den Kopf und verstärkte nur ihre Unsicherheit.

Was würde Norah dadurch gewinnen, daß ihr Mann vor ihren Freundinnen gedemütigt würde? Er würde sich verraten vorkommen, er wäre wütend, und er würde es unweigerlich an ihr auslassen. Um so mehr, falls er etwas von Norahs Verdächtigungen mitbekommen hatte, als er ins Zimmer getreten war.

Nein. Die Risiken, die die Wahrheit in sich barg, waren zu groß. Die Risiken, die das Verschweigen der Wahrheit barg, waren unbekannt und fielen daher weniger ins Gewicht.

Sie vertraute darauf, daß sich ihre Gedankenspiele nicht in ihrem Gesicht widerspiegelten, trotzdem schienen sie den ganzen Raum einzunehmen. Mit einemmal spürte sie die vielen anderen unausgesprochenen Gedanken, die in diesem Moment alle einen Platz in dem geschlossenen Raum zwischen den vier Wänden beanspruchten. Mervyns Gedanken, Norahs Gedanken und sogar Dianas Gedanken. Die Gedanken schwirrten nur so durch den Raum, es war wie eine atmosphärische Verseuchung der Luft, so konzentriert, daß man kaum atmen konnte.

»Ich glaube, es ist besser, wenn wir gehen«, sagte sie höflich, und Erleichterung machte sich im Raum breit, wie ein frischer Wind, der dafür sorgte, daß schon bald die bei der Verabschiedung von Gästen üblichen Formeln ausgetauscht wurden.

Mervyn, liebenswürdig und korrekt bis zum Schluß, begleitete sie bis an die Tür; und für einen Moment plagte Bridget die Furcht davor, wie er wohl reagieren würde, wenn er seinen Sohn unter der Laterne stehen sah – wer weiß, zu welchen Reaktionen er fähig war?

Gott sei Dank geschah nichts dergleichen: Christopher war nicht mehr da. Als sie das Gartentörchen erreichten und Bridget hinter die Ligusterhecke blicken konnte, war sie sich ganz sicher. Ihr anfängliches Gefühl der Erleichterung wurde jedoch von Mervyns scharfer Stimme dicht hinter ihnen zunichte gemacht.

»Warten Sie!« rief er. »Einen Augenblick. Sie haben etwas fallen lassen«, und noch während sie sich neugierig umdrehten, sahen sie, wie er sich von einem Blumenbeet aufrichtete und auf sie zuging, in der Hand einen Plastikbeutel.

Einen Moment lang standen alle drei da und sahen verwundert die Tüte an. Bridget nahm sie schließlich an sich – sie war ungewöhnlich schwer – und faßte hinein. Ihre Finger ertasteten etwas Metallisches, eine kalte, unregelmäßige Oberfläche. Sie faßte tiefer hinein und holte den Gegenstand hervor.

Es war eine Faustfeuerwaffe.

Sie starrten erschrocken darauf, und auf Mervyns Gesicht machte sich ungeschminktes Entsetzen breit. Sah er sich endlich mit der seit langem aus dem Bewußtsein verdrängten Ahnung von der Geistesgestörtheit seines Sohnes und den damit verbundenen unvorhersehbaren, furchterregenden Gefahren konfrontiert? Er schien hektisch nach einer Alternative zu suchen, einer weniger quälenden Erklärung, und behielt dabei charakteristischerweise doch sein Würde.

»Meine Güte!« eiferte er. »Ich bitte um Entschuldigung. Das kann ja wohl nicht Ihnen gehören! Lieber Himmel, wahrscheinlich stammt sie von irgend so einem Halbstarken, der einen Einbruch plante und sich plötzlich eines Besseren besonnen hat. Er muß gemerkt haben, daß man ihn beobachtet, und sich gedacht haben, lieber nicht mit der Waffe in der Hand geschnappt werden. Ich muß sie der Polizei übergeben. Wirklich, es tut mir leid! Ein schöner Schrecken zum Abschied!« Nach einer Wiederholung der üblichen Floskeln, die bei der Verabschiedung von Gästen anfallen, verschwand er im Haus, angeblich, um der Polizei den Fund der Waffe und den versuchten Einbruch zu melden.

Die drei fuhren heim, in Schweigen versunken, jede mit ihren eigenen Gedanken beschäftigt. Nur Diana brach einmal das Schweigen, gegen Ende der Fahrt.

»Es wird nicht so leicht, wie ich dachte«, beklagte sie sich. »Der Vater macht uns bestimmt Schwierigkeiten.«

Das kannst du aber laut sagen, dachte Bridget, behielt es aber für sich.

18

Sie hatten die Wohnungstür gerade aufgeschlossen, als das Telefon aufhörte zu klingeln. Sie sahen sich einen Moment lang an, ängstlich Mutmaßungen anstellend.

»Natürlich, die Waffe!« Bridget hatte diese Bemerkung riskiert und gab damit wieder, was alle dachten. »Ich war mir gleich sicher, daß die Polizei sich sofort an uns wenden würde. Sie will Mervyns Geschichte bestätigt haben, er hätte sie in dem Blumenbeet gefunden. In eine Plastiktüte gehüllt. Keine sehr glaubwürdige Geschichte, findet ihr nicht auch?«

Ja, das fanden alle. Daß es tatsächlich so passiert war und alle drei es gesehen hatten, machte die Geschichte auch nicht gerade plausibler.

»Glaubst du, die verdächtigen eine von uns? Daß wir die Pistole da hingelegt hätten, oder so?« Diana schaute ihre beiden Freundinnen nacheinander an. »Das ist doch lächerlich!«

»Natürlich ist das lächerlich! Die Polizei verdächtigt bestimmt nichts dergleichen. Nein, nein. Was ich befürchte – und ich will dir keinen Schrecken einjagen, Norah –, ich befürchte, daß die Waffe etwas mit Christopher zu tun hat. Es muß so sein... Es wäre ein zu seltsamer Zufall.«

Nachdem sie so weit gegangen war, ihren Verdacht zu äußern, blieb ihr nichts anderes übrig, als den vollständigen Bericht von ihrem Zusammentreffen mit Christopher an diesem Abend zu liefern – dies, obwohl sie wußte, daß Norah darüber in Aufregung geraten würde. Früher oder später mußte sie ja den Tatsachen ins Auge sehen. Tatsachen konnte man leichter ins Auge sehen als Verdächtigungen, und der Grund dafür lag auf der Hand: Tatsachen waren von Natur aus beschränkt auf das Mögliche, während Sorgen keine solchen Beschränkungen kannten.

»Vermutlich«, beendete sie ihren Bericht, »brachten ihn seine Wahnvorstellungen, mich zu beherrschen und für einen Mord programmiert zu haben, irgendwie auf die wirre Idee, mir eine Waffe in den Weg zu legen und mich zu ›zwingen‹, sie aufzuheben. Er stellt sich vor, daß –«

»Wie soll er denn an eine Waffe herankommen?« widersprach Diana. »Das wäre viel zu schwierig, selbst für einen nor–, für einen ganz gewöhnlichen Jungen, aber für so jemanden wie Christopher –«

»Das paßt nicht zu ihm. Das kann nicht sein!« unterbrach Norah. »Christopher könnte keiner Fliege etwas zuleide tun.«

Könnte er wohl. Hatte er sogar schon. Jedenfalls Spinnen. Norah versagte die Stimme. Sie faßte sich wieder und fuhr fort: »So etwas ist unmöglich. Die jungen Leute heutzutage besorgen sich ihre Waffen von Freunden, aber Christopher hat keine Freunde. Außerdem... Bridget, willst du das etwa alles der Polizei erzählen?«

»Das über Christopher und die Waffe?« Sie hielt einen Moment inne. »Nein. Wohl kaum. Ich glaube, das ist nicht nötig. Es ist ja lediglich eine Vermutung, daß es von Bedeutung sein könnte, was er da Verrücktes über einen Mord zu mir gesagt hat. Die Polizei interessiert sich nicht für Vermutungen. Die will von uns nur die Fakten wissen. Zum Beispiel, wie spät es war und in welchem Teil des Gartens wir Dr. Payne die Waffe haben aufheben sehen. Solche Dinge. Mehr brauchen wir der Polizei nicht zu erzählen. Mehr können wir ihr auch gar nicht erzählen. Eigentlich wissen wir überhaupt nichts.«

»Du sagst also bestimmt nichts über Christopher?« fragte Norah noch einmal nach. »Ich meine, die Polizei ruft bestimmt noch mal an. Ich weiß auch nicht, was ich dann sagen soll. Ich bin Mervyns Frau, ich wohne da, sie müssen davon ausgehen, daß ich wesentlich mehr weiß als ihr…«

»Ich wüßte nicht, warum…«, hob Bridget gerade an, im selben Moment klingelte das Telefon wieder.

Eine Schreckenssekunde lang sahen sie sich an, keine rührte sich. Bridget überwand als erste den Widerwillen, sich der gemeinschaftlichen Befragung zu stellen. Sie ging energisch durch den Raum. Sie hatte eine klare Vorstellung davon, was sie aussagen würde.

Ihr Erstaunen war groß, als ein ihr unbekannter Beamter der Polizeiwache von Medfield sie mit »meine Liebe« anredete. Doch im Bruchteil einer Sekunde erkannte sie die Stimme ihres Vaters und hörte auch den leisen Vorwurf darin heraus. Warum sie nicht wie versprochen zu Hause angerufen hätte, um den Grund für das unvorhergesehene Ereignis zu nennen, das ihre verfrühte Abfahrt gestern nötig gemacht hätte.

»Deine Mutter hat deinetwegen den ganzen Tag Höllenqualen gelitten«, rügte er sie. »Sie hat sich alle möglichen schrecklichen Dinge eingebildet. Sie wollte nicht anrufen, weil... Außerdem hast du gesagt, du würdest uns anrufen... Ah, hier kommt sie gerade... Es ist alles in Ordnung, Connie. Ich habe sie erwischt! Scheint alles gut zu sein. Hier, sprich du mit ihr.«

Und wieder das alte Spiel. Das vertraute Familienmuster: Bridgets Mutter, die sich danach sehnte zu erfahren, was ihre Tochter machte; und Bridget, die sich das Gehirn zermarterte, wie sie das verhindern konnte.

In Wahrheit wollen Mütter von ihren erwachsenen Töchtern ja nur hören, daß alles in Ordnung ist, daß sie nicht kurz davor sind, ihre Arbeit zu verlieren oder Liebeskummer haben.

Über eine Entfernung von hundert Kilometern oder mehr ist es einfach, mit Hilfe von ein paar kleinen und größeren Notlügen seiner Mutter glaubhaft zu versichern, daß es einem gutgeht. Bridget hatte das immer schon getan und würde es auch weiter tun. Das einzig Unangenehme an diesem Vorgehen war, daß es so bemühend war, für beide Beteiligten.

Wäre Bridget imstande gewesen, ihrer Mutter zu sagen, was tatsächlich gestern vorgefallen war – was hätte sich für ein interessantes Gespräch ergeben können. Ironischerweise wäre genau die Sorte Klatsch herausgekommen, die ihrer Mutter am liebsten war – solange die Heldin des Dramas eine x-beliebige Person war, bloß um alles in der Welt nicht die eigene Tochter.

Es war eine komplizierte Geschichte, die kaum langweilig nacherzählt werden konnte, aber Bridget gelang es. Ihre Mutter mußte vor der Wahrheit geschützt werden, wegen ihrer übertriebenen Sorgen. Wegen ihrer Liebe, um das Kind beim Namen zu nennen. Es ist die Liebe, die solche Barrieren zwischen Eltern und erwachsenen Kindern schafft. Gleichgültigkeit oder sogar Haß würden sich nicht so hemmend auswirken.

Als Norah feststellte, daß Bridget doch nicht die Polizei in der Leitung hatte, merkte sie erst, daß es ohnehin äußerst unwahrscheinlich gewesen wäre. Wie hätte die Polizei ihre Telefonnummer herausbekommen sollen, oder ihre Adresse? Norah hatte ihren Aufenthaltsort geheimgehalten. Oder, fragte sie sich jetzt beunruhigt, hatte Diana bei dem ersten Gespräch mit Christopher versehentlich ihre Adresse genannt? »Wenn du noch Fragen hast, kannst du mich hier erreichen«, hatte sie vielleicht gesagt und ihm wie selbstverständlich ihre Visitenkarte überreicht. Christopher hatte sie vielleicht seinem Vater gegeben oder sie einfach irgendwo liegengelassen. Hatten Christopher und sein Vater vielleicht sogar über das geplante Fernsehinterview gesprochen? Mit welchem Ergebnis? Sprachen sie überhaupt miteinander?

Sie mußte nachdenken. Nachdenken. Sie entschuldigte sich leise, sie wolle heute abend früh zu Bett gehen, und verzog sich auf ihr Zimmer. Sie machte die Tür zu, zog die Vorhänge vor und legte sich der Länge nach aufs Bett, die Augen geschlossen. Sie hatte nicht einmal das Licht eingeschaltet – wozu, wenn die Augen doch geschlossen waren? So konnte sie besser nachdenken, jedenfalls glaubte sie das.

Wenn man sich einmal die Folgen vor Augen führte, die Mervyns Brieffälschung nach sich zogen – und sie war sich hundertprozentig sicher, daß der angebliche Brief von Christopher eine Fälschung war –, mußte sie sich als erstes fragen, was für ein Verhalten sie von ihm erwartet hatte, jetzt, da er allein die volle Verantwortung für seinen schizophrenen Sohn übernehmen mußte. Sie selbst hatte ihn in diese Situation hineinmanövriert, mit Absicht und nach reiflicher Überlegung. Der leitende Gedanke dabei war gewesen, daß Mervyn, auf sich gestellt, konfrontiert mit dem absonderlichen und erschreckenden Verhalten seines Sohnes, zu der Erkenntnis gezwungen sein würde, daß irgend etwas mit dem Jungen nicht in Ordnung war. Er wäre gezwungen, seinen Standesdünkel zu überwinden und zur Kenntnis zu nehmen, daß er, der anerkannte Psychotherapeut, der Spezialist für Geisteskrankheiten, selbst einen geisteskranken Sohn hatte. Die Demütigung, die damit einherging, hatte er seit Jahren abgewendet. Nicht nur die Demütigung, die mit dem Bekanntwerden der Tatsache bei Kollegen und Patienten verbunden war, sondern, in einem viel stärkeren Maße, auch die Demütigung, sie vor sich selbst einzugestehen. Seine abstrusen Bemühungen, das Verhalten seines Sohnes als etwas zu interpretieren, was sich immer noch im Rahmen des Normalen bewegte, waren keine Heuchelei: Es war purer Ernst, ein letzter, verzweifelter Versuch, das Verhalten auch als normales anzusehen.

Norah hatte das alles längst verstanden; sie hatte es nur zu gut verstanden und viel zu lange Verständnis gehabt. Alles zu verstehen kann heißen, alles zu vergeben, sinnierte sie, aber es heißt nicht, daß man sich damit abfindet. Monatelang, jahrelang hatte sich Norah damit abgefunden, die verwünschte und verspottete Botin zu sein, der Prellbock zwischen Mervyn und dem immer kränkeren Sohn. Die ganze Zeit über behauptete ihr Mann beharrlich, es seien ihre eigenen Ängste, ihr eigenes neurotisches Verhalten, die ihren Sohn dazu zwingen würden, psychologische Abwehrmechanismen zu entwickeln, die manchmal auch absonderliche Formen annehmen könnten. Und natürlich machte es Dr. Paynes berufliche Qualifikation jedem schwer, erst recht seiner Frau, eine seiner Diagnosen anzuzweifeln. Besonders, als er ab einem bestimmten Zeitpunkt anfing, selbst daran zu glauben; er hatte sich im Laufe der Monate dazu gezwungen, hatte sich darin geübt, daran zu glauben. Alles andere wäre unerträglich gewesen.

Norah hatte das alles längst verstanden. Natürlich. Sie konnte sich nur nicht damit abfinden, so einfach war das.

Also gut. Was konnte ihrer Meinung nach passieren, wenn sie ihren Mann dazu bewegen würde, sich dem zu stellen, was so unerträglich war? Wirklich unerträglich. Wie verhielten sich Menschen, wenn aus dem Unerträglichen etwas Unausweichliches wurde?

Immer wieder im Laufe der Jahre hatte sich Norah verschiedentlich gefragt, ob ihr Mann vielleicht doch recht hatte. Ob nicht doch ihre eigene neurotische und irrationale Haltung die Wurzel des Übels war. Als sie Christopher am Vorabend nach ihrer zehntägigen Abwesenheit wohlbehalten und anscheinend vernünftig vorgefunden hatte, war dieser Gedanke kurz wieder aufgetaucht. Die Möglichkeit, daß seine Probleme auf Norahs eigenes Verhalten zurückgeführt werden könnten, hatte sie gleichzeitig verzweifelt und hoffnungsfroh gestimmt. Wenn tatsächlich sie die Schuld trug, dann lag es auch in ihrer Macht, etwas dagegen zu tun, und wenn es nur darin bestand, aus seinem Leben zu verschwinden.

Die nachfolgenden Ereignisse hatten diese Hoffnungen zunichte gemacht. Christopher ging es nicht besser. Es war ihm nur gelungen (nichts Ungewöhnliches bei Schizophrenen), vor Außenstehenden den Gesunden zu markieren. Jetzt dagegen, heute, war es so schlimm wie sonst auch. Schlimmer noch, wie das Zusammentreffen mit Bridget zur Genüge bewies. Norah hatte Bridgets Erzählung mit zunehmender Besorgnis gelauscht. »Ich kann Sie dazu zwingen, einen Mord zu begehen«, hatte er zu ihr gesagt, und Norah war wie gelähmt vor Angst. Sie hatte keine Angst um Bridget – die Androhung war offenkundiger Schwachsinn –, sondern davor, daß ihr Sohn Mordgedanken hegte. Das war ein neues Symptom, und es hatte etwas Unheilvolles, das vorher noch nie so deutlich sichtbar gewesen war. Was würde er mit solchen Mordgedanken im Kopf und mit seinem gestörten Verstand als nächstes anrichten? Und was hatte es mit der Waffe auf sich? Eine Pistole in einem Plastikbeutel, leichtsinnig in einem Blätterhaufen versteckt – das konnte doch nicht das Werk eines gesunden Menschen sein? Sie hatte steif und fest behauptet, Christopher könne unmöglich etwas mit der Waffe zu tun haben, aber sie glaubte ihren eigenen Worten nicht. Es war kein Zufall, daß die Waffe gleich unmittelbar nach der Morddrohung auftauchte.

Hatte Mervyn auch den Verdacht, daß es da einen

Zusammenhang gab zwischen der Waffe und seinem verrückten Sohn? Hatte Christopher seinem Vater die gleichen Dinge gesagt, die er Bridget gesagt hatte? Wenn Mervyn tatsächlich die Vermutung hatte, die Krankheit seines Sohnes könnte sich derart verschlimmern, daß Gewalttätigkeit von seiner Seite nicht mehr auszuschließen war, dann wäre das eine Erklärung für den gefälschten Brief. Es wäre der verzweifelte, ungeschickte Versuch eines Vaters, seinem Sohn ein Alibi zu verschaffen, für welche bevorstehende Gewalttat auch immer.

Angesichts dieser düsteren und schrecklichen Situation war es doch irgendwie rührend, mit welchen Mitteln Mervyn versuchte, seinem Sohn für ein noch nicht begangenes Verbrechen ein Alibi zu besorgen. Anscheinend liebte Mervyn seinen Sohn auf eine stolze und verzweifelte Art.

Liebte er den Sohn, so wie er heute war, den Kranken, den Verrückten? Oder war es doch nur das Bild des kleinen Jungen, der so gut in Mathematik und Musik war?

19

Am Montag morgen ging das Leben in der Wohnung wieder seinen gewohnten Gang. Bridget hatte den Eindruck, daß sie übertrieben auf die Situation reagiert hatten. Der Fund einer Faustfeuerwaffe in dem Blumenbeet eines Vorstadtgartens stellte in ihren Augen ein außergewöhnliches Ereignis dar, die Polizei jedoch würde es vielleicht ganz anders werten. So etwas war vermutlich Alltag für sie; wahrscheinlich tauchten jede Woche Dutzende von Faustfeuerwaffen an den unmöglichsten Orten auf und wurden bloß noch in eine Liste ähnlicher Funde eingetragen, bis durch irgendeine Gewalttat in der Gegend die eine oder andere Waffe als Beweisstück relevant wurde.

Bridget war beruhigt – um ihretwillen und um Norahs willen –, daß offenbar keine neue Krise bevorstand. Die Beschäftigung mit den Problemen anderer Leute verschlang viel Zeit, und Bridget war gerade in dieser Woche außerordentlich beschäftigt. Sie mußte sich auf zwei internationale Konferenzen außerhalb von London vorbereiten, und sie hatte etliche Termine mit einem polnischen Philosophen, der mehrere Stellen in ihrer Übersetzung seines Artikels über die »Linguistische Analyse und das Falsifikationsprinzip« mit ihr besprechen wollte. Ihre englische Version würde seinem lebhaften, kraftvollen Stil, mit dem er die Argumente seiner Gegner in ganz Europa und in Polen zerpflückte, nicht gerecht.

Da war etwas dran. Schon während der Arbeit war ihr klar gewesen, daß sie seinen Text zu wörtlich übersetzte, ohne wirklich zu begreifen, worauf er eigentlich hinauswollte. Vielleicht sollte sie sich besser in die Materie einlesen – Wittgenstein, Popper und andere –, bevor sie sich an eine Überarbeitung machte. Das hieß, sich einen Abend lang hinsetzen und konzentriert arbeiten, möglichst ohne Unterbrechung. Ein paar Tage Frieden und Ruhe standen ihr ja wohl zu, nachdem sie sich ein geschlagenes Wochenende mit Norah und ihren Problemen abgegeben hatte. Man konnte natürlich schlecht erwarten, daß das Wohl und Weh einer anderen Person und deren Probleme sich haargenau mit dem Maß an freier Zeit, die ihre Freunde zum Zuhören erübrigen konnten, abstimmen ließ, das war schon klar; aber irgendwie mußte man sich doch einigen. Es müßte ein Art ungeschriebenes Gesetz geben, überlegte sie: Wenn ich Dienstag mittag einen wichtigen Abgabetermin habe, den ich unbedingt einhalten muß – dann mußt du dein Herzeleid eben bis Dienstag nachmittag auf Eis legen. Im Idealfall mußt du dafür sorgen, daß dein Geliebter nicht vor Dienstag mittag mit dir Schluß macht, deine Katze nicht vorher überfahren wird, um nur zwei Beispiele herauszugreifen. Auf diese Weise kann Freundschaft gedeihen, und alle haben noch genügend Zeit, ihren Lebensunterhalt zu verdienen. So sollte es sein, im Idealfall.

Bridget konnte einen solchen Idealfall herstellen, vorübergehend, indem sie sich auf ihr Zimmer zurückzog, die Tür hinter sich schloß und die anderen ans Telefon gehen ließ. Diana war die perfekte Ergänzung dazu; sie hatte ihren Spaß daran und konnte mühelos Notlügen erfinden, warum Bridget nicht zu Hause sei, im Vertrauen darauf, daß Bridget das gleiche für sie tun würde, sollte es dazu einen Anlaß geben (zum Beispiel ein unerwartetes Auftauchen von Alistair). Außerdem hatten sie beide gute Übung darin, der jeweils anderen die Anrufe auszurichten, wortgetreu und diskret.

Leider hatte Professor Brzozowski sich ausgerechnet diesen Abend erkoren, um anzurufen. Bei dem, was er in seinem dicken osteuropäischen Akzent vorbrachte, seinen Artikel im *Journal of Linguistic Analysis* betreffend, wurde selbst Diana schwach; und die Dringlichkeit, die er trotz der Sprachbarriere zu vermitteln wußte, klang solchermaßen verzweifelt, daß sie sich genötigt sah, Bridget aus ihrer Abgeschiedenheit an den Apparat zu zitieren.

Die Frage nach dem Wesen der Wirklichkeit und ihrer Beziehung zu den menschlichen Denkprozessen mochte für manche Zeitgenossen keine besonders drängende sein – immerhin wurde das Problem seit mindestens dreitausend Jahren ohne Unterbrechung diskutiert –, für Professor Brzozowski dagegen stellte sich das etwas anders dar. Hatte er das Problem nicht ein für alle mal in seinem Artikel für die *Linguistic Analysis* gelöst? Wäre es nicht ein tragischer Verlust für die Menschheit, wenn ihr diese endgültige Lösung nicht in ihrer perfekten Klarheit vorgelegt würde? Einwandfrei übersetzt, würde der Artikel unwiderlegbare Argumente zugunsten seiner Interpretation der

Frage liefern, welchen Platz die Menschheit im Universum einnimmt – vorausgesetzt, er läge der Redaktion des *Journal of Linguistic Analysis* am Freitag morgen um neun Uhr vor.

Das Gespräch zog sich, wie zu erwarten war, in die Länge, wobei Bridget die zusätzliche Unannehmlichkeit hinnehmen mußte, das Kommen Alistairs aus dem Augenwinkel zu registrieren. Er trug eine Flasche Wein und hatte eine Zeitung unterm Arm, aber es gelang ihm trotzdem, ihr mit seiner freien Hand im Vorbeigehen an den Haaren zu zupfen und dazu noch ins Ohr zu flüstern: »Wie geht's, wie steht's, Klugscheißerchen?«, als sie gerade versuchte, den komplizierten Titel einer polnischen Zeitschrift mitzuschreiben, aus der der Professor zitierte.

Als die anstrengende Unterhaltung vorbei war, stand das Essen auf dem Tisch. Brathähnchen mit allen Zutaten. Diana, die mit dem Kochen an der Reihe war, mußte gewußt haben, daß Alistair heute kommen würde, hatte aber keinen vorgewarnt. Mußte sie auch nicht, aber trotzdem. Bridget sah die abendlichen Stunden konzentrierter Arbeit dahinschwinden, als sie nach dem Essen unvermittelt in das übliche Gespräch hineingezogen wurde. Norah hatte sich gleich in ihr Zimmer zurückgezogen, womit Diana freie Bahn hatte, zu Alistairs großem Vergnügen eine höchst anschauliche Beschreibung ihres Sonntagsausflugs und seiner Turbulenzen zu geben.

Er hörte wie immer mit einer wohldosierten Mischung aus Spott für weiblichen Klatsch und leidenschaftlicher Gier nach jedem noch so winzigen Detail zu. Sein ständiges Nachfragen entlockte Diana mehr solcher Details, als preiszugeben strenge Vertraulichkeit erlaubt hätte, aber Schaden konnte es auch nicht anrichten, besonders da jede weitere Eröffnung gewissenhaft mit »aber nur unter dem Siegel der Verschwiegenheit« eingeleitet wurde.

Die Geschichte mit der Pistole im Blumenbeet interessierte ihn besonders, und er drückte sein Erstaunen darüber aus, daß sie nicht alle drei bereits im Gefängnis saßen.

»Es steht nämlich in der Abendzeitung«, teilte er ihnen mit und wies dabei auf den *Standard,* der mittlerweile entblättert auf dem Teppich verstreut lag, wie das bei Zeitungen, die Alistair in die Finger bekam, unweigerlich geschah. »In der Zeitung steht, daß es in eurem Provinznest Medfield einen Mord gegeben hat. Das heißt, im Medfield Common. Das muß ganz in der Nähe sein. Man hat irgendwo im Unterholz eine Leiche gefunden, und unweit davon eine Faustfeuerwaffe. Morgen steht eure Lügengeschichte über eine Pistole in einem Blumenbeet auf der Titelseite jeder Zeitung. Im Polizeicomputer ist sie bestimmt auch schon drin, und die –«

»Schatz! Ich sage dir doch, die lag wirklich im Blumenbeet!« jammerte Diana. »Wir haben gesehen, wie Mervyn sie aufgehoben hat, stimmt's, Bridget? Es ist absolut keine Lügengeschichte. Es ist die Wahrheit!«

»Was hat denn das damit zu tun, meine Süße? Du glaubst doch nicht im Ernst, daß es auf die reine Wahrheit ankommt, oder? Du hast zuviel ferngesehen. Besser gesagt: Du hast zuviel Fernsehen gemacht. Das hat dir das Köpfchen verdreht. Ich habe dir immer gesagt, daß es deswegen irgendwann Ärger gibt. Es ist unausweichlich, daß man irgendwann die ganze Schuld abkriegt, wenn man sich jeden Tag voll und ganz engagiert und sich in Katastrophensituationen begibt. Es ist wie bei den Sozialarbeitern. Wenn irgendein Scheißkerl sein Kind verprügelt, ist das auch nicht seine Schuld, nein, der Sozialarbeiter, der ihn nicht davon abgehalten hat, der ist schuld. Beim Fernsehen ist es das gleiche. Das Fernsehen ist heute wie ein einziger gigantischer Sozialarbeiter, der keine Ausbildung nötig hatte. Das Fernsehen soll nicht nur alles Böse heilen, sondern das auch noch auf unterhaltsame Art. Dein Problem, meine liebe Di, ist deine Gutherzigkeit. Eigentlich besteht deine Arbeit darin, dich mit aller Macht auf das Unglück zu stürzen, aber dir steht dein Mitleid im Weg. Du bist zu empathisch. Du machst dir Gedanken über die Gefühle anderer Leute. Wenn Bridget diese Arbeit machen würde« – er warf einen spöttischen Blick in ihre Richtung –, »eine so kluge und so gebildete Frau, die nicht das geringste Verständnis für die Gefühle anderer Leute hat –«

»Schatz! Du bist ungerecht!« jammerte Diana erneut. »Bridget hat sehr wohl –«

»Also gut, also gut!« Alistair zuckte vor gespieltem Entsetzen zusammen, schloß die Augen und drückte sich in die Sofakissen. »Ich ziehe die Anklage zurück. Sagen wir es so: Bridget hat Verständnis für die Gefühle anderer Leute, aber sie hält sie nicht für sonderlich wichtig. Wie wäre es damit?«

Er öffnete die Augen zu schmalen Schlitzen, um zu sehen, wie Bridget das aufnahm.

Sie nahm überhaupt keine Notiz von ihm, schien gar nicht zuzuhören, sondern war eifrig damit beschäftigt, die Teile der zerpflückten Abendzeitung aufzulesen und die Seiten in der richtigen Reihenfolge ordentlich wieder zusammenzulegen.

»Ich kann nichts über den Mord entdecken«, äußerte sie, als sie die Zeitung durchgeblättert hatte. »Hast du das auch bestimmt nicht geträumt?«

»Geträumt? Meine Güte, wenn ich träume, dann von schöneren Dingen. Das kannst du mir glauben!« Sein Versuch, durch anzügliche Andeutungen Bridgets Blicke zu erhaschen, war gescheitert, denn sie suchte noch immer hektisch die Zeitung ab.

»Es steht nur unter ›Letzte Meldungen‹«, betonte er. »Es fiel mir auf, als ich die Aktienkurse durchlas, und ich muß sagen, ich schmunzelte darüber. Ich habe doch den Wagen um die Ecke geparkt, weil ich nicht wollte, daß die ganze Nachbarschaft mich da stundenlang an einem Ort sitzen sieht. ›Angenommen, hier passiert ein Mord‹, habe ich gesagt, natürlich nur so zum Spaß. Sollte man annehmen. Jedenfalls habe ich angenommen, es wäre nur so zum Spaß. Offenbar war es das nicht. Wahrscheinlich ist der Mord genau in dem Moment passiert, als ich es sagte.«

Er hörte sich selbstzufrieden an, geradezu stolz auf sich, so wie Leute, die durch Zufall erfahren, daß sie in einer bestimmten Sache von Anfang an recht hatten.

Endlich hatte Bridget die paar Zeilen aufgespürt.

»Das besagt nicht viel«, stellte sie fest. »Nur, daß Untersuchungen eingeleitet –« Sie brach mitten im Satz ab. »Norah! Ich dachte, du liegst längst im Bett!«

Im ersten Moment kam sich Bridget vor wie eine Schülerin, die beim Mogeln erwischt worden war. Wieviel hatte Norah gehört? War das von Bedeutung, wieviel sie gehört hatte? In ihrer augenblicklichen nervlichen Verfassung regte sie alles auf, diese Meldung also auch. Unauffällig schob Bridget die sauber gefaltete Zeitung hinter das Sofa, außer Sichtweite, und suchte händeringend, unter Alistairs zynischen Blicken, das Thema zu wechseln. Mit absichtlicher Boshaftigkeit – jedenfalls schien es so – machte er sich daran, jeden ihrer Versuche, unverfängliche Themen anzuschneiden, zu vereiteln. Urlaub in Südfrankreich? Sofort mußte er sie an das Paar erinnern, das dort im vergangenen Sommer erschossen worden war. Geplante Reform der Grundschulausbildung? Sogleich verwies er auf die Grundschulen in Amerika, wo Schüler jeden Morgen vor dem Unterricht auf Messer und andere Waffen abgesucht werden. Das herbstliche Rosenstutzen? Hatte nicht genau an der Stelle, wo Mervyn die Waffe gefunden hatte, auch ein Rosenstrauch gestanden?

Bridget gab es auf und war sehr erleichtert, als Norah, nachdem sie eine Zeitlang unentschlossen herumgeschlichen war, zum zweiten Mal gute Nacht sagte und aus dem Zimmer ging.

Jetzt, wo sie weg war, schien es angebracht, den Fernseher anzustellen. Vielleicht brachten die Nachrichten ja etwas über den Mordfall. Und tatsächlich: Die Polizei leitete Ermittlungen ein und bat die Öffentlichkeit um Mithilfe. Wem in der Umgebung etwas Ungewöhnliches aufgefallen sei… kürzlich in dem Waldstück des Common spazierengegangen sei… irgend etwas Verdächtiges beobachtet hätte… »Jeder Hinweis, und sei er noch so belanglos, könnte der entscheidende Hinweis sein, nach dem wir suchen.«

Die Nachrichten gingen zu Ende, und die Gruppe löste sich auf. Alistair und Diana machten es sich in ihrem Doppelbett gemütlich, und Bridget kehrte an ihren Schreibtisch zurück, um sich nach der langen Unterbrechung erneut ihrer Arbeit zu widmen.

Sie war so vertieft darin, daß ihr die leisen Geräusche, die Norah unwillkürlich machte, als sie aus ihrem Zimmer rüber ins Wohnzimmer schlich, gar nicht auffielen. Norah hatte die ganze Zeit gewartet, schlaflos in die Finsternis gestarrt, bis sie sicher war, daß die anderen sich für den Rest des Abends in ihre Zimmer begeben hatten. Heimlich, wie ein Einbrecher, ging sie barfuß durch den Flur, über den weichen, hellen Wohnzimmerteppich, der ihre Schritte dämpfte, und zog die Abendzeitung hinter dem Sofa hervor, die sie Bridget dort hatte verstecken sehen. Sie wagte nicht, sie gleich aufzuschlagen, sondern verzog sich damit auf Zehenspitzen in die Abgeschiedenheit ihres Zimmers; und selbst dort achtete sie peinlichst darauf, jedes Rascheln beim Blättern zu vermeiden. Es könnte ja noch jemand wach liegen. Es könnte jemand an der Wand lauschen.

Infolge der Vorsichtsmaßnahmen dauerte es ein paar Minuten, bis sie die Meldung, die ihre Freunde so auffällig vor ihr hatten verbergen wollen, gefunden hatte. Sie las sie nicht nur einmal, sie las sie zwei-, dreimal durch, obwohl sie nur kurz war.

»Das besagt nicht viel«, hatte Bridgets Kommentar gelautet; und oberflächlich betrachtet war das sicher der Fall. Für Norah dagegen besagte sie viel. Eigentlich war es gar nicht nötig, die Meldung immer und immer wieder zu lesen, denn ihr war auf den ersten Blick klar gewesen, was passiert war.

20

Bridget mußte am nächsten Morgen früh aufstehen, bevor es hell wurde. Sie staunte nicht schlecht, als sie die Küche betrat und Diana dort vorfand. Sie lehnte verträumt an der Anrichte, während neben ihr im Elektrokessel das Wasser kochte. Zum Glück schaltete sich das Gerät automatisch ab, wenn es nicht die gebührende Beachtung fand, und pflichtbewußt tat es das auch, in dem Moment, als Diana anfing zu sprechen.

»Oh, Bridget. Ich habe wundervolle Nachrichten!« stieß sie hervor. »Ach so – na gut! Mach dir ruhig zuerst deinen Kaffee. Ich bin viel zu glückselig, um mich mit solchen Dingen abzugeben. Wirklich!«

Viel zu glückselig, um sich um ihren Kaffee zu kümmern? Bridget löffelte sich das Kaffeepulver in ihre Tasse und stellte insgeheim ein paar Vermutungen an: das Angebot einer Spitzenposition bei einem der neuen Sender? Oder hatte Alistair sich endlich zu der entscheidenden Frage durchgerungen? Oder – hier verließ sie der Mut – könnte es sein, daß…?

Ja. Es konnte sein. Dianas Regel war seit fünf Tagen überfällig. »Ich habe extra nichts gesagt, weil ich Angst hatte – du weißt, von wegen ›das Schicksal herausfordern‹ und so!« frohlockte sie. »Gestern abend befürchtete ich schon, es würde losgehen, aber es kam nichts. Keine Spur. O Bridget, ich bin – wie elektrisiert! Fünf Tage! So spät ist sie noch nie gekommen!«

Doch, war sie wohl. Bridget konnte sich nur zu gut daran erinnern. Sosehr sie die feste Entschlossenheit ihrer Freundin, ein Kind zu bekommen, auch bedauerte, viel mehr fürchtete sie das Heulen und die Verbitterung, die die ganze Wohnung erfüllen würden, wenn nach fünf, sechs oder sieben Tagen die verfrühten Hoffnungen verpufften.

Jedenfalls war es beim letzten Mal so gewesen, und obwohl Bridget sich größte Mühe gegeben hatte, Mitleid zu empfinden und ihre enorme Erleichterung darüber zu verbergen, daß die drohende Wende in ihrem gemütlichen gemeinschaftlichen Zusammenleben ausblieb, war es doch eine traumatische Angelegenheit gewesen. Dianas Enttäuschung und Niedergeschlagenheit hielten – wie lange? Tage? Wochen? – jedenfalls viel zu lange an. Hinzu kam das Ärgernis, daß Alistair, *fons et origo* der ganzen Angelegenheit, aller Streß und alles Leid erspart blieb. Diana hatte ihm weder ihre aufkeimenden Hoffnungen noch deren anschließenden Zusammenbruch offenbart. Daß ihn der Gedanke an eine Schwangerschaft Dianas gestört, ja entsetzt hätte, stand natürlich außer Frage. Daran zweifelte selbst Diana nicht. Sie klammerte sich hartnäckig an die Theorie, es würde ihm schon gefallen, wenn er sich erst mal daran gewöhnt hätte (»Männer sind eben so«), und wenn das Kind erst mal auf der Welt wäre, würde er es vergöttern.

Das würde er keineswegs, in dem Punkt war sich Bridget absolut sicher; ob er dagegen die Mühen der Vaterschaft als so belastend empfinden würde, daß er seine Zelte in seiner behaglichen Zweitwohnung bei Diana und Bridget abbrechen würde – in dem Punkt konnte man seine Zweifel haben. Wenn es Diana irgendwie gelang, ihn vor gestörter Nachtruhe, unterbrochenen Mahlzeiten und all den anderen Unerfreulichkeiten der Elternschaft zu bewahren, würde er sich vielleicht doch dazu durchringen dazubleiben. Diana würde ihm das als »das Kind vergöttern« auslegen. Er wäre nicht lieblos zu dem Kind: Wie er selbst bei anderer Gelegenheit betont hatte, war Lieblosigkeit zu anderen Menschen übermäßig zeitaufwendig; sie führte immer zu unnötiger Aufregung, und ein beschäftigter Mensch hatte Besseres zu tun, als sich unnötig aufzuregen.

Diese Gedanken schossen ihr durch den Kopf, und Bridget hatte ihre Schwierigkeiten, Diana von ganzem Herzen zu gratulieren; trotzdem gab sie sich alle Mühe. Sie bereitete eine zweite Tasse Kaffee zu und stellte sie ihrer Freundin hin, und erst jetzt fand sie den Mut, sie mit vorsichtigen Worten zu warnen. Fünf Tage seien in dieser Hinsicht nicht gerade lang; das könne jeder Frau passieren. »Besonders, wenn man an nichts anderes mehr denkt, so wie du.«

»Oh, Bridget, es ist ja nicht das allein! Meine Brüste spannen so, und das ist eines der ersten Anzeichen, das sagen alle. Und noch etwas – ich weiß nicht, wie ich es erklären soll, aber ich kann das Baby schon förmlich in mir spüren! Wirklich! Ich weiß auch, daß es noch keinen Millimeter groß ist, das ist mir alles bekannt, das ganze wissenschaftliche Zeug, ich kenne es. Aber da ist noch etwas anderes, etwas, das über alle Wissenschaft hinausgeht. Es ist schon ein kleines Wesen, ich fühle es. Es ist mein Kind, und ich liebe es, ich liebe es, ich liebe es...! O Bridget, das Kind wird mit Liebe überschüttet! Was ihm auch widerfährt, so eine Liebe wird das Kind für alles entschädigen.«

Bridget hoffte, sie könne ihre gedämpfte Reaktion auf die Überschwenglichkeit ihrer Freundin verbergen, als sie jetzt von ihrem Stuhl aufstand und die Küche durchquerte, um das Rollo vor dem Fenster hochzuziehen. Es wurde allmählich hell, und über den Dächern, hinter der blaßgelben, von Wolkenfetzen durchzogenen Dämmerung, kroch der Tageshimmel heran. Sie blieb fast eine ganze Minute dort stehen, mit dem Rücken zu Diana, und versuchte sich gedanklich, besser gesagt gefühlsmäßig auf die neue Situation einzustellen.

Sie fühlte sich belästigt. Das, so mußte sie zu ihrer Schande gestehen, war ihr vorherrschendes Gefühl. Und sie fühlte sich um so mehr belästigt, als sie schon mit einer anderen großen Unannehmlichkeit fertigwerden mußten – mit Norah und ihren Problemen –, und nun auch das noch. Dabei hatte sie sich gerade vorgenommen, sich stärker in die traurigen Ereignisse von Medfield einzumischen. Nicht aus freiem Willen, ganz und gar nicht, sondern weil es aus ihrer Sicht eine staatsbürgerliche Pflicht war und unvermeidlich.

Wäre das auch Norahs Sicht, wenn sie erfuhr, was Bridget getan hatte? Oder würde sie es keineswegs als staatsbürgerliche Pflicht, sondern vielmehr als blanken Verrat ansehen?

Bridget mußte sie einweihen, auf jeden Fall. Zum einen würde Norah es am Ende doch erfahren, und zum anderen war es nur anständig, ein Gebot der Redlichkeit, sie ins Bild zu setzen.

Wenn sie es hinter sich gebracht hätte, würde sie sobald wie möglich eine Gelegenheit suchen, mit Norah allein zu sprechen.

Die Gelegenheit ergab sich am frühen Nachmittag. Diana, offenbar ganz auf die anstehende Arbeit konzentriert und nicht ihren widerruflichen Träumen von Glückseligkeit nachhängend, war beim Sender, und man konnte davon ausgehen, daß es sehr spät werden würde. Alistair hatte sich freigenommen und würde, wenn man Glück hatte, nicht vor morgen wiederkommen. Als Bridget daher nach einem hastigen Mittagessen am Bahnhofsimbiß zurück in die Wohnung kam, fand sie Norah allein vor, wie sie gehofft hatte. Das heißt, nicht wirklich gehofft: Sie freute sich ja nicht von ganzem Herzen darüber.

Norah wirkte bereits so, als sei sie auf das so unerfreuliche Gepräch, das Bridget mit ihr führen wollte, gefaßt. Wurde es dadurch einfacher oder schwieriger? Sie saß vorne auf der Kante des Sofas in dem großen, hellen Wohnzimmer und schien nichts weiter zu machen, als durch die hohen Fenster den Ausschnitt des winterlichen Himmels zu betrachten.

Sie sah argwöhnisch auf, als Bridget durchs Zimmer auf sie zukam, aber sie sagte keinen Ton, nicht mal »Hallo«, und erwiderte auch Bridgets Gruß nicht. Ohne weitere Vorrede zog sich Bridget einen der Eßtischstühle mit gerader Rückenlehne heran (es war kein Anlaß, sich bequem niederzulassen), setzte sich Norah gegenüber und fing an.

»Hör mal, Norah. Ich will dich nicht unnötig aufregen, aber ich muß es dir sagen, das bin ich dir schuldig...« Und sie berichtete ausführlich von dem Gespräch, das sie am Morgen mit der Polizei geführt hatte, und wie sie dabei die seltsame Begegnung mit Christopher am Sonntag abend geschildert hatte.

»Ich mußte es einfach der Polizei erzählen«, erklärte sie. »Ich glaube, du warst nicht dabei, als wir gestern abend die Nachrichten sahen. Die Öffentlichkeit wurde aufgefordert, alles Ungewöhnliche, das ihr kürzlich in der Gegend um Medfield aufgefallen sei, der Polizei zu melden. Und meine Begegnung mit Christopher war nun wirklich ungewöhnlich. Und die Waffe in eurem Vorgarten genauso. Davon habe ich der Polizei auch erzählt. Ich mußte es einfach tun. Es tut mir leid, Norah. Ich weiß, wie du dir vorkommen mußt. Christopher ist dein Sohn, und es muß furchtbar für dich sein, wenn auch nur der geringste Verdacht auf ihn fällt, aber das läßt sich nun mal nicht vermeiden. Wenn es um Mord geht, muß man der Polizei helfen, das ist absolute Pflicht. Außerdem kann sich schnell herausstellen, daß Christopher überhaupt nichts damit zu tun hat. Es ist durchaus wahrscheinlich, daß es reine Mordphantasien waren, als ich mit ihm sprach. Er phantasiert doch andauernd irgend etwas, oder? Und wenn nicht mehr dahintersteckt, dann wird das die Polizei sehr schnell begreifen und nicht weiter gegen ihn ermitteln. So wird es aller Wahrscheinlichkeit nach geschehen, wenn du es dir recht überlegst. Aber angenommen, es kommt zum Schlimmsten,

Norah. Angenommen, es stellt sich doch heraus, daß die Waffe, die dein Mann gefunden hat, von Christopher dort hingelegt wurde. Und angenommen, Christopher hat, in einer Art Verblendung, als Teil seiner Phantasie, einen Menschen erschossen. Selbst dann, Norah, würde ihm nichts Schreckliches passieren. Man fände sehr schnell heraus, daß er psychisch instabil ist, und er würde nicht als normaler Krimineller behandelt. Jedenfalls würde man ihn nicht ins Gefängnis stecken. Er würde zur psychiatrischen Begutachtung geschickt und anschließend zur Behandlung. Stationäre Behandlung, in irgendeinem Krankenhaus. Und mal ehrlich, Norah, was Besseres könnte ihm doch gar nicht passieren. Du hast doch selbst gesagt, du würdest schon seit Jahren versuchen, seinen Vater davon zu überzeugen, daß der Junge fachärztliche Behandlung braucht. Sieh doch – auf diese Weise bekommt er die fachärztliche Behandlung, ob das seinem Vater nun paßt oder nicht. Dein Mann hat nicht die geringste Möglichkeit, das zu verhindern. Es steht nicht in seiner Macht.

Überleg doch mal, Norah. Natürlich wünscht sich niemand, daß es diese tragische Wendung nimmt, aber trotz allem ist es vielleicht das Beste – das Allerbeste –, was Christopher passieren könnte.«

Erst jetzt fiel Bridget auf, daß sie die ganze Zeit redete und redete und daß Norah noch immer kein einziges Wort gesagt hatte. Sie schaute in Bridgets Gesicht, so wie man sich einen Film im Fernsehen anschaut: wie ein unbeteiligter Zuschauer, für den der Ausgang des Dramas ohne Bedeutung ist.

Bridget machte eine Pause, wartete auf eine Reaktion, und als keine erfolgte, fuhr sie fort: »Das kann im schlimmsten Fall passieren, vermute ich mal. Im anderen Fall – und den halte ich für viel wahrscheinlicher – hat Christopher nichts mit dem Mord zu tun. Nicht das geringste. In dem Fall werden die Beweise ihn freisprechen. Es wird sich eindeutig erweisen, daß er es nicht gewesen ist.«

Endlich, zu guter Letzt, richtete sich Norah anscheinend doch noch auf.

»Das stimmt«, sagte sie. »Er war es nicht. Er kann es gar nicht gewesen sein. Christopher ist nämlich der Tote.«

21

Norah lag wieder auf ihrem Bett, schlaflos, mit trockenen Augen, und starrte ins Nichts. Diesmal jedoch war es nicht einmal dunkel im Zimmer. Sie hatte die Vorhänge zugezogen, um das letzte bißchen Nachmittagssonne abzuschirmen, aber natürlich ließ sich das Sonnenlicht, das ganze Licht der Erde, nicht leicht in Schach halten. Durch die Falten des schweren Veloursstoffes drang ein diffuses, dunstiges Licht ins Zimmer, ließ alles verschwimmen, aber nichts verschwinden. Selbst das ins Abstrakte gehende, beklemmende Bild der in sich zusammengesunkenen weiblichen Gestalt, die auf einem schiefen Stuhl saß, ließ sich noch als finsteres Rechteck vor dem helleren Hintergrund der Wand ausmachen.

Einem Beobachter, hätte es einen gegeben, wäre Norah völlig entspannt erschienen, aber in Wahrheit versuchte sie angestrengt, etwas zu fühlen, irgend etwas.

Sie stand unter Schock, dem Taubheit auslösenden Schock eines schweren Verlustes, der für wenige gnadenreiche Stunden oder Tage der gequälten Seele Linderung verschafft.

Diese Taubheit war jedoch mehr als bloß dem Schock zuzurechnen. Norah spürte das, und sie kämpfte dagegen an, so wie man sich bemüht, aus einem bösen Traum aufzuwachen. Oder würde, wenn ihre Geisteskräfte wiederkehrten und sie aus dem bösen Traum aufwachte, der wahre Alptraum erst richtig anfangen?

Es war mittlerweile über zwölf Stunden her, daß sie von Christophers Tod erfahren hatte, vielmehr, ihn bestätigt gefunden hatte, denn beim Überfliegen der kurzen Meldung in der Zeitung war da das seltsame Gefühl in ihr aufgekommen, es schon immer gewußt zu haben: die ganzen langen Jahre über, selbst während der glücklichen, unbeschwerten Kindheit ihres Sohnes, mit sicherem Gespür gewußt zu haben, daß es genau so enden würde mit ihm.

Natürlich traf das nicht zu, sie hatte nichts dergleichen gewußt oder gespürt. Wie auch? Es kam ihr jetzt nur so vor. Vielleicht kam es einem immer so vor, wenn so etwas geschah.

Der Schock?

Irgendwie mußte sie versuchen, mit sich ins reine zu kommen, ganz zu erfassen, was geschehen war. Sie mußte nachdenken, und mit leisem Erstaunen stellte sie fest, daß zwar jegliche seelische Regung aus ihr entwichen war, daß aber ihr Verstand noch funktionierte, sogar ungewöhnlich scharf war.

Betrachtete man die Ereignisse leidenschaftslos, wurde deutlich, daß die ganze Sache ihre Schuld war. Nicht, daß sie sich schuldig fühlte – das Gefühl der Schuld lag, wie alle anderen Gefühle auch, vorübergehend außerhalb ihrer Reichweite und konnte sie weder behelligen noch ihr Urteil trüben. Im Moment war Norah in der Lage, klar zu erkennen, vielleicht klarer, als es je wieder der Fall sein würde, was geschehen war und warum es geschehen war.

Alles hatte mit ihrer Entscheidung angefangen, von zu Hause wegzulaufen. Damals schien dies nicht nur gerechtfertigt, sondern geradezu unvermeidlich; es war die einzige ihr verbleibende Möglichkeit. Sie war am Ende ihrer Kräfte angelangt und nicht mehr in der Lage, mit Christophers immer schlimmeren Wahnvorstellungen fertigzuwerden. Zusätzlich erschwert wurde diese ohnehin nicht leichte Aufgabe durch die zwanghafte Weigerung ihres Mannes zu akzeptieren, daß etwas mit seinem Sohn nicht stimmte. Er konnte es einfach nicht ertragen. Nicht nur sein berufliches Ansehen als anerkannter Psychiater stand dabei auf dem Spiel, vielmehr sein Selbstwertgefühl. Daß er, Dr. Mervyn Payne, der gutaussehende, intelligente, erfolgreiche Facharzt, ausgestattet mit allen für zukünftige Generationen trefflichen Qualitäten, ein dermaßen geschädigtes Kind in die Welt gesetzt haben sollte – diesen Gedanken konnte er nicht ertragen.

Das wollte er nicht zur Kenntnis nehmen.

Also zwinge ich ihn dazu, es zur Kenntnis zu nehmen – hatte Norahs Entschluß an jenem verhängnisvollen Tag gelautet. Ich verlasse ihn, damit er selbst mal eine Zeitlang mit Christopher zurande kommen muß, dann wird er sich mit der Wahrheit abfinden müssen; dann wird er etwas dagegen tun müssen.

Ihr Trick hatte funktioniert. Er hatte so gut funktioniert, wie sie es in ihren kühnsten Träumen nicht erwartet hätte. Mervyn hatte tatsächlich der Wahrheit ins Gesicht gesehen, und er hatte tatsächlich etwas dagegen getan. Er hatte den Jungen erschossen. Lieber einen toten Sohn als eine nicht enden wollende Demütigung, eine Belastung, eine Quelle der Scham, tagein, tagaus, bis ans Lebensende.

Rechnete Mervyn damit, ungestraft davonzukommen? Natürlich rechnete er damit. Derselbe anmaßende Stolz, dieselbe Überheblichkeit, die ihn zu der Tat getrieben hatten, nährten auch seinen Glauben daran, es stünde in seiner Macht, den Folgen zu entgehen. Auf seiner Seite waren sein hohes berufliches Ansehen, seine wache Intelligenz und seine guten juristischen Kenntnisse. Die Leiche war noch nicht identifiziert, vielleicht würde sie nie identifiziert werden. Vielleicht würden irreführende Papiere dem Toten in die Tasche gesteckt, die Polizei absichtlich auf eine falsche Fährte gelockt, vielleicht sogar in einen entlegenen Teil des Landes. Gehörte es bei der Identifizierung von unbekannten Toten nicht zur allgemeinen Routine, daß die Daten mit der Liste der vermißten Personen in den Polizeicomputern des Landes verglichen wurden? Christopher würde auf keiner solchen Liste auftauchen, denn Mervyn hatte bereits Vorsichtsmaßnahmen getroffen, sich diesen gefälschten Brief ausgedacht, der beweisen sollte, daß der Junge in der besagten Woche zelten gewesen war. Es würden noch mehr Briefe zum Vorschein kommen, um auch die folgenden Wochen abzudecken, bis das öffentliche Interesse nachließ. Die Tatsache, daß Christopher keine Freunde hatte, würde die Sache nur erleichtern. Keiner würde ihn vermissen oder ihn besuchen oder ihn irgendwohin einladen. Sein tragisches Leben, bereits vollendet, würde sehr schnell in Vergessenheit geraten. Sollte sich gelegentlich doch jemand nach ihm erkundigen, würde sein Vater die Nachfrage mit irgendeiner plausiblen Erklärung abtun. Der Junge war achtzehn, alt genug, um allein auf Reisen zu gehen, wie so viele seiner Altersgenossen das machten, irgendwo am anderen Ende der Welt. So etwas war sehr beliebt heutzutage. Wer würde da schon weiter nachbohren? Oder sich auch nur interessiert zeigen? Mal ehrlich – wen interessierte denn schon, was die achtzehnjährigen Kinder anderer Leute machten?

Die Mutter des Jungen, die hätte natürlich ein Interesse. Aber hatte sie denn nicht den Brief gelesen, in dem von dem angeblichen Campingurlaub die Rede war? Es könnten weitere gefälschte Briefe folgen, Erwähnungen von gelegentlichen Anrufen aus dem Ausland. Norah, die aus dem gemeinsamen Haus ausgezogen war – eine glückliche Fügung des Schicksals –, brauchte sich nicht zu wundern, daß diese Anrufe sie nie erreichten.

So etwa würde Mervyns Strategie aussehen. Und alles wäre nicht passiert – hätte gar nicht passieren können –, wenn Norah auf dem Posten geblieben wäre, statt wegzulaufen. Sie hätte zu Hause bleiben, verzweifelt vor sich hin leiden können, mit ihrer Weisheit am Ende – aber Christopher wäre noch am Leben.

Es war alles ihr Werk, alles, und trotzdem empfand sie keine Schuld, keine Trauer, keine Reue, absolut nichts.

Als sie aufwachte, war es bereits ziemlich dunkel. Sie stand auf, schob den schweren Vorhang ein Stück beiseite und schaute auf die verlassene Straße hinunter, die ruhig im Licht der in großen Abständen aufgestellten Laternen dalag. Kein Fußgänger weit und breit, nur gelegentlich ein Auto.

Es mußte schon sehr spät sein, die Rush-hour längst

vorbei. Es war allerdings auch keine Hauptstraße, der Verkehr floß die meiste Zeit des Tages gleichmäßig dahin. War es bereits nach Mitternacht? Oder herrschte gerade die andere ruhige Phase im Londoner Verkehr, die Stunde zwischen neun und zehn Uhr, wenn die arbeitende Bevölkerung zu Hause und die Nachtschwärmer bereits unterwegs waren und noch nicht zurückerwartet wurden?

An diesem Punkt ihrer Grübeleien sah Norah, daß sich ein Wagen näherte und abbremste. Ein gelber Wagen, soweit sich das in dem trügerischen Licht erkennen ließ – Dianas Wagen. Diana, schlank, elegant, angetan mit einem glänzenden Kleidungsstück unter dem Mantel, entstieg dem Wagen. Sie beherrschte diese Geste perfekt; bei ihr wirkte es nicht ungeschickt und mühevoll wie bei den meisten Frauen, sondern leicht und beschwingt wie bei einer Ballettänzerin. Aus der anderen Tür quälte sich Alistair, alles andere als ein Ballettänzer, und seine Stirnglatze schimmerte in dem kalten grünlichen Licht.

Schritte. Türen, die geöffnet und wieder geschlossen wurden… und dann das Geräusch von Stimmen aus dem Wohnzimmer. Nein, keine richtigen Stimmen, es mußte das Radio sein. Nein, das Fernsehen. Die Zehn-Uhr-Nachrichten.

Bestimmt würden sie etwas über Christopher bringen, obwohl sie natürlich nicht wissen konnten, daß es Christopher war. Die Leiche war noch nicht identifiziert.

Oder doch? Norah raffte sich auf, die Neugier hatte über ihren Widerwillen gesiegt. Es war eine selten reine Form des Widerwillens, ohne jede Beimischung von Schmerz, ohne jede Vorahnung. Es war, als sollte sie die nächste

Folge einer faszinierenden Geschichte über jemanden erfahren, der nichts mit ihr zu tun hatte, und als sie sich jetzt ins Wohnzimmer schlich und sich zu den beiden anderen vor dem Fernseher gesellte, befand sich ihr Interesse an dem geheimnisvollen Mordfall in etwa auf der gleichen Stufe wie das ihre. Sie war neugierig, so wie sie, und sie wollte erfahren, ob es irgendwelche Fortschritte bei der Identifizierung der Leiche gegeben hatte.

Aber eigentlich war es egal. Norah fühlte sich durch das Thema nicht persönlicher betroffen als ihre beiden Mitbewohner.

Wahrscheinlich sogar weniger betroffen, sie kannte die Lösung des Rätsels ja bereits.

Es war kein echter Fortschritt erzielt worden. Der in der Anoraktasche des toten Mannes gefundene Schnipsel einer Fernfahrkarte legte nahe, daß er irgendwo aus der Nähe von Tyneside stammte. Vielleicht, so wurde spekuliert, war er in den Süden des Landes gefahren, um dort Arbeit zu suchen.

Norah fragte sich, wie Mervyn an diesen Schnipsel gekommen war. Aber vielleicht war das gar nicht so schwierig. Man brauchte nur lange genug am Busbahnhof herumzulungern und die Papierkörbe im Auge zu behalten. Die Frage beschäftigte sie nicht weiter. Ihr Interesse erregten vielmehr das seichte Geschwätz und die Vermutungen, die von ihren beiden Mitbewohnern angestellt wurden, sobald das Fernsehen abgeschaltet worden war.

»Mervyn kann von Glück sagen, daß er die Waffe vor dem Mord gefunden und der Polizei übergeben hat!« stellte Alistair fest und streckte seine Beine in ihrer üblich behindernden Weise in voller Länge auf dem Teppich aus. »Wie wäre es mit einem Schlaftrunk nach unserem schweren Abend, Schatz?« Diana, seinen Wunsch vorwegnehmend, war bereits zu dem Glasschrank gestürzt, wo die Getränke aufbewahrt wurden.

Whisky, natürlich, etwas anderes tranken sie nicht, und Norah schüttelte stumm den Kopf, als ihr davon angeboten wurde. Sie mochte keinen Whisky, und ihr Mund war aus irgendeinem Grund ohnehin schon schrecklich trocken, sie wollte es mit Alkohol nicht noch schlimmer machen. Außerdem war sie nicht richtig anwesend; die beiden glaubten nur, sie sei da, weil sie Norah sehen konnten. In Wirklichkeit war sie irgendwo da oben, eine Fliege an der Decke, hörte zu, nahm aber nicht am Geschehen teil. Interessant, daß die beiden davon ausgingen, Mervyn hätte die Waffe wie versprochen der Polizei übergeben. Natürlich hatte er das nicht getan; er wollte nur ein paar Zeugen haben, die seine Absicht, sie zu übergeben, bestätigen sollten – sollte je danach gefragt werden.

Mit an Sicherheit grenzender Wahrscheinlichkeit wäre nie danach gefragt worden, hätte nicht Bridget voreilig der Polizei ihre Enthüllungen preisgegeben. Aber davon wußte Mervyn ja noch nichts. Er würde sich weiterhin in Sicherheit wähnen.

Diana und Alistair hockten mittlerweile friedlich vereint auf dem Sofa und stellten genüßlich weiter Vermutungen an, wie es charakteristisch ist für Unbeteiligte, die sich über die tragischen Ereignisse im Leben anderer Leute auslassen.

»Und natürlich«, sinnierte Diana, »kann sich auch herausstellen, daß es Selbstmord war. Man weiß doch, wie die jungen Leute heute sind. Kopfschuß aus kürzester Entfernung... so machen es die Männer meistens, sagt man. Die Frauen nehmen dagegen lieber Tabletten. Das kann ich bestätigen. Als wir damals den Beitrag über die Samariter drehten, sagten die uns, achtzig Prozent –«

»Du herzloses kleines Ungeheuer!« warf Alistair zärtlich dazwischen und zog Diana näher zu sich heran. »Für dich ist das alles gefundenes Fernsehfressen, stimmt's? Mord, Vergewaltigung, was weiß ich, für dich ist das bloß –«

»Das ist nicht wahr, Schatz!« rief Diana und rückte von ihm ab, halb lachend, halb beleidigt. »Du weißt genau, daß mir das alles sehr nahegeht. Weißt du noch, wie ich nach dem Interview mit der Mutter von dem armen Mädchen heulend nach Hause kam? Diesem fünfzehnjährigen Mädchen, das gestorben ist, nachdem sie dreißig Aspirin geschluckt hatte? Normalerweise reicht das nicht, um sich umzubringen, aber die Kleine hatte Pech. Es war ein Hilferuf, das sind Selbstmorde oft. Vielleicht war es bei dem armen Kerl im Common das gleiche, ein Hilferuf. Woher soll man das wissen?«

»Man weiß es«, sagte Alistair. »Man weiß es sehr wohl. Kopfschuß aus kürzester Entfernung – das hört sich für mich nicht nach einem Hilferuf an. Eher nach jemandem, der es zur Abwechslung mal ernst meinte. Fragt sich nur, zu wessen Abwechslung. Auch Mord kann ein Hilferuf sein. Schon mal darüber nachgedacht? Könntest du das den Fernsehmoguln nicht mal begreiflich machen? Das wäre doch mal was anderes als ewig diese langweiligen Geschichten über Vergewaltigungen und mißbrauchte Frauen und ausgebeutete Heimpfleger.« Er langte nach der Schale mit Nüssen und fingerte emsig wie ein Eichhörnchen nach der letzten übriggebliebenen Cashewnuß zwischen den gesalzenen Erdnüssen.

»Apropos«, fuhr er fort, »hast du eigentlich immer noch vor, an den Unglücksort zurückzufahren und weiter in dem Vorstadthäuschen herumzuschnüffeln? Die scheinen mir das Unglück gepachtet zu haben. Hast du nicht immer gesagt, du wolltest auf keinen Fall, daß du schuld bist, wenn einem deiner Interviewpartner etwas passiert? Dein Jeremy oder sonstwer würde dir gehörig den Marsch blasen? Hast du das nicht immer gesagt?«

»Sei still, Alistair!« Sie stupste ihn kräftig, als Mahnung, daß Norah sich über solches Gerede aufregen könnte. Eigentlich als Mahnung, daß Norah noch immer anwesend war.

Sie war natürlich nicht anwesend, aber das konnte Diana nicht wissen, da Norah doch direkt vor ihr saß, klein und zusammengekrümmt und still, in den Tiefen eines Polstersessels. Und obwohl sie eigentlich nicht richtig anwesend war, ertappte sich Norah doch bei dem Wunsch, Diana hätte ihren rücksichtslosen und taktlosen Geliebten nicht so übereilt zum Schweigen gebracht, sondern auf seine Frage geantwortet. Wollte sie die Interviews nun machen oder nicht? Jetzt würde Christophers Vater ihr die Haustür öffnen, und wenn sie ihn allzu hartnäckig nach dem Verbleib seines Sohnes befragte, konnte es sein, daß sie nicht lebend aus dem Gespräch entlassen würde.

Norah dachte, daß sie sich sorgen müßte, irgendwie. Wenn ihr das gelingen würde, dann hätte sie die Kraft, Diana zu warnen.

Die beiden Verliebten saßen jetzt eng aneinandergeschmiegt auf dem Sofa, neckten sich, flüsterten miteinander, und Norah hielt es für angebracht, sich heimlich davonzustehlen.

22

In den frühen Morgenstunden spürte Norah, daß das Leben wieder in ihren Körper und auch die Gefühle zurückgekehrt waren. Es war eine geradezu sinnliche Erfahrung: Es rauschte in ihren Adern wie bei einer Bluttransfusion, einem intravenösen Tropf – und zum ersten Mal wurde ihr bewußt, daß ihr Sohn tot war. Natürlich wußte sie es schon seit mehreren Stunden, aber erst jetzt drang es ihr ins Bewußtsein, und die Trauer, die die ganze Zeit über stumm gewartet hatte, wallte in ihr auf und raubte ihr den Atem.

Trauer worum? Um wen? Um die Karikatur von einem Menschen, zu der Christopher geworden war, gebrochen, zerstört? Oder um den aufgeweckten, frühreifen kleinen Jungen voller kurioser Ideen, mit seinem leidenschaftlichen Interesse an allen möglichen Dingen? Um den lieben kleinen Jungen, stark und hübsch und fleißig, beständige Quelle der Freude für seine Eltern?

Dieser kleine Junge gehörte längst der Vergangenheit an; und der Schmerz um den Verlust hatte sich längst aufgelöst, Stück für Stück, im Laufe der vielen dunklen Jahre, die darauf folgten.

Was war übriggeblieben? Norah starrte in die Finsternis und sah sich überwältigender Trauer ausgesetzt, nicht der seltsamen, zwiespältigen Trauer, der eigenen Empfindung, sondern der Trauer überhaupt, über alles und jedes.

Trauer, überlegte sie, ist wie ein dunkler Raum, der zeitweilig von einer Taschenlampe erhellt wird, deren Strahl mal hierhin, mal dorthin fällt und nacheinander die Dinge aufscheinen läßt, um die man sich jetzt keine Sorgen mehr zu machen braucht. Der seit langem befürchtete Telefonanruf? Er ist gekommen, er ist vorbei, er kommt nicht wieder. Das Schlimmste weiß man jetzt. Nie wieder braucht man den Hörer abzuheben, krank vor Angst, daß genau das passiert ist, was man befürchtet hat. Es ist passiert. Es kann nicht wieder passieren. Der plötzliche Schreck, ein Schrei des Entsetzens von der Straße? Es kann nicht dein Kind sein. Diesmal nicht. Nie wieder. Das Bremsenquietschen, als ein Lastwagen vorbeidonnert? Es hat keine Bedeutung für dich. Diesmal nicht.

Christopher noch nicht zu Hause? Nie wieder die quälende Sorge. Wo ist er? Was treibt er? Selbstverständlich ist er noch nicht zu Hause. Wie sollte er? Er ist tot. Und dann dieser furchtbare Artikel in der medizinischen Fachzeitschrift über dahinvegetierende, vierzig-, fünfzigjährige Schizophrene. Alles ohne Bedeutung für dich, denn Christopher wird niemals die Vierzig oder Fünfzig erreichen, wird nie ein dahinvegetierender Schizophrener sein, der niemanden mehr hat, der sich um ihn kümmert.

Keine Sorgen mehr. Keine Ängste. Kein Sicheinreden mehr, es geht ihm besser, während man mitansehen muß, daß es schlimmer wird.

Die Befreiung von all diesen Bürden, riesigen, undenkbaren und nicht abzuschüttelnden Bürden, war überwältigend. Das Gefühl der Schwerelosigkeit, für das sich Astronauten einem monatelangen Training unterzogen, überkam sie urplötzlich, mühelos, ohne Training und ohne besondere Voraussetzung.

Hinter den Falten des Vorhangs brach mit hellen Streifen am Himmel die Morgendämmerung heran, aber Norah sah sie nicht. Das ferne Dröhnen der erwachenden Stadt nahm an Stärke zu, aber Norah hörte es nicht. Sie stand auf einem hohen Berg, zu ihren Füßen erstreckte sich eine weite, zerklüftete Landschaft, in ihren Ohren rauschte ein warmer Wind. Neben ihr stand Christopher. Welcher Christopher? Der wißbegierige, vielversprechende, liebenswerte kleine Junge? Oder der hübsche große Junge mit dem kranken Hirn und den schmalen, funkelnden Augen?

Er war beides. Groß und hübsch, das ganz sicher, und er nannte sie »Mummy«, was er seit Jahren nicht mehr gemacht hatte.

»Guck mal, Mummy! Guck doch mal! Ich bin der Herr der Welt!« rief er, und mit seinen in Siegerpose in die Höhe gerissenen Armen und dem blonden Haar, das der Wind ihm in die Stirn wehte, sah er genau so aus – wie der Herr der Welt.

Sie mußte mehrere Stunden geschlafen haben, denn als sie jetzt aufwachte, war es taghell, die Wintersonne stand fast im Zenit, und die Wohnung war leer.

Das war zu erwarten; denn die beiden anderen mußten ihrer Arbeit nachgehen, sie waren die meiste Zeit des Tages über nicht zu Hause.

Norah war froh. Sie hätte die Gegenwart der beiden im

Augenblick nicht ertragen. Eine Unterhaltung mit Diana hätte sie in Verlegenheit gebracht, weil Diana nicht wußte, daß Christopher tot war. Und mit Bridget wäre es peinlich gewesen, weil sie es wußte.

Peinlich wie am Tag zuvor. Norah war mit der schrecklichen Wahrheit herausgeplatzt, die bislang nur ihr bekannt gewesen war, und Bridget stand bloß hilflos da. ›Mein Gott!‹ mußte sie gedacht haben, ›was sagt man einer hinterbliebenen Mutter? ›Tut mir leid‹ sagen und einfach gehen, kann man schlecht machen... Wahrscheinlich ist es das Vernünftigste, sie in die Arme zu nehmen...‹ Norah konnte die Abscheu, mit dem dieser Gedanke ihre Mitbewohnerin erfüllte, förmlich spüren. Pflichtschuldiger Austausch von Umarmungen zwischen Menschen, die sich nicht sonderlich mögen, kann eine Folter sein. Es war gräßlich, und wer weiß, wozu die Verlegenheit noch geführt hätte, wenn nicht gnädigerweise das Telefon dazwischengekommen wäre.

Es spielte keine Rolle, für wen der Anruf war, oder wer an den Apparat ging, denn während die eine sprach, konnte die andere entkommen und das quälende Spiel beenden.

Möglicherweise hatte damit auch die Verlegenheit ein Ende; aber jetzt, im Rückblick, gewann Norah den Eindruck, daß noch etwas anderes als Verlegenheit mit im Spiel gewesen war, und sie spürte erneut ein gewisses Unbehagen.

Warum – warum bloß war sie so unvernünftig gewesen, Bridget alles zu erzählen, was sie wußte? Es war nicht geplant gewesen, sie hatte zu diesem Zeitpunkt überhaupt keine Pläne. In ihrem wie betäubten Zustand hatte sie rein impulsiv gehandelt – wenn man überhaupt von Handeln sprechen konnte –, und der Impuls, die Worte »Christopher ist tot« auszusprechen, war unwiderstehlich gewesen.

Warum? Was hatte diese übereilte und unnötige Offenbarung provoziert?

Zu einem Teil wohl die Gestalt von Bridget; selbstsicher, aufgeklärt, ein kühler Kopf in all dem Chaos. Sie war wie eine Dampfwalze, die jeden unvernünftigen Gedanken, der sich ihr in den Weg stellte, niederrollte, und die nicht ahnte, daß sie alle schlagartig auferstanden, wenn sie vorbei war.

Zum anderen Teil war es Bridgets Stimme. Norah mußte daran denken, wie diese Stimme auf sie eingeredet hatte, in einem fort, eindringlich, vernünftig, überzeugend, betonte Silben besonders hervorhebend, bis sie wie Hammerschläge in dem großen, stillen Raum klangen… Sie redete und redete, ohne Unterbrechung, als hielte sie einen Vortrag, als sei dieser freundliche Raum ein Vortragssaal und Norah verkörpere die Studenten, die auf Stühlen hockten und den weisen Worten des Vortragenden lauschten.

Weise Worte. Von unbestreitbarer Wahrhaftigkeit. Was Norah schließlich zu ihrer unüberlegten Offenbarung provoziert hatte. Denn was Bridget da mit sorgfältig abgewogenen Worten von sich gab, klar und deutlich formuliert und peinlich genau auf den bislang bekannten Fakten beruhend, war schlicht und einfach lächerlich, es stimmte von vorne bis hinten nicht. Ein einziges, nur Norah bekanntes Detail machte alles zunichte, vom ersten bis zum letzten Satz; und der kindliche Impuls, Bridget ins Unrecht zu setzen, hatte sie überwältigt: Bridget ins Unrecht zu setzen und damit gleichzeitig die Unschuld ihres toten Sohnes zu beweisen.

Das hatte sie damit erreicht; und erst jetzt, mit sich allein in der Wohnung, wurde ihr klar, welche Auswirkungen das hatte.

23

Der kurze Wintertag ging zu Ende. Der Himmel über den gegenüberliegenden Dächern erstrahlte nicht mehr im mittäglichen Blau, er war in einen Grauschleier gehüllt, und Norah saß noch immer da und starrte aus dem Fenster, von einer seltsamen Trägheit erfaßt, die weder Ruhe noch Entspannung brachte. Es entsprach eher der Lähmung desjenigen, der ein Martyrium erwartete, das sich nicht abwenden ließ, aber dessen Charakter noch unklar war.

Ab und zu versuchte sie sich zusammenzureißen und aus der unnatürlichen Lethargie zu befreien. Mehr als einmal hatte sie sich erhoben und Kaffee gekocht, und dann, Minuten später, stand er immer noch unberührt da, fast kalt, mit einer Haut auf der Oberfläche.

Es war zermürbend. Ihre anfängliche Erleichterung darüber, daß sie die Wohnung für sich allein hatte, war gewichen und hatte einer Überängstlichkeit Platz gemacht, dem Gefühl, in Einzelhaft zu sein, abgeschnitten von jeglicher menschlichen Hilfe.

Welcher Hilfe? Wovor hatte sie eigentlich Angst? Noch während sie diese Frage formulierte, wußte sie bereits die Antwort – sie hatte sie die ganze Zeit gewußt.

Sie hatte Angst vor ihrem Mann, und sie wußte jetzt auch genau, warum sie Angst hatte.

Entscheidend für Mervyns eigene Sicherheit war, daß die Leiche aus dem Common niemals identifiziert wurde. Alles hing einzig und allein davon ab, daß keiner außer Mervyn wußte, daß Christopher tot war.

Aber es gab einen Mitwisser. War es möglich, daß Mervyn mittlerweile erfahren hatte, daß sie Bescheid wußte? Hatte Bridget es ihm vielleicht gesagt? Oder hatte sie es – was mindestens so schlimm war – aus ihrem übertriebenen staatsbürgerlichen Pflichtgefühl heraus der Polizei gesagt?

Hatte sie es erzählt, oder hatte sie es nicht erzählt? Wußte Mervyn Bescheid, oder wußte er nicht Bescheid? Mit diesen Fragen, die ihr dauernd im Kopf herumgingen, unbeantwortet, unbeantwortbar, fiel Norah in einen unruhigen Schlaf, und als sie daraus erwachte, war es bereits dunkel. Rücken und Schultern schmerzten; offenbar war sie beim Einschlafen auf die hölzerne Armlehne des Sofas gerutscht, die sich die ganze Zeit in ihre Wirbelsäule gebohrt hatte. Sie drehte sich in eine bequemere Position und schaute auf die Uhr. Es war schon kaum mehr möglich, die Zeiger zu erkennen, aber sie konnte gerade noch sehen, daß es zehn vor fünf war.

Zehn vor fünf. Noch zwei Stunden, bevor die beiden zurückerwartet werden konnten; in der Zwischenzeit blieb sie allein in der Wohnung. Die Stumpfsinnigkeit, in die sie der Schlaf während der Tagesstunden versetzt hatte, ließ nach, und die Erinnerungen an die vergangenen Stunden suchten sie mit neuer und quälender Lebendigkeit heim. Mit den Erinnerungen kam das unbehagliche Gefühl, daß sie von irgend etwas aufgeweckt worden war. Ein Türknallen? Ein Geräusch von der Straße? Norahs Nerven, durch den Schlaf vorübergehend beruhigt, waren wieder bis zum Zerreißen gespannt.

Hatte Mervyn sie aufgespürt? Wie sollte er? Sie selbst hatte ihm die Adresse nicht gegeben, hatte sogar extra darauf geachtet, daß er sie nicht erfuhr. Kontakt mit ihrem Mann war wirklich das letzte, was sie sich wünschte, weshalb sie sich ja auf die verzweifelte Suche nach einem Zufluchtsort gemacht hatte.

War er sonstwie auf ihren Aufenthaltsort gestoßen? Denkbar war das schon. Diana brauchte dem Jungen bloß während des anscheinend ganz erfolgreich verlaufenden Interviews ihre Telefonnummer gegeben zu haben. »Er ist sehr kooperativ«, hatte sie über ihn gesagt, »und schon ganz aufgeregt, daß er ins Fernsehen kommt.« War es da nicht nur zu wahrscheinlich, daß sie ihren zukünftigen Interviewpartner gedrängt hatte, in Kontakt zu bleiben? »Hier ist meine Visitenkarte. Ruf mich an, wenn du noch Fragen hast«, könnte sie zu ihm gesagt haben. Hatte sie wahrscheinlich auch.

Christopher hatte womöglich die Karte irgendwo liegengelassen, wo Mervyn sie dann fand. Oder er hatte sie in einem seiner euphorischen Stimmungsschübe seinem Vater sogar gezeigt und damit geprahlt: »Schau mal, ich komme ins Fernsehen!« Und Mervyn, mit welcher Absicht auch immer, konnte sich Adresse und Telefonnummer notieren.

Mittlerweile war es fast völlig dunkel, aber Norah konnte sich nicht dazu durchringen, das Licht anzumachen oder die Vorhänge zuzuziehen.

Konnte sie sich nicht dazu durchringen, oder traute sie sich nicht? Traute sich nicht, der Außenwelt zu demonstrieren, daß die Wohnung nicht leer war? Daß jemand zu Hause war, vielleicht sogar allein?

Denn Mervyn war hinter ihr her – da war sie sich zunehmend sicher; und nun kreisten ihre Phantasien um die verschiedenen Möglichkeiten, was als nächstes geschehen könnte. Alles mögliche konnte geschehen – alles. Während ihr Verstand noch versuchte, in diesem konturlosen Katastrophengebiet Fuß zu fassen, klingelte das Telefon.

Und noch mal. Als das Klingeln einsetzte, wurde ihr auch sofort klar, daß es das Telefon war, das sie vor wenigen Minuten aus dem Schlaf gerissen hatte. Sekundenlang konnte sie sich nicht rühren.

Es mußte nicht unbedingt Mervyn sein. Es war sogar sehr wahrscheinlich, daß er es nicht war. Bridget und Diana bekamen laufend Anrufe; von Alistair, der zum festen Inventar zu gehören schien, ganz zu schweigen.

Andererseits konnte es sehr wohl doch Mervyn sein; von jetzt ab mußte man immer damit rechnen, jedesmal, wenn das Telefon klingelte. Ihr Herz würde dabei ins Rasen geraten, ihr Mund austrocknen, die Knie zittern und der Magen sich vor Angst verkrampfen.

Endlich hörte es auf zu klingeln, aber sie wußte längst, daß sie es beim nächsten Mal nicht mehr aushalten würde. Jedenfalls nicht, wenn sie ganz allein blieb, niemand sonst in der Wohnung war. Sie mußte raus, bevor es wieder klingelte, raus aus dem Haus und erst zurückkommen, wenn sie an den erleuchteten Fenstern, den vorgezogenen Vorhängen und vielleicht an den Radiogeräuschen erkennen würde, daß ihre Freundinnen wieder zu Hause waren und sie nicht mehr allein sein würde.

In einem Wettlauf mit der Zeit gegen das vorübergehend stumme Telefon, dessen nächste Attacke jede Sekunde erfolgen konnte, griff sich Norah ihre Handtasche, schlüpfte hastig in Mantel und Schuhe und rannte die beiden Treppen hinunter. Als sie unten war, bildete sie sich ein, das Telefon wieder klingeln zu hören, aber vielleicht kam es auch aus einer der anderen Wohnungen. Sie erreichte die Haustür, entsicherte die diversen Alarmanlagen, auf deren Installation in einem Wohnhaus mit mehreren Mietparteien der eine oder andere immer beharrte und sich meistens mit Erfolg durchsetzte, riß die Tür auf und warf sich nach draußen in die kalte, offene Welt. Ihr stockte der Atem, vor Erleichterung und weil plötzlich kalte Luft in ihre Lunge strömte. Sie warf die Tür hinter sich zu und spürte bereits, wie das Angstgefühl nachließ. Selbst wenn das Telefon jetzt wieder klingelte, würde sie es nicht mehr hören können.

Was jetzt? Hier auf der Treppe konnte sie schlecht die ganzen zwei Stunden sitzen bleiben. Norah sah nach links und rechts die Straße hinunter, um sich inspirieren zu lassen.

Es waren Massen von Menschen unterwegs, hasteten zielstrebig hierhin und dorthin. Es war Rush-hour, und alle eilten, um zu zu dieser oder jener Uhrzeit an diesem oder jenem Ort zu sein. Sie schien die einzige zu sein, die darauf aus war, Zeit totzuschlagen, statt wie bei einem Wettrennen welche zu gewinnen.

Und natürlich waren Massen von Autos unterwegs, viele kurvten durch die Straßen auf der Suche nach einem Parkplatz. Die Häuser in dieser Straße, früher einmal die

Residenzen vornehmer Herrschaften mit großen Familien und vielen Bediensteten, waren hoch und geräumig, geradezu prachtvoll, aber mittlerweile hatte man sie alle in kleine Wohneinheiten, Maisonettewohnungen oder Einzimmerappartements unterteilt, deren Mieter fast ausschließlich auch Autobesitzer waren, und natürlich versuchte jeder, seinen Wagen genau vor der eigenen Haustür zu parken. Das führte zu einem ewigen, verbissen geführten Kleinkrieg um die paar Meter Parkstreifen vorm Haus. Diana und Alistair beklagten sich ständig über diesen Zustand und forderten schon lange, vergeblich und wenig überzeugend, daß endlich mal etwas dagegen unternommen werden müßte. Da Norah selbst kein Auto besaß, hielt sie sich aus diesen Diskussionen heraus, aber ihr war aufgefallen, daß Bridget, ebenfalls keine Autofahrerin, sich mit Begeisterung daran beteiligte. So war Bridget eben, und es war einer der vielen Gründe, warum Bridget sie so einschüchterte.

Ein paar Minuten lang verharrte sie still auf halber Höhe der Eingangstreppe und sah unsicher mal in die eine, mal in die andere Richtung. Dianas oder Alistairs Wagen mitten im Gewühl auftauchen zu sehen, dazu war es noch zu früh; trotzdem ertappte sich Norah dabei, wie sie Ausschau nach ihnen hielt – besonders nach Dianas butterblumengelbem Ford Escort, der in der Menge leicht auszumachen gewesen wäre. Aus dieser Richtung würde Diana kommen, überlegte Norah und bewegte sich, langsam schlendernd, in Richtung Hauptstraße. Sie hatte noch immer nicht entschieden, wohin sie eigentlich gehen wollte, noch, wie sie die nächste Stunde verbringen wollte;

aber es bestand kein Zweifel, daß es ihr allmählich besserging, hier draußen an der frischen Luft und mit dem vertrauten Verkehrslärm um sie herum. Außerdem tat es gut, sich in Gesellschaft all dieser fremden Menschen zu bewegen, von denen sie nichts zu befürchten hatte. Sie wußten nichts von ihr, und es war ihnen auch egal. Sie wußten nicht, daß ihr Sohn gerade gestorben war, daß er schizophren gewesen war; sie wußten nichts, gar nichts.

Norah fühlte sich sicher.

»Hallo, hallo, meine Liebe! Gehst du nicht in die falsche Richtung?«

Die Stimme kam von hinten, und noch ehe Norah sich zu ihm umgedreht hatte, wußte sie, daß ihr Mann lachte, jenes strahlende Lachen, das er aufsetzte, um seine Patienten zu beruhigen – oder verunsicherte er sie damit? In all den Jahren war es ihr nie gelungen herauszufinden, wie dieses Lachen gemeint war.

Auf jeden Fall war es ein Lachen, wodurch seine gepflegten Zähne zur Geltung kamen, und auf das kam es wohl an. Sie wußte auch, wie diese Zähne bei dieser Straßenbeleuchtung wirkten – strahlend weiß, fast grünlich, und irgendwie schienen sie zahlreicher zu sein, als bei dem kleinen, schmallippigen Mund zu erwarten gewesen wäre. Natürlich hatte sie seine Zähne nie gezählt, und seine Patienten wahrscheinlich auch nie.

Es dauerte höchstens eine Sekunde, bis sie sich zu ihm umdrehte, aber ihr kam es viel länger vor. Und als sie es schließlich tat, war sie zu mehr als einem »Oh – Mervyn!« nicht fähig. Sie wartete darauf, daß das Entsetzen sie packte.

Aus irgendeinem Grund blieb es aus, wie wenn man sich den Zeh an einem Stein stößt und darauf wartet, daß der Schmerz das Gehirn erreicht; es dauert oft ein paar Sekunden. Es entbehrte nicht der Ironie, daß sie aus der Wohnung auf die Straße geflohen war, um Mervyn zu entkommen, dabei hatte er die ganze Zeit hier auf sie gewartet. Gab es da nicht schon in der Bibel eine Stelle, wo jemand nach Samaria geflohen war, um einer Verabredung mit dem Tod in seiner Heimatstadt zu entkommen, nur um dann feststellen zu müssen, daß der Tod in Samaria schon auf ihn wartete?

»Komm«, sagte er, nahm ihren Arm und lenkte sie sanft, aber bestimmt in die Richtung, aus der sie gekommen war. »Komm, ich will mit dir reden«, und als sie vergeblich versuchte, sich von ihm loszumachen: »Was ist los, mein Schatz? Wovor hast du Angst? Ich bringe gute Nachrichten – sehr gute Nachrichten.«

Mittlerweile hatten sie die Stufen zum Eingang von Norahs gegenwärtiger Bleibe erreicht. Er schien das Haus auf der Stelle wiederzuerkennen und brachte seine Frau dazu, davor stehenzubleiben.

»Willst du mich nicht hereinbitten?« fragte er wie selbstverständlich. »Wir müssen mal miteinander reden. Über Christopher. Ich weiß, daß du dir in letzter Zeit Sorgen um ihn gemacht hast, und ich bin extra gekommen, um dich zu beruhigen. Es geht ihm gut. Es geht ihm sogar sehr gut. Er kriegt sich langsam in den Griff und hat vernünftige Pläne für die Zukunft. Er ist wirklich zufrieden, Norah. Ich habe heute morgen einen Brief von ihm erhalten, von dem Campingplatz, wo er gerade ist, und er scheint sich gut zu amüsieren. Ich zeige ihn dir, wenn wir oben sind, es wird dich bestimmt freuen. Er versteht sich nicht nur gut mit seinen Freunden, er hat auch – Norah, warum gehen wir nicht rein? Soll ich dir den Brief vielleicht hier draußen im Dunkeln zeigen? Er ist übrigens an uns beide gerichtet. Liebe Mum, lieber Dad, so fängt er an…«

Christopher ist tot! Sie mußte sich auf die Zunge beißen, um ihm die Worte nicht an den Kopf zu schleudern; und die Anstrengung, die es sie kostete, die Worte unausgesprochen zu lassen, erzeugte in ihr einen Anflug von Ungewißheit.

Konnte es sein, daß sie unrecht hatte? Konnte es sein, daß Mervyn die Wahrheit sagte? Bestimmt nicht. Zum einen war die Nachricht, die er angeblich für sie bereithielt, zu schön, um wahr zu sein. Viel zu schön. Außerdem klang seine Stimme ein Quentchen zu beschwichtigend, zu beruhigend. So sprach die Schlange zum hypnotisierten Kaninchen. Seine ganze Rede klang behutsam, gut einstudiert. Und der Brief, den er ihr zeigen würde, wäre genauso behutsam formuliert, so wie der letzte. Die kleine, verkrampfte Handschrift würde so aussehen wie die von Christopher, aber es wäre nicht Christophers Handschrift. Die mühsam ausgebrüteten Sätze würden genau dem entsprechen, was ein Junge seines Alters nach Hause an seine Eltern schreibt – aber Christopher hätte so nie geschrieben. Norah würde das Schreiben auf den ersten Blick als Fälschung erkennen, kein Zweifel.

Was dann? Sollte sie Mervyn an Ort und Stelle mit ihrem Verdacht konfrontieren? Ihn der schamlosen, gezielten Lüge bezichtigen?

Nie und nimmer würde sie dazu den Mut aufbringen. Es wäre die reinste Tollkühnheit – verrückte, verhängnisvolle Tollkühnheit. Denn wenn Mervyn erst mal mitbekam, daß sie seiner Geschichte nicht traute, würde er auch bald zu dem Schluß kommen, daß sie zumindest den Verdacht hegte, Christopher sei tot und Mervyn für seinen Tod verantwortlich.

Und dann? Was dann? Ganz allein in der Wohnung, ohne genau zu wissen, wann ihre beiden Mitbewohnerinnen nach Hause kamen.

Nein, nein. Sie müßte diesen gefälschten Brief sorgfältig durchlesen, und sie dürfte sich dabei in ihrem Gesichtsausdruck oder in ihrer Stimme nicht das geringste anmerken lassen. »Das ist ja wunderbar, Mervyn«, müßte ihr Kommentar lauten, welch rosiges Bild auch immer er in dem Brief zeichnete. Müßte es sagen, als meinte sie es auch. Müßte es irgendwie hinkriegen, daß sich ihre gespannten Gesichtszüge vor Freude aufhellten, der Freude einer besorgten Mutter über die plötzliche Linderung ihrer quälenden Angst.

Sie konnte das nicht. Konnte es einfach nicht. Ein angestrengt gekünsteltes Lächeln auf den Lippen ließ sich vielleicht eine Zeitlang halten, aber was wäre mit den Augen? Den Augen, den Fenstern zur Seele, durch die ihre ganze Trauer, ihr Mißtrauen und Entsetzen offen zutage treten würden, sollte Mervyn sie anschauen, wenn sie redete. Natürlich sah er sie oft nicht an, wenn sie redete, er sah sie sogar fast nie dabei an. Aber bei dieser Gelegenheit würde er sie anschauen, und wie er sie anschauen würde! Sie sah seine grauen, blitzenden Augen schon förmlich vor sich,

Augen, kalt vor Haß, wenn sie tief in die ihren blickten, um ihr heimliches Wissen zu ergründen.

Nein, nein und nochmals nein. Das einzig Sichere wäre, sich den Brief überhaupt nicht anzuschauen, sich irgendeine Entschuldigung auszudenken, Mervyn nicht in die Wohnung zu bitten, sondern ihn loszuwerden, gleich hier und jetzt, auf dieser für sie sicheren, belebten Straße, umgeben von fremden Menschen, ihren unfreiwilligen Beschützern, unter deren kollektivem Blick er sie schlecht zwingen konnte, ihn zu sich reinzubitten.

Er brauchte sie nicht zu zwingen. Denn was würde er wohl zu ihrem mangelnden Interesse an diesem schönen, beruhigenden Brief von ihrem gemeinsamen Sohn sagen? Warum sollte eine besorgte und liebende Mutter einen solchen Brief nicht sehen wollen? Ihre Weigerung wäre ein klares Eingeständnis ihres Mißtrauens, sie käme einer glatten Bezichtigung der Lüge gleich.

Außerdem wollte sie ihn ja doch sehen, oder?

Nur für den Fall.

Für welchen Fall? Keinen besonderen, aber trotzdem, nur für den Fall. Für den Fall... den Fall, daß...

»Also gut«, hörte sie sich sagen, und während sie noch in ihrer Handtasche nach dem Schlüssel kramte, sprang Mervyn beschwingt vor ihr die Stufen hoch, mit dem Ausdruck und der Haltung eines Menschen, der einen Auftrag erfüllt hat und der nun die Ehrentribüne betritt, um einen angesehenen Orden in Empfang zu nehmen. Oder, was naheliegender war, als hätte er von Anfang an nur Zugang zu diesem Haus gewollt und dieses Ziel nun auf triumphale Weise erreicht.

24

Nette Wohnung, die du dir da ausgesucht hast«, sagte Mervyn freundlich wie ein wohlerzogener Gast und sah sich in dem Raum um, der vorübergehend Norahs Wohnzimmer war. Das Zimmer sah tatsächlich hübsch aus heute abend, die Stehlampe warf ein warmes Licht auf die hellen Wände und die schweren, goldbraunen Vorhänge. Und es war aufgeräumt. Heute morgen noch hatte Bridget alle alten, ungelesenen Zeitungen und Zeitschriften, die seit Tagen in der Wohnung herumlagen, für die Altpapiersammlung beiseite gelegt. Dianas verstreute Kissen, bunt leuchtend wie ein Kräuterbeet im Hochsommer, kamen jetzt erst richtig zur Geltung, da sie nicht mehr mit der Beilage der letzten Sonntagszeitung um Platz auf dem Sofa konkurrieren mußten.

»Setz dich doch«, sagte Norah, die sich wohl oder übel in der Rolle der Gastgeberin wiederfand; und als sich ihr Mann unter der Lampe niedergelassen hatte, zog sie einen niedrigen Hocker heran, von Dianas Großmutter mit Kreuzstickereien verziert, und versuchte sich so hinzusetzen, daß das Licht auf Mervyns Gesicht fiel und nicht auf ihr eigenes. Nach dieser Vorsichtsmaßnahme fand sie den Mut, den gefälschten Brief mit leicht abgewendetem Blick aus seiner ausgestreckten Hand entgegenzunehmen.

Er war natürlich gefälscht. Kein Zweifel. Das erkannte sie, kaum hatte sie ihn aus dem Umschlag gezogen; und obwohl sie ja genau damit gerechnet hatte, wurde sie überraschend von maßloser Enttäuschung gepackt. Erst jetzt begriff sie, daß sie irgendwo tief in ihrem Herzen die winzige Hoffnung gehegt hatte, ihr Mann möge nicht lügen, das Märchen von der glücklichen Wende im Leben ihres geplagten Sohnes sei Wirklichkeit, Christopher sei nicht nur am Leben und gesund, er sei auch normal und auf wundersame Weise von seiner Krankheit geheilt.

Natürlich war es nicht so. Schon die ersten Sätze überzeugten sie vom Gegenteil.

Liebe Mum, lieber Dad,

ich kann Euch mitteilen, daß wir jetzt endlich unsere Zelte aufgeschlagen haben und uns prächtig verstehen. Das Wetter ist herrlich, und wir gehen jeden Tag zum Wandern in die Berge...

Das sah Christopher nicht im entferntesten ähnlich. Er hätte sich niemals mit diesen Worten ausgedrückt, auch nicht brieflich. Wußte Mervyn denn wirklich nicht, wie lange es her war, daß Christopher sie nicht mehr mit »Mum« und »Dad« anredete? Er sagte schon seit Jahren »Norah« und »Mervyn« zu ihnen. Wieso war das seinem Vater nie aufgefallen? Wieso wußte er so wenig über seinen eigenen Sohn?

Die Antwort war natürlich ganz einfach, wenn man es sich überlegte. Seit Jahren verfolgte Mervyn die Strategie, die Wahrheit über die Geisteskrankheit seines Sohnes bewußt nicht zur Kenntnis zu nehmen. Kein Wunder, daß er so gut wie nichts über den Jungen wußte.

Während Mervyn still unter der Lampe saß, seine Frau dabei nicht aus den Augen ließ, überflog Norah, so gut es ging, das Schreiben. Es war lang, fast fünf Seiten, und die gefälschte Handschrift, winzig und verkrampft wie beim ersten Mal, war schwieriger zu lesen als ein echter Brief von ihrem Sohn. Sie fuhr unbeirrt fort, und schließlich, den Blick noch immer abgewandt, faltete sie die Blätter zusammen und steckte sie in den Umschlag, bevor sie sie ihrem Mann zurückgab. Der Poststempel war ihr schon am Anfang aufgefallen, der Brief war in Derbyshire aufgegeben worden.

Er hatte sich also wirklich die Mühe gemacht, nach Derbyshire zu fahren, damit alles echt wirkte. Was für eine Raffiniertheit, was für eine Entschlossenheit dahinter steckte!

Oder war dies alles nur nackte Angst? Und wenn ja, wie weit würde die nackte Angst ihn noch treiben?

»Das hört sich wunderbar an«, sagte sie vorsichtig, wie sie es sich vorgenommen hatte. »Aber –«

Sie unterbrach sich, erschrocken über ihre eigene Unbedachtheit. Ein »Aber« war nicht eingeplant gewesen. Sie hatte die Absicht gehabt, zu allem ja und amen zu sagen, nichts zu hinterfragen, keine Zweifel aufkommen zu lassen; und jetzt war sie drauf und dran, sich zu verplappern. Es lag ihr auf der Zunge zu sagen: »Mervyn. Er kann unmöglich tun, was er hier schreibt. Wieso will er direkt nach dem Campingurlaub in Derbyshire zu einer Tour durch Nordafrika aufbrechen, ohne zwischendurch nach Hause zu kommen? Was ist mit Kleidung, Ausweis, Geldumtausch und so weiter?«

Sie hätte beinahe angefangen, sich wirklich Sorgen um diese Dinge zu machen, bis sie sich ins Gedächtnis zurückrief, daß nichts mehr von Bedeutung war, weil Christopher tot war.

Es gab vieles, worum man sich keine Sorgen mehr zu machen brauchte, jetzt, da Christopher tot war. Wieder packte sie das seltsame Gefühl – Lichtblitze in einer großen Finsternis –, als sei eine schwere Last von ihren Schultern genommen, ein Gefühl der Erleichterung und der Leichtigkeit, das sie friedlich stimmte. Selbst Mervyn wirkte nicht mehr wie eine Belastung für sie, er war nicht mehr so bedrohlich, jetzt, da Christopher tot war.

Mervyn schien ebenfalls erleichtert, das spürte sie. Für ihn und für sie war ein Augenblick furchtbarer Gefahr ohne Zwischenfall vorübergegangen. Sie waren wie zwei aneinandergeseilte Bergsteiger, die auf einem schmalen, unsicheren Grat wandelten; nur einmal die Nerven verlieren, ein falscher Schritt, und beide wären auf die zerklüfteten Felsen unter ihnen gestürzt.

Es war kein falscher Schritt getan worden, keiner hatte die Nerven verloren, beide befanden sich an einem vergleichsweise sicheren Ort, der gefährliche Abgrund lag hinter ihnen. Der gefälschte Brief blieb also, ohne hinterfragt zu werden, zwischen ihnen liegen.

Warum also nicht ein Glas zur Feier des Tages? Das schien angebracht, auch wenn der Grund zum Feiern nicht ausgesprochen werden durfte. Und als Norah Bedenken anmeldete, die Bar ihrer Freunde in deren Abwesenheit zu stürmen – war es da weiter verwunderlich, daß Mervyn in seine Aktentasche griff und eine Flasche Whisky hervorholte?

»Ein Geschenk für euch«, erklärte er und goß die beiden Gläser, die Norah auf den kleinen Tisch gestellt hatte, großzügig voll. »Ich hatte gedacht, daß deine Freunde heute auch da sein würden. Wann kommen sie eigentlich nach Hause? Weißt du das?«

Norah wußte es nicht genau. Bridget, nahm sie an, würde schon bald nach Hause kommen; sie sagte, sie hätte heute abend noch viel zu tun, um sich für irgendeine Sache morgen vorzubereiten. Und Diana würde wahrscheinlich erst spät kommen, wahrscheinlich war sie den ganzen Abend mit Alistair unterwegs.

Alistair? Wer ist Alistair? – Und schon lieferte Norah ihrem Mann einen erschöpfenden Bericht über ihre Mitbewohner und deren verschiedene Tätigkeiten und Beschäftigungen. Er schien wirklich interessiert, stellte ihr eine Frage nach der anderen, auf die sie alle brav antwortete. Der Whisky fing an, ihr in den Kopf zu steigen; durch das eingesperrte, beschränkte Leben, das sie in den letzten Jahren notgedrungen ertragen hatte, abgeschnitten von praktisch allen normalen, geselligen Ereignissen, war ihr Körper den Alkohol nicht mehr gewohnt. Sie hatte das Gefühl, als schwebte ihr Kopf wie ein Luftballon auf ihren Schultern. Ein recht angenehmes Gefühl, sogar sehr angenehm; außerdem war es eine angenehme Erfahrung, einmal ein Gespräch mit ihrem Mann zu führen, in dem sie sich nicht gegen ununterbrochene Kritik verteidigen mußte. Im Gegenteil, er schien weit davon entfernt, ihren augenblicklichen Lebensstil zu kritisieren oder sie dafür anzugreifen, daß sie ihn verlassen hatte. Er zeigte sich ungewöhnlich aufmerksam und verständnisvoll.

»Norah, mein Schatz, das hört sich an, als hättest du wirklich Glück gehabt diesmal. Wie ich sehe, fühlst du dich ganz wohl in dieser schönen Wohnung, mit deinen neuen Freunden. Von mir aus kannst du gerne noch eine Weile hier bleiben. Ich habe das Gefühl, daß du genau das Richtige gemacht hast – das Richtige für uns beide. Vielleicht ist eine kurze Trennung genau das, was wir brauchen. Jedenfalls eine Zeitlang.«

›Genau das, was wir brauchen? Genau das, was du brauchst. Damit ich nicht jeden Tag den Briefkasten nach Briefen aus Nordafrika durchsuche, die sowieso nicht kommen. Damit ich dir nicht im Weg bin, wenn der angebliche Telefonanruf aus Tripolis kommt, und ich nicht sagen kann: Warum hast du mich nicht an den Apparat gerufen, damit ich auch mal mit ihm sprechen kann?

Deswegen. Wenn ich woanders wohne, ist es leichter für dich, viel leichter, die Maskerade aufrechtzuerhalten. Und leichter für mich, so zu tun, als würde ich diese ganzen Lügengeschichten glauben.‹

Der Zusammenhalt ihrer Gedanken ging zunehmend verloren. Es war schwierig, ihnen zu folgen. Wieviel Whisky hatte er ihr eingeschenkt? Whisky pur? Hatte er vergessen, Wasser aus der hübschen geschliffenen Glaskaraffe hinzuzugeben, die sie zusammen mit den Gläsern auf den Tisch gestellt hatte? Oder hatte er…? Wollte er…? Sie versuchte, auf seinen Vorschlag einzugehen, eine Trennung auf Zeit. Sie wollte ja sagen, aber es war unvorstellbar schwer, das Wort auszusprechen. Sie versuchte es immer wieder, aber es wollte einfach nicht gelingen.

Ich bin betrunken, dachte sie verwundert und mit einem Anflug von Stolz. Ich bin tatsächlich betrunken. Zum ersten Mal seit Jahren! Nein, zum ersten Mal überhaupt! Ich war in meinem ganzen Leben noch nie so betrunken wie jetzt, nicht mal auf den Parties früher, als ich noch jung war…

Es war der letzte Gedanke, an den sie sich deutlich erinnerte.

25

Als etwa eine Stunde später Bridget nach Hause kam und eine männliche Gestalt zusammengesunken in dem Sessel neben der Stehlampe im Wohnzimmer sitzen sah, die langen Beine raumgreifend auf dem hellen Teppich von sich gestreckt, erkannte sie Dr. Payne nicht auf den ersten Blick. Sie dachte sogar, es sei Alistair, und ihre Erleichterung darüber, daß er es nicht war, wurde lediglich getrübt durch ihre Verärgerung, als sich zeigte, wer es wirklich war.

›Meinen ruhigen Abend kann ich vergessen!‹ war ihr erster Gedanke – umgehend eingeschränkt durch die Erkenntnis, daß der Mann, so wenig willkommen er auch war, schließlich nicht ihr Gast war. Er war Norahs Gast.

Wo steckte Norah überhaupt?

»Wo ist Norah?« fragte sie nach einer hingeworfenen Begrüßung leicht gereizt. »Sie weiß doch wohl, daß Sie da sind, oder?«

Er antwortete nicht gleich, musterte sie nur von oben bis unten mit einem unschicklichen, prüfenden Blick.

»Sie ist in ihrem Zimmer«, sagte er bedächtig. »Sie schläft, muß ich wohl annehmen.«

»Sie schläft?« Das Unangenehme der Situation wurde ihr plötzlich bewußt und machte sie wütend. Sie, Bridget, mußte sich wertvolle Minuten lang mit diesem Mann abgeben, der nicht einmal ihr Gast war. Es war unerhört. Zusammenwohnen funktionierte nur, wenn sich jeder selbst für seine Gäste verantwortlich fühlte und die anderen Mitbewohner in Ruhe ihr Leben leben ließ. Das war das wichtigste von allen ungeschriebenen Gesetzen für diese Art des Wohnens, und Norah hatte dagegen verstoßen. Das war unverzeihlich.

Die Dame geruhte zu schlafen!

»Ich gehe und wecke sie«, sagte Bridget so barsch wie möglich, aber als sie sich zur Tür wandte, hielt sie der eindringliche Protest des Gastes zurück.

»Nein. Nein! Sie ist sehr müde. Sie hatte einen anstrengenden Tag, und ich habe ihr zugeredet, sie solle sich etwas hinlegen. Außerdem bin ich nicht wegen Norah gekommen, Miss Sadler. Es ist wegen Ihnen. Ich bin ihr nur zufällig draußen begegnet, und sie war so freundlich, mich ins Haus zu lassen, damit ich hier drinnen auf Sie warten kann. Vielleicht sind Sie ja schon selbst draufgekommen, aber ich muß Sie in einer wichtigen Angelegenheit sprechen. Ich muß mit Ihnen reden, privat.«

»Mit mir? Sie kennen mich doch kaum. Was soll das alles?« Noch während sie sprach, zog sie, neugierig geworden, einen Sessel heran und setzte sich an den Couchtisch, ihm gegenüber. »Was wollen Sie mir denn sagen? Ich habe leider nicht allzuviel Zeit, deswegen –«

»Nur keine Aufregung, meine Liebe. Es dauert nicht lange. Was wir miteinander zu erledigen haben, benötigt keine fünf Minuten, vorausgesetzt, wir sind einsichtig und vernünftig wie zwei erwachsene Menschen. Aber in dem

Punkt bin ich mir sicher. Ich bin nach unserer zugegebenermaßen kurzen Begegnung unlängst ohnehin zu der Meinung gelangt, daß Sie eine außerordentlich gescheite und vernünftige Person sind. Habe ich recht?«

»Hören Sie, Dr. Payne. Würden Sie mir bitte sagen, worauf Sie hinauswollen. Wie ich Ihnen schon mitteilte, habe ich nicht viel Zeit. Was wollen Sie mir also sagen? Weswegen sind Sie hergekommen?«

»Immer mit der Ruhe, Miss Sadler. Tun Sie nicht so. Nicht mit mir. Das paßt nicht zu Ihnen. Sie wissen genau, warum ich gekommen bin. Ich möchte, daß Sie Ihre Aussage zurückziehen.«

»Meine Aussage?« Für einen Moment war Bridget um eine Antwort verlegen. Dann sagte sie: »Ach so, Sie meinen – ?«

»Genau das meine ich. Ihre Aussage über eine in meinem Garten gefundene Waffe. Und über ein höchst unwahrscheinliches Verhalten seitens meines Sohnes Christopher. Es ist mir zu Ohren gekommen, daß Sie es für angebracht hielten, diese absonderlichen Märchen der Polizei zu erzählen und sie offiziell zu melden, als handelte es sich um Tatsachen. Ich verlange lediglich von Ihnen, daß Sie diese falschen Angaben zurückziehen. Sofort. Noch heute abend.«

»Zurückziehen? Es tut mir leid, Mr. Payne, aber ich glaube, Sie müssen den Verstand verloren haben. Ich kann sie unmöglich zurückziehen. Es sind keine ›falschen Aussagen‹, es handelt sich um eine wahrheitsgetreue Wiedergabe von Tatsachen, wie Sie sehr wohl wissen. Die allgemeine Öffentlichkeit wurde aufgefordert, der Polizei alles Ungewöhnliche zu melden, das wir in der Mordzeit beobachtet hatten. Und was wir beobachtet hatten, war ungewöhnlich, in jeder Hinsicht; deswegen habe ich es gemeldet. Es war meine selbstverständliche Pflicht. Ehrlich gesagt, Mr. Payne, verstehe ich nicht, wieso Sie meine Enthüllungen so aufregen. Sie hatten der Polizei die Waffe aus Ihrem Blumenbeet doch schon längst übergeben, es muß den Beamten also klargewesen sein, daß Sie mit der Sache –«

Der Satz blieb unvollendet. Der primitive und seltene Instinkt, der vor verborgenen Gefahren warnt, meldete sich. Sie sah in seine grauen, unter den schweren Lidern hervorstechenden Augen, die im Licht der Lampe wie poliertes Metall glänzten, und ihr fiel die unnatürliche Starrheit der an sich hübschen, kontrollierten Gesichtszüge auf. Sie wußte plötzlich und mit solcher Sicherheit, als hätte er das selbst laut zugegeben, daß er die Waffe nicht der Polizei abgeliefert hatte. Daß er nichts gemeldet hatte, gar nichts. Ihre Aussage mußte also von einiger Tragweite sein. Ihre Darstellung der Ereignisse vom Sonntag abend hatte die Aufmerksamkeit der Polizei erst auf das Haus von Dr. Payne gelenkt. Denn die Leiche war noch nicht identifiziert worden. Vielleicht würde man sie nie identifizieren. Christopher war nicht als vermißt gemeldet. Wenn sie nicht ihrem Gewissen gefolgt und zur Polizei gegangen wäre, hätte überhaupt nichts den ehrenwerten Dr. Payne in Zusammenhang mit dem Mord gebracht. Das wußte er, und jetzt wußte sie es auch.

»Ich möchte Sie nur bitten«, fuhr er in beherrschtem, ausgeglichenem Tonfall fort, »Ihre Darstellung zurückzuziehen. Ich versichere Ihnen, es wird keine Probleme geben. Solche Fälle kommen immer wieder mal vor. Irgendwelche übereifrigen Bürger, die scharf darauf sind, ihr Bild in den Zeitungen zu sehen, rennen mit einer haarsträubenden Geschichte zur Polizei und hoffen, damit in die Medien zu kommen, vielleicht sogar ins Fernsehen. Und wenn sie sich abgeregt haben, wenn sie wieder zu Hause sind und sich alles noch mal überlegt haben, kriegen sie kalte Füße. Sie sehen ein, daß ihre Geschichte nicht glaubhaft ist und daß sie sich dadurch nur selbst in Schwierigkeiten bringen. Dann kommen sie mit eingezogenem Schwanz wieder angedackelt, um alles zurückzuziehen. Ich erlebe es oft in meinem Beruf, daß ich als Berater in solchen Fällen hinzugezogen werde, mir ist das Verfahren also vertraut. Das Schlimmste, was solchen impulsiven Aufschneidern passieren kann, ist eine Strafpredigt, sie würden der Polizei unnötig die Zeit stehlen. Aber wenn sie geständig sind und sich entschuldigt haben, wird die Sache in der Regel eingestellt, besonders wenn sie es umgehend tun, bevor es überhaupt erst dazu kommt, daß sie der Polizei die Zeit stehlen. Deswegen ist es wichtig, daß Sie Ihre Aussage sofort zurückziehen, Miss Sadler, noch heute abend. Es wäre nur zu ihrem Besten. Ich bin mit dem Wagen da, ich könnte Sie jetzt gleich zur Polizeiwache fahren…«

»Und wenn« – Bridgets Stimme bebte vor Zorn – »und wenn Sie mich hinbringen, dann ist Ihnen doch klar, was ich sage, oder etwa nicht? Ich werde der Polizei melden, daß Sie sich heute abend Zutritt zu meiner Wohnung verschafft haben, und ich werde sie über den Zweck informieren, warum Sie mich aufgespürt haben. Ich werde Wort für Wort alles wiederholen, was Sie mir eben gesagt haben. Ich habe genau zugehört. Genaues Zuhören und getreue Wiedergabe gehören zu meinem Beruf...«

Sie lehnte sich zurück, wartete auf den Wutausbruch – Angst, Haß, irgend etwas. Aber es kam nichts. Einige Sekunden lang sagte er gar nichts; er schien ihr Gesicht zu studieren, ihr gesamtes Auftreten, als handelte es sich um eine seiner Patientinnen; eine Einschätzung, ohne Zweifel, gemäß irgendeiner psychologischen Schablone.

Dann faßte er in seine Innentasche und zog ein Scheckbuch hervor.

»Zehntausend Pfund?« schlug er vergnügt vor. »Als junge, selbständige Frau ist man auf jeden Penny angewiesen. Ich würde mal vermuten, daß Sie –«

»Bitte verlassen Sie auf der Stelle die Wohnung, Dr. Payne. Oder wäre es Ihnen lieber, wenn ich die Polizei rufe?«

»Immer mit der Ruhe, meine Liebe. Nichts überstürzen! Obwohl ich Ihren Elan bewundere. Wirklich!« Er unterbrach sich, musterte wieder ihr Gesicht, schätzte seine Chancen ab. »Jeder Mensch hat seinen Preis«, es stand ihm ins Gesicht geschrieben, »und jede Frau.« Es vergingen einige Sekunden, bevor er weitersprach.

»Wie wäre es mit zwanzigtausend?«

Bridget erhob sich von ihrem Stuhl mit der festen Absicht, die Polizei anzurufen, wie sie angedroht hatte. Sie konnte sich keinen Moment Verzögerung leisten, aber die Versuchung war zu groß. Sie beugte sich über den Couchtisch und schlug Dr. Payne, so fest sie konnte, ins Gesicht.

Sie war eine kräftige Frau, und der Adrenalinstoß, der durch ihren ganzen Körper ging, machte ihre starken Muskeln noch stärker.

Es war herrlich! Sie trat einen Schritt zurück und begutachtete mit der Befriedigung einer inspirierten Künstlerin ihr vollendetes Werk: Die eine Hälfte seines Gesichts leuchtete von der Wucht ihres Schlages in einem flammenden Violett, die andere Hälfte war weiß vor Schreck und Entsetzen.

Die Chance, zum Telefon zu gelangen, war vertan. Auch seine Muskeln wurden durch einen Adrenalinstoß belebt; er packte Bridget mit eiserner Umklammerung am Arm und zwang sie, sich wieder hinzusetzen.

»Sie bevorzugen also die harte Tour«, stellte er fest, hörbar mühevoll seine Stimme kontrollierend. »Na gut, meine Liebe, das können Sie haben.« Er tauchte die freie Hand in seine Aktentasche und brachte eine Pistole zum Vorschein. Dieselbe, die sie in seinem Vorgarten gefunden hatten, wie Bridget gleich erkannte.

»Es tut mir leid, daß es so weit kommen mußte«, sagte er. »Wirklich. Ich hatte gehofft, wir könnten eine für beide Seiten befriedigende Lösung finden, aber Ihre Halsstarrigkeit hat das verhindert. Es bleibt mir daher keine andere Wahl, als auf energischere Methoden zurückzugreifen, um Sie zur Vernunft zu bringen.«

Er hob die Waffe und zielte – vielleicht nur als Drohung – in ihre Richtung.

»Nun, meine Liebe? Wird Sie das vielleicht umstimmen?«

Er hatte den Griff um ihren Arm gelockert, aber sie saß

immer noch still in ihrem Sessel, in den er sie mit Gewalt gedrückt hatte. Unter solchen Umständen, mit einer Waffe, die von der anderen Seite des Couchtischs auf sie gerichtet war, schien es vernünftig, sitzen zu bleiben. Es schien nicht nur, es war vernünftig. Allerdings beging sie den Fehler, zu lachen.

»Sie müssen den Verstand verloren haben«, spottete sie, »wenn Sie meinen, Sie könnten mir mit diesem albernen Gerät Angst einjagen. Es ist Ihnen und mir doch klar, daß Sie sich keine zweite Mordanklage einfangen wollen. Sie haben schon genug damit zu tun, sich aus der ersten herauszuwinden, ohne sich auch noch eine zweite einzuhandeln, aus der es absolut kein Entrinnen geben wird. Ich meine, der Fall liegt klar auf der Hand, finden Sie nicht? Zunächst mal kann Norah bezeugen, daß Sie heute abend hierhergekommen sind, und ich vermute, daß auch anderen Leuten aus dem Haus Ihr Kommen aufgefallen ist, von Passanten auf der Straße ganz zu schweigen, Nachbarn, und so weiter. Wenn ich dann also mit einem Loch im Kopf in meinem eigenen Wohnzimmer aufgefunden werde und wenn alle anderen im Haus den Schuß gehört haben und neugierig in ihren Wohnungstüren stehen, um zu erfahren, was wohl passiert ist, während Sie gerade versuchen, über die Treppe zu entkommen, vorbei an all diesen Türen… Das ist doch absurd, meinen Sie nicht? Für wie blöd halten Sie mich, daß ich glauben soll, Sie würden sich je auf so eine Sache einlassen?«

»Wie recht Sie haben, meine Liebe! Was sind Sie doch für ein kluges Kind! Aber, meine Liebe, so wird es nicht kommen. Sie vergessen eins. Ich bin ein nicht unbekannter

Psychiater, und ich könnte sagen, Sie sind meine Patientin. Ich könnte sagen, Sie sind eine Zeitlang wegen Ihrer Depressionen bei mir in Behandlung gewesen. Normalerweise kämen Sie für unsere Sitzungen immer zu mir in die Praxis, aber dieses Mal handelte es sich um einen Notruf. Sie baten mich, sofort zu Ihnen zu kommen, und Sie drohten mit Selbstmord. In meiner Position und mit meiner Kenntnis über Ihren Fall mußte ich die Drohung ernst nehmen und fuhr auf dem schnellsten Weg zu Ihrer Wohnung. Ich fand Sie außer sich und hysterisch vor, und Sie wiederholten Ihre Selbstmorddrohungen. Sie waren völlig verzweifelt, weil Sie sich schuldig fühlten wegen einer grotesken und erfundenen Geschichte, die Sie gestern der Polizei erzählt hätten. Schuld, müssen Sie wissen, geht fast immer einher mit Depressionen, und häufig besitzt der Patient einen gewissen Hang zum Selbstmord als einer Möglichkeit, sich selbst für die tiefe Schuld zu bestrafen. Das ist alles vollkommen plausibel, ja Anfängerwissen; meine Kollegen können das bereitwillig bestätigen. Das alles würde tragisch enden, denn die Patientin hat sich ohne mein Wissen eine geladene Faustfeuerwaffe besorgt; und noch während wir miteinanderer redeten und ich versuchte, ihr die Schuldgefühle über die Täuschung der Polizei zu nehmen, griff sie plötzlich zur Waffe und erschoß sich vor meinen Augen, bevor ich auch nur eine Bewegung machen konnte, um sie davon abzuhalten. Tragisch. Natürlich hören Ihre Nachbarn den Schuß. Und natürlich kommen sie aus ihren Wohnungen, um nachzusehen, was passiert ist, aber sie werden mir jede nur erdenkliche Hilfe zukommen lassen, um mit diesem tragischen Ereignis fertigzuwerden… einen Arzt anrufen, die Polizei holen. Sie werden mir heißen Tee bringen, weil ich noch unter Schock stehe…«

»Sie werden Ihnen nicht glauben!« erwiderte Bridget standhaft. Es sollte sich selbstsicherer anhören, als ihr zumute war. »Auf keinen Fall. Sie kennen mich. Sie wissen, daß ich so etwas niemals machen würde!«

»Sie mögen ein kluges Kind sein, Miss Sadler. Ich bin sogar überzeugt davon, wie ich Ihnen ja bereits sagte. Aber Sie sind auch ein bißchen naiv. Haben Sie denn noch nie gehört oder mal in irgendeinem Massenblättchen gelesen, daß sich Depressive für ihren Zustand abgrundtief schämen? Sie unternehmen alles Mögliche, ihn vor ihren Freunden und Arbeitskollegen zu verbergen, legen sich eine äußere Fassade zu, treten selbstsicher auf, sind vergnügt, aber drinnen herrscht schiere Verzweiflung. Das ist ein bekanntes Syndrom, das vor allem bei erfolgreichen Karrierefrauen auftritt. Besonders bei Frauen, die auf die Dreißig zugehen und noch keinen Partner haben; Frauen, die sich allmählich fragen: wozu das Ganze? Was bringt mir der Erfolg ein? Liebe? Glück? Zufriedenheit? Die Antwort lautet oft genug: nichts dergleichen. Und dann befindet sich die Frau in einem fürchterlichen Dilemma. Vor ihren Freunden und Kollegen muß sie die ganze Zeit weiter Theater spielen, muß die Person sein, die sie früher war, intelligent, unternehmungslustig, immer obenauf, während gleichzeitig ihre Energie schwindet – sie ist schließlich nicht mehr die Jüngste… Obwohl ich damit nicht sagen will, daß Sie nicht mehr die Jüngste sind, Miss Sadler…«

»Natürlich wollen Sie das damit sagen. Wozu sonst das ganze Psychogewäsch? Aber eins haben Sie vergessen, Dr. Payne. Wenn ich über einige Wochen Ihre Patientin gewesen sein soll, jedenfalls lange genug, um diese Geschichte plausibel erscheinen zu lassen, dann müssen meine Unterlagen ja in den Krankenhausakten zu finden sein. Oder wollen Sie die Akten frisieren? Das ist nicht so einfach, heutzutage sind die alle auf Computer.«

»Ihr süßer kleiner Verstand denkt wirklich an alles, was? Aber leider liegen Sie schon wieder falsch. Sie sind eine meiner Privatpatientinnen, und deren Unterlagen sind allein meine Angelegenheit. Ich habe nämlich neben meinen Terminen im Krankenhaus auch Privatpatienten, müssen Sie wissen. Das machen viele Kollegen so...«

Er machte eine Pause, streichelte mit der behandschuhten Hand fast zärtlich die Waffe, dann schaute er wieder auf.

»Es gibt noch etwas, meine Liebe, das Ihnen vielleicht nicht aufgefallen ist. Auf der Waffe befinden sich bereits überall Ihre Fingerabdrücke. Die Lösung muß also Selbstmord lauten.«

Bridget stockte der Atem – unhörbar, wie sie hoffte. Deswegen hatte die Pistole also unten in der Plastiktüte gesteckt – damit derjenige, der sie herausholte, seine Fingerabdrücke darauf hinterließ, neben denen von Dr. Payne, die sich schon darauf befanden. Es war egal, von wem die zweiten Fingerabdrücke stammten; es hätten die jeder x-beliebigen Person gereicht, um die Behörden auf eine falsche Fährte zu lenken.

Das ganze Szenario schien mit einemmal klar und deutlich. Der ursprüngliche Plan war gewesen, daß angeblich eine Einbrecherbande in das Haus eingedrungen sei und Christopher erschossen hätte, als Dr. Payne sie auf frischer Tat ertappte. Dazu mußte das Haus natürlich verwüstet aussehen, und alles sollte an dem besagten Sonntagnachmittag geschehen; aber dann geriet das Vorhaben gründlich durcheinander. Christopher war irgendwo draußen unterwegs, und es gab keinerlei Hinweis darauf, wann er zurückerwartet werden konnte. Zu allem Unglück platzten in dem Moment auch noch die drei Frauen ins Haus und blieben mehrere Stunden, was die noch verbliebenen Optionen zunichte machte. In letzter Minute mußte ein neuer Plan ausgeheckt werden; kein Wunder, daß dabei viele Fragen offenblieben.

Mervyn könnte noch mit heiler Haut davonkommen, war Bridget erst mal aus dem Weg geschafft. Sie, die mit kühlem Kopf der Polizei gemeldet hatte, was sie über den Vorfall wußte. Sie, die, soweit er wußte, der einzige Mensch war, der ahnte, daß Christopher tot war. Sie, die einzige, die keine Bedenken haben würde, der Polizei auch alles andere zu melden, was sie herausgefunden hatte – das Gespräch von heute abend in seiner vollen Länge, die versuchte Bestechung, die Drohungen.

Ihr gegenüber spielte Dr. Payne noch immer träge, gedankenverloren mit der Waffe herum.

»Ich tue das eigentlich nicht gerne«, sagte er. »Wirklich. Sind Sie ganz sicher, daß Sie nicht doch lieber die zwanzigtausend Pfund haben wollen? Sie könnten auf eine Weltreise gehen. Sie könnten sich ein Boot kaufen, ein neues Leben anfangen...«

Er hob die Waffe, diesmal entschlossen, beugte sich rüber zu Bridget und zielte.

»Es tut mir leid, daß ich so dicht ansetzen muß«, entschuldigte er sich. »Aber ich will nicht danebenschießen und Ihnen unnötige Schmerzen bereiten.«

Er machte eine Pause, zögerte.

»Sind Sie sicher?« wiederholte er. »Sind Sie ganz, ganz sicher, daß Sie nicht lieber die zwanzigtausend Pfund haben wollen?«

Ich habe keine Angst, versuchte sich Bridget einzureden. Ich habe keine Angst. Wenn man sich der Angst hingibt, hat der Feind sein Spiel gewonnen. Ich habe keine Angst. Nein! Nein! Nein!

Zum zweiten Mal an diesem Abend beging sie einen verhängnisvollen Fehler.

Sie lachte.

»Wahrscheinlich ist sie nicht mal geladen!« spottete sie und griff quer über den Tisch nach der Waffe.

Der Lärm war wie das Ende der Welt; aber es war seltsam, sie spürte keinen Schmerz. Es war, als würde eine starke Hand sie aus dem Sessel heben und sie sehr sanft der Länge nach auf den Boden betten.

Hoffentlich blute ich nicht auf unseren schönen Teppich, war ihr letzter Gedanke, bevor sie das Bewußtsein verlor.

Aber sie blutete, sie blutete.

26

Im Krankenhaus, erst zwei Tage nachdem die Kugel aus dem Brustkorb entfernt worden war, durfte Bridget Besucher empfangen, und gegen die aufgeschlagenen Kissen gelehnt, machte sie sich widerwillig darauf gefaßt.

Eigentlich hätte sie – wäre es nach ihr gegangen – gar keine Besucher empfangen. Die Rolle der Bettlägerigen war ihr ein Greuel, absolut nicht ihre Sache. Sie war die Starke, die immer gesund war, die damit prahlen konnte, nicht einen Tag in ihrem Berufsleben krankgefeiert zu haben. Es waren die anderen, die schwächeren und zerbrechlicheren Naturen, die sich krank schreiben ließen, die ganze Tage in Krankenhäusern und Arztpraxen verbrachten: ergebene Empfänger von großmütigen Gaben in Form von Blumen, Weintrauben und Genesungswünschen. Es waren die anderen, die im Gegensatz zu ihr gefragt werden wollten, wie es ihnen ging, und die Aufmerksamkeit verlangten, wenn sie Auskunft über ihr Befinden gaben.

Bridget legte darauf keinen Wert. Vor die Wahl gestellt, hätte sie gerne darauf verzichtet und lieber ihre Ruhe gehabt – hätte gelesen, Radio gehört und gearbeitet, so gut es ging, bis sie, völlig genesen, wieder auf den Beinen gewesen wäre.

Aber man stellte sie nicht vor die Wahl. Niemand wurde vor die Wahl gestellt. Einmal im Krankenhaus, war man all denen leichte Beute, die geruhten, sich ans Krankenbett zu begeben: Man hatte keine Kontrolle darüber, wer da kam, wann sie kamen und wie lange sie blieben. Zu Hause konnte man sich wenigstens zurückziehen, eine wichtige Verabredung mit jemandem vortäuschen, aber hier gab es kein Entkommen.

Sie mußte alles über sich ergehen lassen. Sie mußte auf die Bezeugungen von Mitleid eingehen, die gutgemeinten Wünsche. Sie mußte erklären, einem nach dem anderen, daß es ihr gutginge, danke der Nachfrage, und daß der Arzt ihr versprochen hätte, sie in wenigen Tagen, jedenfalls nicht erst in Wochen, gesund zu entlassen; keinen Monat, und sie könnte wieder arbeiten. Es hätte schlimmer kommen können. Die Kugel hatte Herz und Lunge gnädigerweise verschont, aber nur knapp. Ja, es hätte schlimmer kommen können, viel schlimmer.

Es hätte wirklich schlimmer kommen können. Dann hätte sie ihren Besuchern sagen müssen, daß es ihr ganz und gar nicht gutginge, daß sie sich elend fühlte und der Arzt sie gewarnt hätte, es könne sich sehr lange hinziehen, und daß sie möglicherweise ihre berufliche Laufbahn nicht fortsetzen könne. Sicher wäre das schlimmer gewesen. Und sie war wirklich froh, daß es nicht so weit gekommen war. Es war schlimm genug, überhaupt krank zu sein. Es war entwürdigend. Noch entwürdigender war es, von Alistair gerettet worden zu sein, der gerade rechtzeitig die Wohnungstür aufgeschlossen hatte, bevor Mervyn Gelegenheit hatte, einen zweiten Schuß abzufeuern.

Sie machte sich gefaßt, auf wen auch immer, und nahm sich vor, nett zu sein, wer es auch sein mochte, aber sie verspürte doch eine gewisse Erleichterung, als sie sah, daß ihr erster Besucher Diana war, die mit klackernden Schritten und wehenden blonden Haaren über den Flur kam, das Gesicht vor Freude strahlend.

Sie war froh, daß Bridget außer Gefahr war und es ihr schon viel besserging, aber zu Bridgets großer Erleichterung verlor sie nicht viel Worte mit besorgtem Nachfragen, sondern kam ohne Umschweife auf den eigentlichen Grund ihrer überglücklichen Miene zu sprechen.

»Jetzt steht es fest!« jubelte sie. »Es gibt absolut keinen Zweifel mehr. Ich bin schwanger! Im Juli ist es soweit... Ist das nicht wundervoll?«

Wie sollte man sich über so etwas freuen, bei aller Liebe. Bridget kam das alles höchst unbedacht vor. Aber sie mußte gleichfalls erstaunt feststellen, daß sie nachsichtiger war als vorher, was diesen Kinderwunsch betraf. Schränkte ihre körperliche Schwäche ihre Fähigkeit, eine Lage unter klaren und praktischen Gesichtspunkten zu beurteilen, ein? Oder die Schmerzmittel? Der Blutverlust? Oder betrachtete sie die ganze Sache aus einem völlig neuen Blickwinkel? Schließlich lebte man nur einmal, und wenn man sich in diesem Leben, dem einzigen, das man hatte, nach etwas so leidenschaftlich sehnte, wie Diana sich nach einem Kind sehnte, und wenn es zudem etwas war, das einem so viel Freude bescherte, wie jetzt in Dianas Gesicht aufleuchtete – sollte man dann nicht mit beiden Händen danach greifen und dankbar sein? Und wer weiß, vielleicht würde sich Diana als alleinerziehende Mutter ja ganz gut machen.

Viele Frauen machten sich ausgezeichnet darin. Und es wurden immer mehr, von Jahr zu Jahr. Ebenso kamen sich von Jahr zu Jahr immer mehr Kinder von Alleinerziehenden immer weniger als Ausnahmeerscheinungen vor. Es war durchaus möglich, daß in einigen Jahren, wenn Dianas Kind das schulpflichtige Alter erreicht haben würde, Familien mit nur einem Elternteil die Regel waren.

»Mummy, warum habe ich nur einen Daddy?« könnte ein besorgter Fünfjähriger nach einer Woche Schule auf die Idee kommen zu fragen.

»Aber ich werde mein Kind doch gar nicht allein erziehen!« rief Diana dazwischen, als Bridget gerade angefangen hatte, ihren neuen Gedanken zu entwickeln. »Du glaubst es nicht, aber Alistair freut sich riesig! Ja, ja, ich weiß, ich habe gesagt, ich wollte es ihm jetzt noch nicht erzählen, aber… was soll ich machen, es ist mir so herausgerutscht. Und er hat sich tatsächlich gefreut. Habe ich es dir nicht gesagt? Er ist sogar losgegangen und hat ein Wörterbuch der Vornamen gekauft und hat die scheußlichsten Namen aufgestöbert, die man sich vorstellen kann. Dschingis-Khan, oder Assurbanipa, in dem Stil. Du kennst ihn ja. Er würde sich nicht damit abgeben, wenn er nicht vollauf begeistert wäre. Außerdem bin ich mir ganz sicher, daß es ein Mädchen wird…«

Sie plapperte weiter, und Bridget, die zuhörte, konnte sich des irrationalen Gefühls nicht erwehren, daß solches Glück es wert war, um jeden Preis gelebt zu werden.

Und wer weiß? Alistair würde sich am Ende vielleicht doch als aufopfernder Vater erweisen. Unbeständig genug war er, man konnte nie wissen bei ihm.

»Er will nachher noch vorbeikommen«, sagte Diana, als sie ihre Siebensachen zusammensuchte und sich auf den Weg machte. »Er wird dir bestimmt alles erzählen. Wenn nicht, frag ihn. Er freut sich nämlich wirklich riesig, und du sollst mit eigenen Ohren hören, was er dazu zu sagen hat.«

Was Alistair zu sagen hatte, entsprach nicht ganz dem, was Bridget nach Dianas Worten erwartet hatte.

»Ich werde sie natürlich heiraten«, verkündete er und bediente sich großzügig von Bridgets Weintrauben. »Das kann man von einem Mann in einer solchen Situation ja wohl erwarten, oder? Aber keine Sorge. Je mehr ich darüber nachdenke, desto weniger glaube ich, daß sich dadurch irgend etwas für uns ändert. Wir können alle unser bequemes Leben so weiterführen wie bisher, und ich komme vorbei, wenn ich Lust dazu habe, genau wie jetzt auch. Ich behalte natürlich meine eigene Wohnung. Das ist heute nichts Ungewöhnliches mehr, die meisten Leute machen das so. Die modernen Paare, wie man sie immer im Fernsehen zu sehen kriegt – und vor allem die Intellektuellen – entscheiden sich für diesen Lebensstil; und das geht, nach allem, was man hört. Die Betonung liegt natürlich auf Gehen. Das Bleiben ist leichter zu ertragen, wenn man die Möglichkeit hat zu gehen.

Nein, Bridget, sei nicht albern. Natürlich kannst du in der Wohnung bleiben. Wir können alle genauso weitermachen wie bisher. Ich bin zwar dann mit Diana verheiratet, aber ich kann mich immer noch nach dir verzehren, oder? Sieh mich nicht so an – du weißt genau, daß ich mich die ganze Zeit nur nach dir verzehrt habe. Mir gefällt deine eigensinnige Art, und verheiratete Männer brauchen jemanden, außer ihrer Frau, nach dem sie sich verzehren können. Es gibt sogar historische Vorbilder dafür. Shelley, der sich nach Marys Halbschwester verzehrte; und bei Dickens – gab es da nicht auch eine verzehrenswerte Schwägerin im Haus? Das hängt wahrscheinlich davon ab, welche Biographie man gelesen hat, aber so eine belesene Frau wie du, Bridget, die…«

Bridget hätte sich anschließend ohrfeigen können für ihre Trägheit, keine angemessen vernichtende Bemerkung bereitgehalten zu haben. Normalerweise hätte ihre flinke Zunge sofort mit einer geharnischten Erwiderung reagiert, nur diesmal nicht. Eine bestimmte Energie war ihr abhanden gekommen, und nach Alistairs Abschied stellte sie entsetzt fest, daß ihr ein paar Tränen über die Wangen liefen, Tränen der Schwäche und Tränen eines idiotischen Gefühls der Freude. Sie fühlte sich tatsächlich geschmeichelt durch das dumme Geschwätz dieses Mannes. Was war mit der starken, vernünftigen Bridget, der einzigen Bridget, die sie kannte, geschehen?

Ihr starkes Ich würde natürlich wiederkehren, sobald die Wirkung der Schmerzmittel und der Schock nachgelassen hatten; in der Zwischenzeit durchlebte sie eine seltsame Umkehr der Gefühle. Als sie später noch Besuch von ihrer Mutter bekam, die mit Tränen der Erleichterung in den Augen feststellte, daß sich ihre Tochter auf dem Weg der Besserung befand, mußte auch Bridget hemmungslos weinen, ebenfalls Tränen der Erleichterung, aber auch der Liebe, Tränen, wie sie ein schutzbedürftiges Kind in den Armen seiner Mutter vergießt.

Dieser Zustand war nicht von Dauer. Schon am nächsten Morgen spürte sie in ihrem rasch genesenden Körper den Keim wiederkehrender Kraft und Lebensenergie, ein außerordentlich beruhigendes Gefühl.

Beruhigend, das schon – aber irgend etwas in ihr hatte sich verändert und würde anders bleiben. Sie würde wieder stark sein, sie würde wieder tapfer sein, aber sie würde nie wieder zu der Person werden, die nicht wußte, was es hieß, schwach zu sein. Es war ein Wissen, das sie ihrem ohnehin reichen Schatz an Erfahrung hinzufügen konnte, und es sollte nie vergessen werden.

27

Am Nachmittag des darauffolgenden Tages erhielt Bridget einen Überraschungsbesuch. Eine junge Frau ging beschwingten Schrittes zielstrebig den Flur entlang, aber Bridget wollte der Name der Person nicht einfallen. Das Gesicht kam ihr bekannt vor, sicher – aber wer…? Wo…? Es war ein Gesicht, das sie erst kürzlich noch gesehen hatte, und jetzt, blitzartig, erinnerte sie sich, wo sie ein Bild von diesem Gesicht gesehen hatte. Auf einem Kaminsims. Auf dem Kaminsims in Norahs Haus.

Ja, es war Norah! Tatsächlich, sie war es – aber was für eine Verwandlung! Im ersten Moment glaubte Bridget, die unglückliche Person hätte sich bloß ein paar schicke, neue Kleider gekauft und sich eine neue Frisur zugelegt. Aber nein, beim zweiten Hinschauen erkannte Bridget, daß die Frisur noch immer dieselbe dichte, graubraune Krause war wie vorher. Norah trug auch noch immer dieselbe Strickjacke, dazu die übliche unauffällige Bluse. Nur ihr Gesicht war anders, ihr Gang, ihr ganzes Auftreten. Sogar ihre Größe hatte sich verändert, die unterwürfige Haltung war gestreckten Schultern und einem erhobenen Haupt gewichen.

Was hatte diese erstaunliche Verwandlung ausglöst – gerade jetzt, wo das Leben dieser gebeutelten Frau von

Katastrophen heimgesucht wurde? Der Sohn tot, der Mann unter Mordanklage. Was hatte diese Verjüngung bewirkt?

Natürlich die Katastrophe selbst. Wieviel durch eine Katastrophe auch immer vernichtet wird, sie macht reinen Tisch, und das wiedergeborene Opfer kann nur nach vorne schauen. Noch ehe man es recht wahrnimmt, werden durch die Kraft des Sturms Türen um einen herum aufgestoßen, und etwas Neues leuchtet im Gesicht auf, lange bevor es der Verstand voll erfaßt hat.

Natürlich mußte sich Norah zuerst erkundigen, wie es Bridget ging, und natürlich mußte Bridget Auskunft geben, aber sehr schnell waren sie dabei, die wahrscheinliche Abfolge der Ereignisse an jenem verhängnisvollen Sonntagnachmittag zu rekonstruieren. Es gab keinen Zweifel daran, daß Mervyn zuerst einen vorgetäuschten Einbruch geplant hatte. Man sollte Christopher im Haus tot auffinden, mit einer Kugel im Kopf; und die Waffe, die die angeblichen Diebe benutzt hatten, sollte man im Garten finden, achtlos weggeworfen. Ein Sohn, der bei der Vertreibung von Einbrechern den Heldentod gestorben war, wäre ein bei weitem rühmlicherer Sohn als das heruntergekommene geistige Wrack, was die Alternative gewesen war.

Aber der Plan hatte nicht funktioniert. Christopher war irgendwo hingegangen und nicht zur vorgesehenen Zeit nach Hause gekommen, um die ihm zugewiesene Rolle in dem Drehbuch zu spielen, und Mervyn war in Panik geraten. Die gleichen quälenden Fragen, die sich Norah sonst immer hatte stellen müssen, bedrängten nun Mervyn. Wo ist Christopher? Was hat er vor? Wen ärgert er jetzt schon wieder? Welche Schmach bringt er diesmal über die Familie? Zum ersten Mal war es der Vater, nicht die Mutter, der sich mit diesen Fragen auseinandersetzen mußte. Zum ersten Mal mußte er sich allein damit beschäftigen, mußte selbst entscheiden, was zu tun war. Er hatte mittlerweile eingesehen, daß Christopher geisteskrank war und daß die Krankheit ihn mit erschreckender Geschwindigkeit in eine seiner schlimmen manischen Phasen treiben würde. Möglicherweise – wahrscheinlich sogar – hatte er mit seinem Vater genauso geredet, wie er mit Bridget geredet hatte. »Du bist meine Schöpfung«, hatte er wahrscheinlich zu ihm gesagt, »ich habe dich gentechnisch erzeugt... Du kannst nur das tun, wozu ich dich programmiert habe.«

Aus Kindern werden Leute: eine neue, furchtbare Bedeutung des alten Sprichworts.

Für Mervyn, nach Jahren selbstverschuldeter Blindheit endlich gezwungen, der Wahrheit ins Auge zu sehen, war das alles zu viel, zu schrecklich und zu demütigend, erleben zu müssen, wie sich sein Sohn in dieser Verfassung bei den Nachbarn herumtrieb... Er mußte unbedingt gefunden werden, schnell. Nachdem die drei Eindringlinge Bridget, Diana und Norah endlich gegangen waren und Christopher immer noch nicht nach Hause gekommen war, hatte Mervyn sich mit der Waffe in der Hand auf den Weg gemacht, um nach ihm zu suchen.

War er von selbst darauf gekommen, daß der Junge im Common umherstreifte, vertieft in irgendein verrücktes Vorhaben? Oder hatte er ihn woanders aufgespürt und ihn zu seiner letzten, verhängnisvollen Fahrt ins Auto gelockt?

Wie auch immer, der Common mit seinem dichten Gebüsch und den triefnassen, ausladenden Bäumen mußte ihm nach Einbruch der Dunkelheit als der ideale Ort erschienen sein.

»Ich könnte die ganze Welt in die Luft sprengen!« hatte Christopher an jenem Sonntagnachmittag vor Bridget geprahlt. Hatte er geglaubt, es sei soweit, als das Rauschen ihn durchfuhr, so wie Bridget es erlebt hatte? War es so schmerzlos gewesen wie bei ihr? Starb er siegesgewiß, als Zerstörer der Welt, Schöpfer der Welt, Herr der Welt?

Sie leuchteten alles bis ins letzte Detail aus, erinnerten sich an dieses und jenes, lachten sogar darüber und stellten alle nur möglichen Vermutungen über Mervyn an. Wahrscheinlich war die Polizei gerade damit beschäftigt, die einzelnen Versatzstücke der Geschichte mühsam zusammenzusetzen. Nichts sprach für Mervyn, er war auf frischer Tat ertappt worden.

Irgendwie konnte sich Norah nicht dazu durchringen, sich darum zu kümmern. Es schien alles viel zu kompliziert, um sich um irgend etwas zu kümmern. Es lag jenseits ihrer noch immer tief verletzten Gefühle.

Die beiden lachten ein bißchen, schuldbewußt, verlegen. Norah war noch immer leise erstaunt darüber, daß sie schon wieder lachen konnte, zu diesem Zeitpunkt. Zu diesem Zeitpunkt, wo sie die immense Freiheit, die Vielzahl der Möglichkeiten, die sich schon bald eröffnen würden, noch gar nicht voll erfaßt hatte.

Dieser Prozeß würde erst ganz allmählich einsetzen. In einer Hinsicht, wenn auch nur ein wenig, hatte er bereits begonnen. Erst heute morgen hatte sie den Telefonhörer abgehoben und die Stimme ihrer Nachbarin und Vertrauten Louise vernommen. Wie früher sprudelte die Stimme über vor Wärme und brennender Neugier. Es war wieder die Stimme der Freundschaft, eine Tasse Tee wurde angeboten und die Aussicht auf ein sehr langes Gespräch.

»Warum kommst du nicht rüber?« hatte Louise gesagt, und Norah war zum ersten Mal seit Jahren in der Lage, ohne Gewissensbisse, was in ihrer Abwesenheit zu Hause alles passieren könnte, zu antworten: »Ja, gerne.«

Celia Fremlin im Diogenes Verlag

»Celia Fremlin ist neben Margaret Millar und Patricia Highsmith als wichtigste Vertreterin des modernen Psychothrillers hierzulande noch zu entdecken.«
Frankfurter Rundschau

Klimax
oder Außerordentliches Beispiel von Mutterliebe. Roman. Aus dem Englischen von Dietrich Stössel

Wer hat Angst vorm schwarzen Mann?
Roman. Deutsch von Otto Bayer

Die Stunden vor Morgengrauen
Roman. Deutsch von Isabella Nadolny

Rendezvous mit Gestern
Roman. Deutsch von Karin Polz

Die Spinnen-Orchidee
Roman. Deutsch von Isabella Nadolny

Onkel Paul
Roman. Deutsch von Isabella Nadolny

Ein schöner Tag zum Sterben
Erzählungen. Deutsch von Ursula Kösters-Roth

Gibt's ein Baby, das nicht schreit?
Roman. Deutsch von Isabella Nadolny

Parasiten-Person
Roman. Deutsch von Monika Elwenspoek

Zwielicht
Roman. Deutsch von Ursula Kösters-Roth

Die Eifersüchtige
Roman. Deutsch von Barbara Rojahn-Deyk

Unruhestifter
Roman. Deutsch von Monika Elwenspoek

Der lange Schatten
Roman. Deutsch von Peter Naujack

Wetterumschwung
Geschichten. Deutsch von Barbara Rojahn-Deyk, Ursula Kösters-Roth und Isabella Nadolny

Gefährliche Gedanken
Roman. Deutsch von Irene Holicki

Sieben magere Jahre
Roman. Deutsch von Monika Elwenspoek

Das Tudorschloß
Roman. Deutsch von Otto Bayer

Vaters Stolz
Roman. Deutsch von Thomas Stegers

Margaret Millar im Diogenes Verlag

»Margaret Millar beweist in ihren Krimis ein psychologisches Gespür für die Abgründe menschlichen Denkens und Handelns hinter den bürgerlichen Fassaden. Ohne Schnörkel, ohne jemals langatmig zu werden, erzählt sie spannende und beklemmende Geschichten, die den Leser nicht loslassen.« *Radio Bremen*

»Margaret Millars Blick ist so scharf wie der von Patricia Highsmith; noch entschiedener enthält sie sich jeden Effektes, jeder Extravaganz.«
Die Zeit, Hamburg

Die Feindin
Roman. Aus dem Amerikanischen von Elizabeth Gilbert

Liebe Mutter, es geht mir gut ...
Roman. Deutsch von Elizabeth Gilbert

Ein Fremder liegt in meinem Grab
Roman. Deutsch von Elizabeth Gilbert

Die Süßholzraspler
Roman. Deutsch von Georg Kahn-Ackermann und Susanne Feigl

Von hier an wird's gefährlich
Roman. Deutsch von Fritz Güttinger

Fragt morgen nach mir
Roman. Deutsch von Anne Uhde

Der Mord von Miranda
Roman. Deutsch von Hans Hermann

Das eiserne Tor
Roman. Deutsch von Karin Reese und Michel Bodmer

Nymphen gehören ins Meer!
Roman. Deutsch von Otto Bayer

Fast wie ein Engel
Roman. Deutsch von Luise Däbritz

Die lauschenden Wände
Roman. Deutsch von Karin Polz

Banshee die Todesfee
Roman. Deutsch von Renate Orth-Guttmann

Kannibalen-Herz
Roman. Deutsch von Jobst-Christian Rojahn

Gesetze sind wie Spinnennetze
Roman. Deutsch von Jobst-Christian Rojahn

Blinde Augen sehen mehr
Roman. Deutsch von Renate Orth-Guttmann

Wie du mir
Roman. Deutsch von Renate Orth-Guttmann

Letzter Auftritt von Rose
Roman. Deutsch von Nikolaus Stingl

Stiller Trost
Roman. Deutsch von Klaus Schomburg

Umgarnt
Roman. Deutsch von Monika Elwenspoek

Da waren's nur noch neun
Roman. Deutsch von Ilse Bezzenberger

Es liegt in der Familie
Roman. Deutsch von Klaus Schomburg

Patricia Highsmith im Diogenes Verlag

Der talentierte Mr. Ripley
Roman

Ripley Under Ground
Roman

Ripley's Game
oder Der amerikanische Freund
Roman

Der Junge, der Ripley folgte
Roman

Ripley Under Water
Roman

Venedig kann sehr kalt sein
Roman

Das Zittern des Fälschers
Roman

Lösegeld für einen Hund
Roman

Der Stümper
Roman

Zwei Fremde im Zug
Roman

Der Geschichtenerzähler
Roman

Der süße Wahn
Roman

Die zwei Gesichter des Januars
Roman

Kleine Geschichten für Weiberfeinde

Kleine Mordgeschichten für Tierfreunde

Der Schrei der Eule
Roman

Tiefe Wasser
Roman

Die gläserne Zelle
Roman

Ediths Tagebuch
Roman

Der Schneckenforscher
Elf Geschichten

Leise, leise im Wind
Zwölf Geschichten

Ein Spiel für die Lebenden
Roman

Keiner von uns
Elf Geschichten

Leute, die an die Tür klopfen
Roman

Nixen auf dem Golfplatz
Erzählungen

Suspense
oder Wie man einen Thriller schreibt

Elsie's Lebenslust
Roman

Geschichten von natürlichen und unnatürlichen Katastrophen

Meistererzählungen

Carol
Roman einer ungewöhnlichen Liebe

›Small g‹ – eine Sommeridylle
Roman

Drei Katzengeschichten

Zeichnungen

Patricia Highsmith – Leben und Werk
Herausgegeben von Franz Cavigelli, Fritz Senn und Anna von Planta

Donna Leon
im Diogenes Verlag

»Es gibt einen neuen liebenswerten Polizisten in der Welt der literarischen Detektive zu entdecken. Sein Name lautet Guido Brunetti. Er lebt und arbeitet in einer der schönsten Städte Italiens, in Venedig. Ein Mann, der in glücklicher Ehe lebt, gerne ißt und guten Wein schätzt, sich gelegentlich über seine heranwachsenden Kinder ärgert und auch manches Mal cholerisch reagiert. Eine Eigenschaft aber bleibt dem Commissario auch in den schwierigsten Situationen: Sein Anstand, gepaart mit einem wunderbaren Sinn für Humor und Menschlichkeit.«
Margarete v. Schwarzkopf / NDR, Hannover

»Aus dem Commissario Brunetti könnte mit der Zeit ein Nachfolger für Simenons Maigret werden.«
Jochen Schmidt / Radio Bremen

»Ganz oben auf der Beliebtheitsskala der literarischen Verbrechensaufklärer.« *Die Presse, Wien*

Venezianisches Finale
Roman. Aus dem Amerikanischen
von Monika Elwenspoek

Endstation Venedig
Roman. Deutsch von Monika Elwenspoek

Venezianische Scharade
Roman. Deutsch von Monika Elwenspoek

Vendetta
Roman. Deutsch von Monika Elwenspoek

Acqua alta
Roman. Deutsch von Monika Elwenspoek

Sanft entschlafen
Roman. Deutsch von Monika Elwenspoek

Magdalen Nabb im Diogenes Verlag

»Magdalen Nabb ist die geborene Erzählerin, ihre Geschichten sind von überwältigender Echtheit.«
Sunday Times, London

»Die gebürtige Engländerin und Wahlflorentinerin Magdalen Nabb muß als die ganz große Entdeckung im Genre des anspruchsvollen Kriminalromans bezeichnet werden. Eine Autorin von herausragender internationaler Klasse.«
Herbert M. Debes / mid Nachrichten, Frankfurt

»Nie eine falsche Note. Bravissimo!«
Georges Simenon

Tod im Frühling
Roman. Aus dem Englischen von Matthias Müller. Mit einem Vorwort von Georges Simenon

Tod im Herbst
Roman. Deutsch von Matthias Fienbork

Tod eines Engländers
Roman. Deutsch von Matthias Fienbork

Tod eines Holländers
Roman. Deutsch von Matthias Fienbork

Tod in Florenz
Roman. Deutsch von Monika Elwenspoek

Tod einer Queen
Roman. Deutsch von Matthias Fienbork

Tod im Palazzo
Roman. Deutsch von Matthias Fienbork

Tod einer Verrückten
Roman. Deutsch von Irene Rumler

Das Ungeheuer von Florenz
Roman. Deutsch von Silvia Morawetz

Geburtstag in Florenz
Roman. Deutsch von Christa Seibicke

Magdalen Nabb & Paolo Vagheggi:
Terror
Roman. Deutsch von Bernd Samland

Ingrid Noll im Diogenes Verlag

Der Hahn ist tot

Roman

Mit zweiundfünfzig Jahren trifft sie die Liebe wie ein Hexenschuß. Diese letzte Chance muß wahrgenommen werden, Hindernisse müssen beiseite geräumt werden. Sie entwickelt eine bittere Tatkraft: Rosemarie Hirte, Versicherungsangestellte, geht buchstäblich über Leichen, um den Mann ihrer Träume zu erbeuten.

»Die Geschichte mit dem überraschenden Schluß ist eine Mordsgaudi. Ein Krimi-Spaß speziell für Frauen. Ingrid Noll hat das mit einem verschwörerischen Augenblinzeln hingekriegt. Wenn die Autorin so munter weitermordet, wird es ein Vergnügen sein, auch ihr nächstes Buch zu lesen.«
Martina I. Kischke/Frankfurter Rundschau

»Ein beachtlicher Krimi-Erstling: absolut realistisch erzählt und doch voll von schwarzem Humor. Der Grat zwischen Karikatur und Tragik ist haarscharf gehalten, die Sache stimmt und die Charaktere auch. Gutes Debüt!« *Ellen Pomikalko/Brigitte, Hamburg*

»Wenn Frauen zu sehr lieben ... ein Psychokrimi voll trockenem Humor. Spielte er nicht in Mannheim, könnte man ihn für ein Werk von Patricia Highsmith halten.« *Für Sie, Hamburg*

Die Häupter meiner Lieben

Roman

Maja und Cora, Freundinnen seit sie sechzehn sind, lassen sich von den Männern so schnell nicht an Draufgängertum überbieten. Kavalierinnendelikte und böse Mädchenstreiche sind ebenso von der Partie wie Mord und Totschlag. Wehe denen, die ihrem Glück in der Toskana im Wege stehen! *Die Häupter meiner Lieben* ist ein rasanter Roman, in dem die Heldinnen ihre Familienprobleme auf eigenwillige Weise lösen.

»Eine munter geschriebene Geschichte voll schwarzen Humors, richtig süffig zu lesen. Ingrid Noll kann erzählen und versteht es zu unterhalten, was man von deutschen Autoren bekanntlich nicht oft sagen kann.« *Frankfurter Allgemeine Zeitung*

»Ein herzerquicklich unmoralischer Lesestoff für schwarze Stunden.« *Der Standard, Wien*

»Spätestens seit im Kino *Thelma & Louise* Machos verschreckt haben, floriert überall der biestige Charme gewissenloser Frauenzimmer. Ihre Waffen: flinke Finger, Tränen, Zyankali.« *stern, Hamburg*

»So schamlos amoralisch, charmant und witzig wurden Männer bisher nicht unter den Boden gebracht.« *SonntagsZeitung, Zürich*

Die Apothekerin

Roman

Hella Moormann, von Beruf Apothekerin, leidet unter ihrem Retter- und Muttertrieb, der daran schuld ist, daß sie immer wieder an die falschen Männer gerät – und in die abenteuerlichsten Situationen: Eine Erbschaft, die es in sich hat, Rauschgift, ein gefährliches künstliches Gebiß, ein leichtlebiger Student und ein Kind von mehreren Vätern sind mit von der Partie. Und nicht zu vergessen Rosemarie Hirte in der Rolle einer unberechenbaren Beichtmutter …

»Das kommt in den besten Familien vor: Wieder scheint dies die Quintessenz der Geschichte. Mord und Totschlag passieren bei Ingrid Noll ganz beiläufig, scheinbar naturnotwendig. Das macht ihre Bücher ebenso amüsant wie hintergründig.« *Darmstädter Echo*

»Ingrid Noll ist Deutschlands erfolgreichste Krimi-Autorin.« *Der Spiegel, Hamburg*

»Weit mehr als für Leichen interessiert sich die Autorin für die psychologischen Verstrickungen ihrer Figuren, für die Motive und Zwangsmechanismen, die zu den Dramen des Alltags führen.«
Mannheimer Morgen

»Die Unverfrorenheit, mit der sie ihre Mörderinnen als verfolgte Unschuld hinstellt, ist grandios.«
Der Standard, Wien

»Eine fesselnd formulierende, mit viel schwarzem Humor ausgestattete Neurosen-Spezialistin in Patricia-Highsmith-Format.«
M. Vanhoefer/Münchner Merkur

Der Schweinepascha

in 15 Bildern, illustriert von der Autorin

Die Ottomane, der Diwan,
die Pfeife und das Marzipan,
der Seidenkaftan und sein Fez,
fast stündlich frisch der Mokka stets,

zu später Stund ein Nabeltanz
mit rosa Tüll am Schweineschwanz –
verloren ist sein Paradies,
das früher einmal Harem hieß.

Der Schweinepascha hat es schwer ... Sieben Frauen hatte er, doch die sind ihm alle davongelaufen – bis auf die letzte: die macht ihn zum Vater von sieben Schweinekindern.

»Ingrid Noll hat das Buch vom Schweinepascha geschrieben und gezeichnet – mit jener Angriffslust auf alle Pascha-Allüren, die sie schon in den Krimis erprobte.« *Das Sonntagsblatt, Hamburg*

Kalt ist der Abendhauch

Roman

Die dreiundachtzigjährige Charlotte erwartet Besuch: Hugo, ihren Schwager, für den sie zeit ihres Lebens eine Schwäche hatte. Sollten sie doch noch einen romantischen Lebensabend miteinander verbringen können? Wird, was lange währt, endlich gut? Ingrid Nolls Heldin erzählt anrührend und tragikomisch zugleich von einer weitverzweigten Familie, die es in sich hat. Nicht zufällig ist Cora, die ihren Liebhaber einst in der Toskana unter den Terrazzofliesen verschwinden ließ, Charlottes Enkelin …

»Mit bewährter, feindosierter Ironie beschreibt Ingrid Noll die Irrungen und Wirrungen ihrer selbstbewußten Heldin.« *Der Spiegel, Hamburg*

»Eine verrückte, heiter-lustige, traurige Familiengeschichte, eine Geschichte über hohes Alter und seine Plagen und vor allem eine brillant geschriebene Erzählung, die man am liebsten in einem Zug verschlingen möchte.«
Duglore Pizzini / Die Presse, Wien

»Eine lockere und zugleich abgründige Familien-Burleske.« *Brigitte, Hamburg*

Stich für Stich

Fünf schlimme Geschichten

Fünf Geschichten über Sticken, Stricken, Kochen und andere harmlose Tätigkeiten.

»Mit viel Ironie und ihrem trockenen Humor ist Ingrid Noll eine wunderbare Erzählerin, die es versteht, die Leser bis zum letzten Buchstaben zu fesseln.« *Annette Speck / Berliner Zeitung*

»Ingrid Noll schreibt brillant, geistreich, böse.«
Johannes Mario Simmel

Röslein rot

Roman

Annerose führt ein regelrechtes Doppelleben, wenn sie dem grauen Hausfrauendasein entflieht und sich in symbolträchtige Stilleben aus dem Barock versenkt: Prächtige Blumensträuße, köstliche Speisen und rätselhafte Gegenstände aus vergangenen Jahrhunderten entheben sie dem Alltag. Und wenn sie selbst kleine Idyllen malt, vergißt sie die Welt um sich herum.
Doch es lauern Gefahren. In angstvollen Träumen sieht sie Unheil voraus, das sie womöglich durch mangelnde Zuwendung provoziert hat. Sucht Reinhard Streicheleinheiten, an denen sie es fehlen ließ? Sind Architekten in Wildlederjacken interessanter als die eigenen Ehemänner im Nadelstreifenanzug? Und welche Rolle spielen ihre Freundinnen Silvia und Lucie, die sich als perfekte Gastgeberinnen profilieren? Gut, daß Annerose Unterstützung durch ihre Halbschwester Ellen erhält, denn der Freundeskreis erweist sich als brüchig. Und dann liegt einer aus der fröhlichen Runde tot im Bett…

»Ihre Geschichten über scheinbar ganz normale Frauen, die zu Verbrecherinnen aus verlorenem Lebensglück werden, zeichnen sich aus durch Menschengenauigkeit, Milieukenntnis – und durch eine ordentliche Portion schwarzen Humors.«
Frankfurter Allgemeine

»Unterhaltung vom Feinsten; spannende Lektüre, die uns deshalb so mitnimmt, weil wir das Milieu alle kennen. Es sind Familiengeschichten mit einem Schuß Grusel, Stories über eine Gemütlichkeit, die immerzu aufhört. – Eigentlich ist sie eine Idyllikerin, aber eine sehr durchtriebene. Und sie ist zur Kurzweil so kaltblütig entschlossen wie manche ihrer Figuren zum männer- oder frauenmordenden Durchmarsch.«
Dieter Hildebrandt/Sender Freies Berlin